WITHDRAWN

Purgatorio

Tomás Eloy Martínez

Purgatorio

ALFAGUARA

ALFAGUARA

© Tomás Eloy Martínez, 2008
© De esta edición:
  Aguilar, Altea, Taurus, Alfaguara, S. A. de Ediciones, 2008
  Av. Leandro N. Alem 720
  (1001) Ciudad de Buenos Aires
  www.alfaguara.com.ar

  ISBN: 978-987-04-1113-0

  Hecho el depósito que indica la ley 11.723
  Impreso en Uruguay. *Printed in Uruguay*.
  Primera edición: noviembre de 2008
  Primera reimpresión: enero de 2009

  Diseño: Proyecto de Enric Satué
  Diseño de tapa: Raquel Cané / Iniciativa Editorial
  Fotografía de tapa: Getty Images

Martínez, Tomás Eloy
  Purgatorio. - 1ª ed. 1ª reimp. - Buenos Aires : Aguilar, Altea, Taurus, Alfaguara,
2008.
  296 p. ; 24 x 15 cm.

  ISBN 978-987-04-1113-0

  1. Literatura Argentina. I. Título
  CDD A860

Para Gabriela Esquivada, por su amor

... lo fugitivo permanece y dura.

QUEVEDO, *A Roma sepultada en sus ruinas*

1. Viendo la sombra como un cuerpo sólido

Purgatorio, XXI, 136

Hacía treinta años que Simón Cardoso había muerto cuando Emilia Dupuy, su esposa, lo encontró a la hora del almuerzo en el salón reservado de Trudy Tuesday. Dos desconocidos hablaban con él en uno de los boxes del fondo. Emilia creyó que había entrado a un lugar equivocado y su primer impulso fue retroceder, alejarse, volver a la realidad de la que venía. Se quedó sin aliento, con la garganta seca, y tuvo que apoyarse en la barra del bar. Llevaba toda una vida buscándolo y había imaginado la escena incontables veces, pero ahora que sucedía se daba cuenta de que no estaba preparada. Se le llenaban los ojos de lágrimas, quería gritar su nombre, correr hacia su mesa y abrazarlo. Para lo único que tenía fuerzas, sin embargo, era para no caer redonda en medio del restaurante llamando la atención como una tonta. Apenas pudo caminó hacia el box contiguo al de Simón y se sentó en silencio a esperar que la reconociera. Mientras tanto, tendría que fingir indiferencia y quedarse callada aunque la sangre le batiera las sienes y el corazón se le saliera por la boca. Hizo señas para que le sirvieran un brandy doble. Necesitaba tranquilizarse, no temer que los sentidos se le confundieran como a su madre. Algunos sentidos la traicionaban a veces, perdía el olfato, se desorientaba en calles que conocía de memoria y se acostaba oyendo canciones idiotas que no sabía cómo llegaban a su equipo de música.

Volvió a mirar el box de Simón. Quería asegurarse de que era él. Lo vio entre los desconocidos, de frente, hablándoles con animación. No le quedaban dudas: eran sus ademanes, la curva de su cuello, el lunar oscuro bajo el ojo derecho. No sólo era sorprendente que su marido estuviera vivo. Más inexplicable era que no hubiera envejecido. Seguía clavado en los treinta y tres años y hasta su ropa era la de antes. Llevaba los pantalones pata de elefante que ya nadie se atrevía a usar, una camisa abierta de cuello grande como las de John Travolta en *Fiebre de sábado por la noche*, las patillas y el pelo largo de otra época. Para Emilia, en cambio, el tiempo había pasado naturalmente y su cuerpo la ponía incómoda. Las ojeras y los músculos de la cara delataban a una mujer de sesenta años, mientras que a él no se le veía una sola arruga. Había imaginado infinitas veces la escena en que volvía a encontrarlo y en ninguna, en ninguna, se le había cruzado la cuestión de la edad. Este desajuste del tiempo la obligaba a revisar lo que tenía previsto. ¿Y si por azar Simón se hubiera vuelto a casar? La sola idea de que viviera con otra mujer la atormentaba. En todos estos años jamás había dudado de que su marido la seguía amando. Podía haber tenido relaciones ocasionales, lo comprendería, pero después del calvario que habían vivido juntos, no concebía que la hubiera reemplazado. La situación no era ya la misma, sin embargo. Ahora él podía ser su hijo.

Volvió a observarlo con más detalle. La espantó lo mucho que él desentonaba con la realidad. Representaba la mitad de los sesenta y tres años que debían declarar sus documentos. Le vino a la memoria una foto de Julio Cortázar tomada en París a fines de 1964, cuando el escritor, nacido al comenzar la

Primera Guerra, parecía también su propio hijo. Quizá Simón tenía en la piel, como Cortázar, unas arrugas finas que sólo se notaban de cerca, pero lo que le oía decir en la mesa contigua, a sus espaldas, era de una juventud desafiante, y hasta el timbre de la voz era el de un muchacho, como si el tiempo fuera una cinta sin fin y él hubiera estado corriendo sin adelantar un solo día.

Emilia se resignó a esperar. Abrió la novela de Somerset Maugham que llevaba consigo. Le pasaba algo extraño con el libro. Llegaba al extremo de una línea y tropezaba con una especie de barrera que le impedía avanzar. No porque Maugham le pareciera aburrido. Al contrario, la entretenía muchísimo. Había tenido una experiencia parecida con la versión en DVD de *Muerte en Venecia*. A poco de haber comenzado la película, cuando Dirk Bogarde contemplaba, turbado, al bello adolescente Tadzio saliendo del mar del Lido, la imagen daba un salto y regresaba a las conversaciones en ruso —¿o era alemán?— de los bañistas y los vendedores de frambuesas en la playa. Emilia supuso por un instante que el director repetía las vulgaridades de los veraneantes para dar otra lección de realismo crítico y trató de pasar a la escena siguiente. Pero la imagen de Tadzio sacudiéndose el agua de mar volvía, obstinada, acompañada por el mismo acorde de la quinta sinfonía de Mahler. Dos noches después, cuando se agotaba el plazo para devolver la película, Emilia la puso otra vez en el DVD y pudo llegar hasta el trágico final. Sabía que la vejez le acentuaba la torpeza, pero confiaba en que con un poco más de atención podría corregirlo.

Las voces de los hombres en el box de al lado la exasperaban. Quería concentrarse sólo en la voz de

Simón y todo lo que la apartara de él le resultaba intolerable. En un restaurante donde rara vez se oía otra cosa que el acento arrastrado y nasal de New Jersey, los dos hombres intercalaban en su rústico inglés palabras técnicas e interjecciones escandinavas. Mencionaban los vectores del programa Microstation, que también se usaba en Hammond, donde ella trabajaba. Sin que viniera a cuento, uno de los desconocidos repitió lecciones que se aprenden en las primeras clases de Cartografía. Los mapas, dijo, son copias imperfectas de la realidad, que describen en superficies planas lo que en verdad son volúmenes, cursos de agua en perpetuo movimiento, montañas afectadas por la erosión y los derrumbes. Los mapas son ficciones mal escritas, siguió. Demasiada información y ninguna historia. Mapas eran los de antes: donde había nada creaban mundos. Lo que no se sabía, se imaginaba. El mapa de África que hizo Buonsignori, ¿se acuerdan?, continuó el hombre, con el reino de Canze, de Melinde, de Zaflan, puras invenciones. Del lago de Zaflan nacía el Nilo, y así. En vez de orientar a los caminantes les hacían olvidar el camino. Los desconocidos pasaban de un tema a otro sin detener el torrente. Emilia recordó el mapa de Buonsignori. ¿Lo había soñado, lo había visto en Florencia o en el Vaticano? Las voces la mareaban. No conseguía cazar las palabras completas. Llegaban a sus oídos desgarradas, en hilachas. Una frase que parecía a punto de tener sentido era interrumpida por los camiones de bomberos o por la queja animal de las ambulancias.

El hombre de voz más ronca y gastada dijo que no perdieran el tiempo y discutieran de una vez sobre la expedición a Kaffeklubben. Qué locura,

Kaffeklubben, se dijo Emilia. Una islita de nada, al noroeste de Groenlandia, la última Thule donde doblaban hacia la perdición todos los vientos del mundo. Organicemos la expedición cuanto antes, insistió el ronco. En Copenhague creen que hay otro peñasco más al norte. Si no existe, nada nos impide imaginarlo.

Let's think more about that, let's think more, los cortó Simón. Emilia se sobresaltó. Reconocía su voz, pero en lo que decía quedaban pocos rasgos del Simón de antes. Este personaje hablaba un inglés fluido, pronunciaba con cuidado las consonantes finales, *think, let's*, con una dicción británica inalcanzable para el marido, que jamás había sido capaz de leer ni siquiera los manuales técnicos en otros idiomas.

¿Qué hace que una persona sea quien es? No la música o el ripio de sus palabras, no las líneas del cuerpo, nada que esté a la vista. Se había engañado más de una vez corriendo en la calle detrás de hombres que caminaban como Simón, o que dejaban tras de sí el vapor de un perfume que le evocaba su nuca y cuando los miraba de frente quedaba desolada, ¿por qué no hay dos personas iguales, por qué los muertos ni siquiera se enteran de que han muerto? El Simón que hablaba a tres pasos de su mesa era el de hace treinta años pero no el mismo de diez minutos antes. Algo en él se modificaba demasiado rápido para darle alcance. Se le escapaba otra vez, por Dios, ¿o era más bien ella que lo perdía? No me dejes otra vez, Simón querido. No voy a despegarme de tu lado. No voy a permitir que te vayas solo. La verdadera identidad de las personas son los recuerdos, se tranquilizó. Yo recuerdo todo su ayer como si fuera ya, se dijo, y lo que él recuerde de mí seguirá siendo parte de su ser verdadero. Recuérdalo, tráelo, no lo pierdas.

Emilia se incorporó, se paró frente a él y, resuelta, lo miró a los ojos.

Querido, querido mío, ¿dónde estabas?

Él le devolvió la mirada, le sonrió sin turbación ni sorpresa, y se despidió de los escandinavos. Luego encaró a Emilia como si la hubiera visto el día anterior.

Tenemos que hablar, ¿no es cierto? Salgamos de aquí.

No le dio una sola explicación, no le preguntó cómo estaba, qué le había pasado en todos esos años. Nada que ver con el Simón cortés y atento con el que había vivido. Emilia pagó el brandy, tomó del brazo a su marido y caminó hacia la calle.

Desde hacía años, cada acto de la vida de Emilia era una preparación para el momento en que volvería a ver a Simón. Se esforzaba por mantenerse elástica y por ser todo lo hermosa que nunca había sido. Iba al gimnasio tres veces por semana y aún tenía los músculos firmes, salvo en la cintura y en la cara, donde le era imposible controlar la acumulación de grasa. Desde que se había mudado a Highland Park, en New Jersey, se aferraba a una rutina sin sobresaltos. Le parecía sabia la rutina: las comidas y las duchas a la misma hora, la paciencia con que los minutos llegaban y se iban, tal como el amor había llegado para marcharse. A veces, por las noches, soñaba con el amor perdido. Quería evitar esos sueños, pero nada podía hacer contra lo que no era real. Antes de dormir, se lo repetía: sólo lo que es real vale la pena.

En Hammond disponía de cuarenta minutos para almorzar, aunque con media hora tenía de sobra. Los otros cartógrafos llevaban sándwiches y los devoraban en el desamparo de las oficinas, entreteniéndose en cambiar los vectores de lugar: ríos imaginarios que seguían el trazado de Central Park West, líneas de ferrocarril entre las salidas 13A y 15W de la autopista de New Jersey. Más de una vez los había visto trasladar sus casas a condados remotos, a la orilla de mares tibios, porque un cartógrafo puede torcer, si quiere, el rumbo del mundo.

También ella, a los doce años, había dibujado en relieve el mapa de algunas ciudades imitando la perspectiva oblicua de los pájaros. Donde las casas eran bajas y el suelo uniforme, inventaba catedrales góticas y montañas cilíndricas en cuyas laderas el viento esculpía molduras y arabescos. A las avenidas comerciales las convertía en canales venecianos, con puentecitos en arco sobre los tejados, y abría inesperados desiertos, encrespados de cactus, en los jardines de las iglesias, sin pájaros ni insectos, sólo un polvillo de muerte que secaba el aire. Los mapas le habían enseñado a desorientar la lógica de la naturaleza, a crear ilusiones allí donde más invencible parecía la realidad. Tal vez por eso, después de haber vacilado entre las letras y la arquitectura, al llegar a la universidad se inclinó por la cartografía, pese a que le costaba entender las proyecciones cilíndricas de Rand McNally y las percepciones de microondas. Fue una estudiante avezada en los diseños pero torpe para los cálculos. Tardó nueve años en terminar lo que Simón, con quien iba a casarse, había completado en seis.

Conoció a Simón en un sótano de la avenida Pueyrredón, donde el grupo Almendra repetía para un público devoto los temas de onda, "Muchacha ojos de papel", "Ana no duerme", "Plegaria para un niño dormido". Apenas los dedos de Emilia rozaron por casualidad los de Simón sintió que no tendría necesidad de otro hombre en la vida porque todos los hombres cabían en él, aunque a esa altura no tenía idea de cómo se llamaba ni si tendría ocasión de volver a verlo. Sólo un roce de los dedos, y aquello había significado calor, plenitud, felicidad, la sensación de haber vivido ya muchas veces lo que en verdad estaba viviendo por primera vez. En ese cuerpo desconocido estaba el mapa de su vida, la representación del universo tal como la había leído en una enciclopedia taoísta dos siglos anterior a Cristo: "Su cabeza redonda es la bóveda celeste, sus pies delicados son la imagen de la tierra, sus cabellos son las estrellas, sus ojos el sol y la luna, sus cejas la Osa Mayor, la nariz se asemeja a una montaña, sus cuatro miembros son las cuatro estaciones, sus cinco vísceras los cinco elementos".

Al salir del recital, caminaron sin rumbo por Buenos Aires. Simón la tomó de la mano con naturalidad, como si la conociera desde siempre. Llegaban rendidos a un bar en el momento en que estaban cerrándolo, y tardaban largo rato hasta dar con otro. Emilia llamó un par de veces por teléfono a su madre para decirle que se quedara tranquila. No les sorprendió descubrir que estudiaban lo mismo, Cartografía, y que los mapas les interesaban no como un medio para ganarse la vida sino, más bien, como códigos que les permitían reconocer objetos a través de sus imágenes.

Eso era raro en jóvenes que tenían poco más de veinticinco años, pero estaban en la edad en que no querían parecerse a nadie y les parecía asombroso parecerse entre sí. También les sorprendía que cuando callaban adivinaban lo que el otro estaba pensando. Emilia no tenía nada que ocultar, pero le avergonzaba hablar de sí misma. ¿Cómo explicar que seguía siendo virgen? La mayoría de sus amigas estaba casada y tenía hijos. Algunos compañeros de la escuela secundaria la enamoraron fugazmente, dos o tres de ellos la besaron y le tocaron los pechos pero, cuando querían llevarla más allá, algo la repelía: el aliento demasiado fuerte, los forúnculos en ebullición, los pelos grasosos. A Simón, en cambio, lo sentía como una extensión de su propio cuerpo y habría sido capaz de desnudarse y dormir con él desde la primera noche si se lo hubiera pedido. Él ni siquiera parecía pensar en eso. Se interesaba en ella por lo que decía y por lo que era, aunque no le había contado casi nada sobre sí misma. Parecía ansioso por hablar. Había salido con algunas chicas en la adolescencia, sólo porque creía que debía hacerlo. No había hecho feliz a ninguna y tampoco él consiguió ser feliz hasta que, tres años atrás, vivió un amor que le pareció definitivo.

La conocí casi de la misma manera que te conocí a vos, dijo. Fuimos a oír un recital de Almendra en Parque Centenario y cuando Spinetta cantó "Muchacha ojos de papel" le repetí el estribillo mirándola a los ojos: "No corras más, quédate hasta el alba".

Tendrías que seducir siempre así.

Con el tiempo, esa canción perdió la gracia y ahora es una cursilería. Pero con aquella chica resultó. Anduvo todo tan bien que hasta queríamos vivir juntos.

Lo pensamos durante meses. Habríamos ahorrado muchos gastos inútiles.

No querrían hacerlo sólo por los gastos.

Claro que no. Éramos el uno para el otro, eso creía yo. Trabajábamos en la misma oficina, dibujando mapas y gráficos para los diarios. En esa época los gráficos se pagaban bien. Mi familia vivía en Gálvez, entre Santa Fe y Rosario, y la familia de ella era patagónica, de Rawson. Los dos estábamos solos en Buenos Aires. Teníamos muy pocos amigos. Una tarde el padre la llamó por teléfono y le pidió que regresara. La hermana mayor tenía un cáncer en los ganglios linfáticos, un Hodgkin, y había recaído. La quimioterapia la debilitaba y alguien tenía que cuidarla. Fui a despedirla a la estación de ómnibus. Lloró sobre mi hombro hasta que subió y yo también lloré. Prometió que me llamaría por teléfono al llegar y que volvería apenas terminaran el tratamiento, en dos o tres semanas. Quedé muy triste, como si hubiera desaparecido el mundo. No me llamó al día siguiente ni tampoco en todo el mes. Quería dar con ella pero no sabía cómo. Rawson me parecía entonces un lugar lejanísimo, de otro planeta. Seguir solo en mi departamento de cincuenta metros cuadrados me resultaba intolerable. Perdía el tiempo en las calles, leyendo en los cafés y caminando hasta sentirme exhausto. Eran las primeras semanas después del regreso de Perón de su largo exilio, y había manifestaciones a cualquier hora. Sin embargo Buenos Aires me parecía más desierta que nunca. Caí en tal depresión que, cuando cerraban los cafés, no sabía qué hacer. Por distracción cometí muchos errores en el trabajo y me habrían despedido si no fuera porque escaseaban los dibujantes de gráficos.

Al fin no pude soportar más el silencio y fui a la central de teléfonos de Corrientes y Maipú para que me comunicaran con todas las familias que llevaban su mismo apellido y vivían en Rawson. Eran sólo seis, y ninguna había oído hablar de ella. Me pareció raro porque es una ciudad chica y casi todos saben quién es quién. Esperé otro mes inútilmente. No recibí cartas, mensajes, nada. Al fin decidí pedir permiso en la oficina para viajar a ciegas a la Patagonia. Imaginé que, una vez en Rawson, no tardaría en encontrarla. La travesía en ómnibus duró veinte horas por una ruta plana y vacía, que parecía la representación de mi destino. Apenas llegué me puse a buscarla. Fui a los hospitales, hablé con los oncólogos, busqué las listas de muertos. Nadie sabía nada.

Me desespero oyéndote, dijo Emilia.

Esto no es todo. Por las noches preguntaba en los bares. Me sentaba, pedía una cerveza, y repetía en las rocolas "Muchacha ojos de papel" con la ilusión de que la melodía la atrajera. Una noche le conté mi tragedia al dueño de un bar y le mostré la foto que llevaba en la billetera. Me parece que la vi en Trelew, me dijo. ¿Por qué no averigua ahí? Trelew era una ciudad más grande, catorce kilómetros al oeste, y la gente parecía más recelosa. Volví a dar los pasos que ya había dado en Rawson, pero esta vez pregunté también en las cárceles. No sé cuántas veces hice lo mismo en todos los pueblos de los alrededores, Gaiman, Dolavon, Puerto Madryn. Cuando regresé a Buenos Aires tenía la ilusión de que ella estaría esperándome. Jamás la volví a ver.

Todavía estás esperándola.

Ya no. Hay un momento en que te resignás a perder por completo lo que has perdido. Sentís que te está soltando de la mano, cayéndose de tu vida, y que nada es lo mismo. Me acuerdo de ella, claro, pero ya no me despierto en medio de la noche con la incertidumbre de que esté enferma, o con otro, o muerta. A veces me pregunto si de veras existió. Sé que no la inventé. Todavía conservo una de sus blusas, un par de zapatos, una bolsita con maquillaje, dos de sus libros. Ella también se llamaba Emilia.

Dos años después se casaron. Simón dejó de trabajar para los diarios y se incorporó al equipo de cartógrafos del Automóvil Club, en el que Emilia estaba desde hacía meses. Eran felices, tal como ella había imaginado que sería la felicidad. Hablaban con soltura de temas que habrían puesto incómodas a otras parejas, y alrededor de esa confianza mutua construían su orden doméstico. No encontraba en el sexo el mismo goce del que hablaban sus amigas pero lo disimulaba y suponía que el placer llegaría solo.

Sólo cuando él se le perdió en un viaje a Tucumán la culpa de no haberlo hecho feliz comenzó a atormentarla. Sentía unos celos dolorosos de la otra Emilia, a la que tal vez Simón seguía buscando. Había noches en que se despertaba con la sensación de que el cuerpo entero del marido estaba dentro de ella, explorando las cavernas más hondas hasta atravesarle la garganta. Era un placer tan verdadero que la hacía llorar. Se levantaba y se daba una ducha, pero cuando volvía a la cama el espectro del cuerpo amado le quedaba grabado en las entrañas.

Encontrarlo treinta años después la desorientaba. Antes, cuando todavía lo buscaba, imaginaba que cuando volvieran a estar juntos la rutina común se restablecería de inmediato y que seguirían viviendo como si nada hubiera sucedido. Pero ahora los separaba una especie de abismo, tanto más hondo desde que Simón no había envejecido ni un solo día y ella, por lo contrario, llevaba el peso de sus sesenta bien cumplidos.

Esa mañana Emilia se había levantado sin presentimientos. Le gustaba desperezarse despacio en la cama y quedarse a solas consigo misma antes de salir rumbo al trabajo. Era el mejor momento del día. Después de la ducha se maquillaba con dedicación, aun sabiendo que lo hacía para nadie. Con el paso de las horas, la pintura de los labios se iba desvaneciendo y el rímel se le desprendía de las pestañas en ínfimas escamas. Una vez por semana pasaba al menos media hora en la peluquería para que le cambiaran el dibujo de las uñas esculpidas. El anterior era un mosaico de rombos anaranjados y violetas; dos días atrás se los habían despegado y ahora tenía unas discretas ondas azul claro. Desayunaba tostadas y café, leía los títulos del *Home News*. No tenía otra amiga que Nancy Frears, la bibliotecaria de Highland Park. Chela, su hermana menor, vivía en San Antonio, Texas, con el marido y los tres hijos, y, si bien se saludaban por teléfono en los cumpleaños y los jueves de Acción de Gracias, llevaban años sin verse. Un par de veranos atrás, cuando Emilia fue operada de una hernia en la ingle, había sido Nancy y no Chela quien se quedó a su lado, ayudándola a ducharse y a limpiar el departamento. Habría podido relacionarse con personas más afines, por supuesto, pero no quería cambiar la vida que vivía. Dos o tres geógrafos de la Universidad de Rutgers, al cruzarse con ella en el tren a Manhattan, la habían invitado al cine y a cenar. Le gustaba hablar durante el viaje, pero no más. Le parecía que compartir el cine con alguien era casi como compartir la cama. En el cine la gente llora, suspira, revela la carne viva de los sentimientos. No quería que los geógrafos de Rutgers la conocieran hasta ese punto. Con Nancy, en cambio, le daba lo mismo. Su compañía equivalía a la de un gato o un almohadón. Además, como Emilia representaba para ella un ideal inalcanzable de refinamiento, Nancy sentía que a su lado aprendía siempre algo, aun cuando le leyera poemas que no entendía o la llevara a ver en las salitas del Village los clásicos japoneses de Mizoguchi.

El verso favorito de Nancy era una línea de Ezra Pound que había leído al azar en la biblioteca. La atrajo el sentido oculto que adivinó en la música de ese verso: *¿Cómo "entré en ti"? ¿No he sido tú y Tú?* El original en inglés también era enigmático: *How 'came I in'? Was I not thee and Thee?* Le pidió a Emilia que la ayudara a descifrarlo y ni aun cambiando el orden de las palabras vieron alguna luz. ¿Qué te impresiona en ese verso, Nancy?, quiso saber Emilia. Lo que no se dice pero se adivina entre los pliegues de lo que dice. A veces la amiga no era tan tonta.

Nancy había sobrevivido a un matrimonio tedioso. Sid Frears, su difunto, era un vendedor de pegamentos sintéticos que la dejaba sola durante meses. Al cabo de quince años, un cáncer de páncreas acabó con él. Nancy no tenía el menor interés en rehacer su vida. Había heredado un seguro que, colocado al interés fijo de los años de bonanza, le dejaba una renta anual de veintidós mil dólares. Decidió no trabajar. Su única ocupación era voluntaria: atendía la biblioteca de nueve a tres los sábados y de diez a cuatro los martes y jueves. ¿Para qué quiero un empleo?, decía. ¿Para no estar sola? Yo no soy de ésas, Millie. Tengo mi buena vida interior. Leo *People* todas las semanas, oigo a los Beach Boys, y cuando quiero tirarme un pedo me lo tiro. Nadie se queja.

Más de una vez Emilia la sorprendió observando la fotografía de Simón que estaba en su mesa de noche. La comparaba con la de Sid y meneaba la cabeza. Debías de pasarla muy bien con él, ¿eh Millie? *Was he good in bed?* Emilia habría querido contarle que imaginar el sexo con Simón era mejor que haberlo vivido, pero a nadie se lo iba a decir, a nadie, porque ni siquiera se lo decía a sí misma. A veces, cuando volvían del bingo, Nancy contemplaba la frente despejada, los ojos claros y francos, la nariz firme de Simón.

Se parece al Clint Eastwood de *Harry el sucio*, ¿no crees, *honey*? Si no hubiera muerto, se parecería al Clint Eastwood de *Los puentes de Madison*.

El viernes en que lo encontró almorzando en Trudy Tuesday, Emilia había salido de su casa a las siete en punto, como todos los días. A lo sumo tardaba cuarenta minutos en llegar desde su departamento de la avenida Cuarta Norte, en Highland Park, a la casa matriz de Hammond, en la zona fabril de Springfield. Se preocupaba por evitar los invariables accidentes de la ruta y las tormentas que caían de golpe en un tramo de dos millas, mientras más allá brillaba un sol rotundo. Como los choferes de taxi, manejaba con la radio sintonizada en la señal 1010 AM, que informaba sobre las desventuras del tránsito.

El suburbio era incesante, idéntico y, si se distraía, como le pasaba de vez en cuando, desembocaba no sabía cómo en los centros comerciales que desplegaban, en semicírculo, sucursales de WalMart, Pep-Boys, Pathmark y Verizon Wireless, bajo cielos con las mismas nubes y pájaros que graznaban igual. Sólo las hojas de los nogales demostraban imaginación y en el otoño caían diferenciándose.

A veces, en la oficina, mientras en la pantalla se definían los colores de un mapa, las prioridades de impresión, las máscaras de los nombres, Emilia se adormecía pensando en Simón, al que no había visto morir. Ya la muerte de la persona amada crea suficiente destrucción. ¿Cuánta más puede haber, entonces, en una muerte que no se sabe si fue muerte? ¿Cómo perder lo que todavía no se ha encontrado? Emilia había leído una lumbre de respuesta en el poema que Idea Vilariño le dedicó al hombre que la había abandonado: *Ya no soy más que yo/ para siempre y tú ya/ no serás para mí/ más que tú. Ya no estás/ en un día futuro/ no sabré dónde vives/ con quién/ ni si te acuerdas./ No me abrazarás nunca/ como esa noche/ nunca./ No volveré a tocarte./ No te veré morir.*

Años atrás, cuando le contaron que un equipo de geógrafos iba a pasar dos inviernos en Nuuk, Groenlandia, para reflejar en un mapa el calentamiento del planeta, imaginó que Simón iría en esa expedición. Era una fantasía tonta, pero durante algunos meses le había servido de consuelo. En el cuaderno donde apuntaba sus sentimientos escribió aquel día una frase que seguía doliéndole: "Si volviera, podría verlo morir".

Durante el juicio a los comandantes de la dictadura tres personas declararon que habían visto el cuerpo de Simón en un patio de la jefatura de policía de Tucumán, con señales de tortura y un agujero de bala entre los ojos. Emilia estaba en Caracas y no supo si creer la noticia o no. Los testigos parecían serios, pero sus versiones eran distintas. Ella había estado con su marido en el momento del arresto y también habría podido declarar otra cosa: que los apresaron por error y los liberaron a los dos días, a él un par de horas antes. La firma de Simón aparecía, inequívoca, en el libro de salidas de la guardia. Y el doctor Orestes Dupuy, su padre, había confirmado la historia con el propio gobernador militar.

Para Emilia ésa era una verdad sin vueltas. Porque la creía, no se movió durante meses de su departamento de San Telmo, esperando que el marido regresara de pronto y la llamara por teléfono. Sentía entonces un vacío inmisericorde, observaba el paso de las horas por la ventana, aprendía de memoria el relieve de los edificios de enfrente y el contorno de las siluetas que se movían al otro lado de las cortinas. El padre insistía en que se instalara en la casa familiar, pero Emilia quería conservar el orden de las cosas tal como cuando estaba Simón, yendo a trabajar por las mañanas al Automóvil Club y ocupándose de la cena al volver, sin olvidar jamás que eran dos personas las que iban a sentarse a la mesa.

De vez en cuando recibía anónimos desconcertantes, de gente que había visto a Simón caminando en Bogotá o en México y pedía dinero por ampliar la información, o llamadas telefónicas que repetían la historia de la muerte. Esas noticias contradictorias le quitaban el sueño. Seguía enamorada como una tonta y, lo que era peor, sabía que era un amor sin sentido, sin objeto. Casi un año después de la desaparición de Simón, cuando ya casi no se hablaba de él, decidió distraerse y después de muchas dudas fue al cine Iguazú a ver *Un día muy particular*, la película de Ettore Scola sobre una madre de seis hijos y un locutor de radio homosexual que se dan amor como pueden en un edificio sórdido del que se han marchado todos los ocupantes para asistir al desfile en honor de Hitler durante su visita a Roma, en 1935. La exhibición llevaba poco menos de una hora cuando se cortó el aire acondicionado. Era una tarde tan esponjosa y húmeda que las imágenes salían del proyector envueltas en un vapor que las tornaba irreales. El aire de la sala se puso irrespirable y se oyeron chistidos, zapateos. Algunos espectadores se marcharon. Una mujer, que parecía haber entrado en ese momento, fue a sentarse al lado de Emilia con tanta brusquedad que la cartera se le cayó al piso. Mientras se inclinaba a recogerla le dijo, en voz muy baja: A tu marido lo asesinaron en Tucumán junto con el mío. Mi marido se les quedó en la tortura. Al tuyo le metieron cinco balas en el pecho y otra, para rematarlo, en medio de los ojos. No podemos seguir así, como si nada pasara. No te creo, dijo Emilia. Sos una subversiva hija de puta. Vine a hacerte un favor, insistió la mujer. No te estoy pidiendo nada. En este país, ya todos estamos muertos. Las luces se apagaron, el aire acondicionado se encendió y la película volvió a empezar. Alguien chistó en la fila de atrás. La mujer se levantó y se perdió en la oscuridad.

Emilia se cambió de asiento y permaneció tiesa en el cine hasta el final de la película.

Más de una vez le había oído decir a su padre que los subversivos, ya diezmados, vendían cualquier historia para llevar gente a su causa. La desconocida era uno de ellos y, aunque Emilia descartaba que le mentía, la imagen de Simón yaciendo como un perro se le quedó clavada mucho tiempo. No podía dejar de imaginarlo con el agujero del balazo en la frente, mancillado por las moscas y por el hollín de las hojas quemadas en los ingenios de azúcar. Iba con ese pensamiento a todas partes, como si el ser entero se le hubiera sumergido dentro de la figura muerta que nadie había velado. Estaba segura sin embargo de que Simón seguía vivo. Quizá se le había borrado la memoria o estaba internado en algún hospital sin poder avisar.

Tres días después la despertó una llamada.

Soy Ema, le dijo una voz desfigurada.

¿Cuál Ema?

Ema, la que te buscó en el cine.

Ah, vos, atinó a contestar Emilia. Lo que me dijiste no es cierto. Volví a leer el informe policial. Mi padre ha confirmado los hechos.

La voz se tornó aguda y sarcástica:

¿Y le creés a tu viejo? Si fuera por él nunca saldríamos de este mar de mierda. Aquí hay miles de mujeres como vos y yo. Maridos que desaparecen, hijos que no vuelven. Estamos perdiendo demasiadas cosas.

Simón está vivo. A los que no estamos metidos en nada no nos van a hacer nada. Yo no he perdido a nadie.

Sí perdiste, por supuesto. Vas a pasar el resto de la vida preguntándote por qué tu marido no aparece. Y cuando te convenzas de que ha muerto, vas a preguntarte dónde lo han enterrado. Yo quiero aunque sólo sea besar los huesos del mío.

Emilia colgó el teléfono temblando. No sabía qué pensar. Pocos días antes, mientras regresaba en colectivo a su casa, una mujer había dejado caer un volante sobre su falda. Parecía una mendiga y no le prestó atención. Iba a devolver el papel, pero la mujer bajó en la esquina y se perdió entre la gente. Distraída, leyó un párrafo: "Entre mil quinientas y tres mil personas más han sido masacradas en secreto después que se prohibió informar sobre hallazgos de cadáveres". Eran infamias. Todas las revistas decían que los exiliados estaban calumniando al país. Ese volante era la prueba. Lo partió en dos y lo arrojó al piso.

Trabajó esa mañana en la sección de cartografía del Automóvil Club con un desasosiego que la ahogaba. Sentía un rencor profundo contra la tal Ema. *Tu padre es la mierda.* ¿Cómo podía decir eso? Nadie cuestionaba la integridad del doctor Dupuy. Hasta el propio general Perón, ya moribundo, lo había elogiado: "Lean a Dupuy", dijo. "Es el que más certeramente ha interpretado mis actos de gobierno. Y no sólo los míos: ha sido el mejor intérprete de todos los gobiernos."

Desde 1955 su padre publicaba una revista de circulación privada que las personas influyentes leían con avidez: *La República*. Cada palabra estaba dictada por una fuente confiable y servía de brújula para ponerse a cubierto de las devaluaciones del peso y anticipar los índices de la indomable inflación.

"De *La República* salen sólo buenos negocios", confirmaban las páginas color salmón de los diarios extranjeros. La revista no sólo anunciaba con anticipación los golpes militares; era también el viento que los impulsaba. El doctor Dupuy escribía todas las proclamas que identificaban decadencia con democracia y exaltaban el ser nacional. Nunca explicaba si el ser cambiaba o si era siempre el mismo, ni de qué estaba hecho. Los gobiernos se sucedían y el ser nacional pasaba sin alterarse de una mano a otra.

En el caserón de la calle Arenales donde Emilia había nacido, el padre era una figura imponente que rara vez hablaba con ella y con su hermana Chela. Les acariciaba la cabeza, les preguntaba cómo les iba en el colegio y, a veces, cuando estaban enfermas, se asomaba para conversar con los médicos. Delante de él, hasta la madre daba la impresión de seguir siendo una niña.

A fines de marzo de 1976 Emilia estaba dibujando un mapa del glaciar San Rafael cuando oyó por la radio que la junta de comandantes había decidido rehacer el país, reformar la economía y, por supuesto, proteger el ser nacional. Anunciaban una guerra implacable contra la delincuencia subversiva y contra los que se negaran a colaborar. La Argentina debía ser homogénea. No había lugar para los que disintieran, para los tibios ni para los diferentes.

Tres noches antes de lo que ya se llamaba "la revolución" Emilia llevó al escritorio del padre la lista de invitados a su casamiento; él le pidió que vaciara el cesto de papeles en la estufa y que redujera todo a cenizas. Una hoja con anotaciones manuscritas quedó pegada al fondo del cesto y, al desprenderla,

Emilia leyó las primeras líneas: "¿Qué quedaría de la Argentina sin la espada y sin la cruz? ¿Quién se atrevería a pasar a la historia por haber privado al ser nacional de uno de esos dos pilares?". Cuando regresó con el cesto, Emilia le devolvió la hoja salvada del fuego.

Olvidate de lo que viste, la reconvino el doctor sin alzar la mirada.

Lo del ser nacional me pareció bonito.

¿Bonito? No digas frivolidades. Es serio, es dramático. El ser nacional está en peligro y las armas son lo único que puede salvarlo. Este país es católico y militar. Es occidental y es blanco. Si te olvidás de la *y* no entendés nada —hizo un gesto desdeñoso—. Vos igual no entendés nada. Dedicate a pensar mejor en tus obligaciones de esposa.

Emilia se casó con Simón el 24 de abril, un mes después del golpe, en la iglesia de Nuestra Señora del Carmen. La hora de la ceremonia fue cambiada dos veces por sorpresa, en previsión de algún atentado. En vez de entrar por el atrio, caminó del brazo de su padre desde la sacristía, al lado del altar. En los reclinatorios de la primera fila, las dos hermanas de Simón, llegadas de Gálvez esa misma mañana, llevaban vestidos muy escotados con lentejuelas púrpura, zapatos de tacos aguja y capelinas rosadas. Movían las cabezas como perdices, orgullosas de sus grandes pechugas. Antes de persignarse se humedecían en la lengua los dedos índice y pulgar, recitando *amén, amén* con una voz más alta que la del cura.

Cuando se acercaron a besarlo después de la ceremonia, Simón les dijo que era feliz y que no lo dejaran solo. Ellas no querían perder el ómnibus y huyeron con los zapatos y las capelinas en la mano.

Tampoco Emilia y Simón se quedaron demasiado en la fiestita íntima que dieron los Dupuy. Les habían prestado un departamento en Palermo, con balcones que daban al bosque. La chimenea estaba encendida y sobre el tocadiscos había long plays de los Beatles y de Sui Generis. Emilia adoraba "Michelle" y le pidió a Simón que lo repitiera una y otra vez.

Cuando se tendieron ante el fuego y Simón la besó en el cuello, tratando de alcanzarle los pechos con la punta de los dedos, ella se puso rígida. Un sudor frío le humedeció la blusa. Otras veces, hacía poco, se había dejado acariciar con abandono, empujando las manos de él por debajo de la bombacha para que Simón sintiera la humedad de su deseo. Entonces le pareció que los labios de allí abajo también hablaban, y el cuerpo entero soltaba frasecitas lascivas, pero esa noche de bodas la vagina se había cerrado y los muslos eran varas de vidrio.

No estés nerviosa. No pasa nada, dijo Simón. Quedémonos quietos, sigamos oyendo música. Hay tres dormitorios en esta casa. Si preferís estar sola, podemos dormir en camas separadas. Ésta es apenas una noche. Tenemos por delante todas las otras noches de la vida.

Quiero seguir oyendo "Michelle", dijo Emilia. Estoy bien. Son los nervios. Ya se me van a pasar. Estoy nerviosa porque te quiero demasiado.

Muchas veces, en los años que siguieron, recordaría esa frase hipócrita. Las parejas se dicen todo el tiempo frases hipócritas y gastadas por el uso. Era verdad que en aquel momento amaba a Simón, pero su amor carecía de importancia. El único sentimiento que la dominaba era la incertidumbre, como si el mundo estuviera retirándose de su vida y ninguna sustancia, olor o paisaje fueran a ser los mismos de antes.

Ya no quiero seguir oyendo "Michelle", se corrigió. Me da tristeza.

¿Estás triste?

No, cómo se te ocurre. La canción es triste.

Había un programa cómico en la televisión a esas horas, y Simón le dijo que quizá si ponían la atención en otro lugar y no en ellos mismos, volverían a sentirse como cuando eran novios. Hasta podrían olvidar que estaban solos. Interrumpió la música y encendió el televisor. Apareció el plano general de un comediante muy pálido, que vestía una malla negra y ajustada. Estaba sentado en el suelo de una jaula, sobre parvas de paja dispersa, exhibiendo el desconsuelo de sus prominentes costillas. Desde los establos que se divisaban al fondo se alzaban rugidos y baladros. El comediante, así, era la parte visible aunque menos atractiva de un espectáculo zoológico, porque la gente paseaba desdeñosa frente a él, sin detenerse a mirarlo, más interesada en los leones y en los monos. Mientras tanto, al compás de luces que se encendían y se apagaban, el calendario del ayuno se modificaba en el cartel colocado ante la jaula del hombre: *Van 35 días, Van 40 días,* y así.

Simón le hizo notar que estaban viendo, en clave cómica, una versión del cuento de Kafka que se llama "El artista del hambre". Cada vez que la luz se encendía, menos gente se acercaba al ayunador. Los visitantes eludían su jaula y daban un rodeo para observar los animales de al lado. "¡Sáquenme de aquí! ¡No me atormenten!", clamaba el actor. Las luces se apagaban y, tras la ráfaga negra en la pantalla, aparecía otro letrero: *Van 62 días*, subrayado por un coro de risas grabadas. Simón, que recordaba el cuento, le dijo a Emilia que en la versión de Kafka el ayunador se enorgullecía de su récord y seguía en la jaula porque no le gustaba comer. Este programa, curiosamente, construía una variante más kafkiana. Al llegar al día 73, un guardián se acercaba, examinaba con desdén la paja húmeda, buscaba al comediante con una pértiga y, como no lo veía, acercaba el oído a los barrotes. Una voz infantil, casi inaudible, asomaba entre las parvas: "¡Sáquenme de aquí! ¡Estoy desapareciendo!". Y de nuevo se alzaba el coro de risas grabadas. Al final, un camión entraba en escena, exhibiendo una pantera impaciente. "Aquí tenemos una jaula vacía", indicaba el chofer. "Limpiémosla para este animal". Desde la inexistente platea trataban de advertirle: "¡No! ¡Ahí no se puede! ¡Hay un ayunador!", pero otras voces sonaban más alto: "¡Sí, sí, pongan la pantera ahí! ¡Que se lo coma!". El chofer del camión, con los brazos en la cintura, exigía: "¿Y el ayunador? ¡Quiero verlo!". Luego abría la jaula, tomaba una horquilla, y arrojaba la paja sucia al piso. La cámara se acercaba a una parva mustia y húmeda, de la que emergía el ayunador, minúsculo como una hormiga: "¡No me pisen!", gritaba con una voz tan aguda, tan inasible, que sólo los micrófonos de la televisión podían captarla. "¡No me pisen! ¡Soy un desaparecido!" El sketch terminaba cuando la suela de un enorme zapato se cernía, implacable, sobre el comediante, mientras el público estallaba en aplausos y carcajadas.

La comedia los dejó aún más tristes. Eligieron cuartos separados para dormir y se despidieron sin pasión hasta la mañana siguiente. Debían tomar a las diez un vuelo a Recife, desde donde descenderían por la costa brasileña en un crucero de dos semanas. Era el regalo de casamiento del padre.

Llevaban ya varios días navegando cuando se enteraron, en la mesa del almuerzo, de que el actor del sketch cómico había pedido espontáneamente disculpas al público y a las autoridades. "Hago chistes de mal gusto", había dicho. "Por torpeza, estoy contribuyendo a las campañas de difamación contra nuestro país. Soy indigno de vivir entre ustedes. Los argentinos somos gente de paz y yo no he respetado esa paz. Las bromas sobre desaparecidos le hacen el juego a la subversión." Uno de los oficiales del barco había visto en un noticiero la escena del arrepentimiento y la contó en la mesa. El pobre hombre tenía unas ojeras muy hondas, como si se las hubieran pintado, dijo. Hipócrita hijo de puta, negro de mierda, comentó la señora mayor, muy teñida, que se había sentado a su lado. La gente de esa calaña no merece vivir. Si yo fuera hombre, no dejaría ni uno vivo. Todos siguieron comiendo en silencio.

La sensación de amor equivocado que Emilia había sentido la noche de bodas se curó como por milagro al día siguiente, en la litera incómoda del barco que estaba zarpando desde Recife. Cuando Simón le rozó el vientre con las manos al acomodar las maletas en el camarote, sintió el fuego de la calentura que llevaba guardada muy en lo hondo desde la primera menstruación de su vida. Al fin, podía saciarla sin los remilgos de la virginidad ni de la culpa católica. Se tumbó en la cama y le pidió a Simón que le desgarrara de una buena vez el maldito himen. Pero Simón no tenía el mismo apremio. Quería estirar cada minuto, descomponerlo en lentos fragmentos de deseo, entrar en el cuerpo de Emilia con todos los sentidos. Vayamos despacio, amor, le dijo. Es tu primera vez. Ella estaba impaciente y no entendía por qué el marido demoraba la penetración. Despacio no, ahora, lo urgió. ¿Eso era cristiano? Nada deseaba tanto en aquel momento como ser lastimada, deformada, despedazada. Cuando era una niñita de siete u ocho años, la cocinera le había contado que desvirgarse era parecido a morir. Iba a sentir el mismo dolor que en la muerte, pero con ese dolor empezaban todos los placeres de Dios.

Dejó que Simón la desnudara y descubriera por primera vez el lunar rosado que tenía en la nalga derecha, redondo como una moneda de diez centavos, y que se detuviera en el pequeño pliegue de celulitis que le había aparecido en uno de los muslos, todo por seguir virgen —se había dicho ella—, virgen y celulítica a los veintinueve años, y que lamiera la suave, casi invisible línea de vello que le bajaba del ombligo hasta el centro del ser. Tenía los ojos cerrados cuando él, también desnudo, le abrió los labios con la lengua y se enredó en su saliva. Al sentir su olor y su dulzura, el corazón de Emilia se desbocó, nunca había latido tanto y no creyó que pudiera soportar aquello demasiado tiempo, pero aún latió más rápido cuando Simón le internó la lengua entre los muslos.

Ahí no, le dijo. Está salado. Él levantó la cabeza y le sonrió desde abajo: ¿Cómo sabés que es salado? Y se sumergió en sus honduras sin hacerle caso, hasta que los labios internos lo apretaron, henchidos. Ahora, por favor, gimió Emilia. Dámelo ahora, por favor. Simón la penetró con suavidad, abriéndose paso hacia el himen, más dócil de lo que había imaginado. Oyó un breve gemido y el vértigo de la eyaculación lo dominó.

Lo siento, dijo. Habría querido que durara toda la vida.

No importa, lo tranquilizó ella. Podemos repetir dentro de un rato.

Te dolió. Estás sangrando.

Es sangre de la buena. Mañana no voy a sentir nada. Y, como dijiste, tenemos por delante toda la vida.

Al cabo de un rato, Emilia se acercó a él y lo besó en el cuello y detrás de la oreja. Sin decir una palabra, le tomó el pene y lo acarició con delicadeza.

No puedo, dijo Simón. Este animal lleva una vida independiente de mí. Puede quedarse horas así, dormido, blando.

Tranquilo, tranquilo. No pienses. Vas a poder.

Simón revolvió el equipaje, tomó un grabador de bolsillo y pulsó el play. Del aparato fluyeron, imperfectos por la mala calidad del registro, unos pocos acordes, muy simples, tocados con extrema pureza, que no se parecían a ninguna otra música de este mundo.

Cuando estoy solo, la improvisación de Keith Jarrett me excita. Con vos tendría que excitarme el doble.

Es bellísimo, aprobó Emilia. ¿Está improvisando, dijiste?

De principio a fin.

Demasiado perfecto. Debía de tener la melodía en la memoria.

No. Ése fue su hallazgo. Jarrett se presentó a tocar en la Ópera de Colonia sin la menor idea de lo

que iba a hacer. Estaba cansado después de una semana de recitales continuos y para él mismo fue una sorpresa que la música le llegara en oleadas. Hasta entonces había sido un gran solista de jazz, pero a partir de
esa noche construyó un género único. Su música es
un continuo, un absoluto. Las toses en la sala, los cru-
jidos del instrumento, nada está preparado. Quizá
Bach o Mozart crearon galaxias parecidas, armonías
improvisadas que ahora navegan en la noche de los
tiempos, pero nada ha sobrevivido. Por eso Jarrett
hizo algo que no volverá a suceder. No con las mismas
notas, no de esa manera. Su noche en la Ópera de Colonia no podrá repetirse jamás. Ni siquiera él mismo
podría hacerlo. Es un concierto fugitivo, nacido para
vivir y morir en ese instante. Se convertirá en un lugar
común, en una vulgaridad para enamorados como
nosotros, y la especie humana seguirá necesitándolo.

Estaban tendidos en la cama, desnudos, relaja-
dos. A los siete minutos, Jarrett se puso a gemir, como
si estuviera cogiendo con el instrumento. La verga de
Simón seguía impasible.

Dejame que te abrace, dijo Emilia.

Siguió acariciándolo con una mano mientras,
con la otra, se acarició a sí misma lentamente. Al poco
rato, junto con Jarrett, soltó un gemido.

Después de la llamada telefónica de la mujer
del cine, Emilia pasó la mañana preguntándose qué
hacer. Apenas ponía atención en los mapas cuyas escalas debía corregir, pasándolos de 1:450.000.000 a
1:450.000. Habría querido hablar del tema con su

padre, pero le daban miedo sus reacciones, cada vez más erráticas e imprevisibles. Se desahogó al fin con Chela, esa tarde, en la casa familiar. Tal como siempre hacía, la hermana se lo contó a la madre y ésta al doctor Dupuy, que regresó un par de horas después, temblando de cólera, como jamás se lo había visto antes. Encaró a Emilia de pie:

¿Cómo podés ser tan ingenua? ¿No entendés que estamos en una guerra? ¿Que tu familia puede ser atacada en cualquier momento por los subversivos? Debiste haberme contado al instante lo que te pasó en el cine. No tenés derecho a que yo quede como un boludo ante mis amigos. No podés hacerme eso a mí.

¿Qué te hice? ¿Me callé la boca un par de días? No sé lo que está pasando. No soy adivina.

Tampoco te sabés cuidar. Iban a tenderte una trampa. Querían sacarte información, meterse en esta casa. Nos iban a volar la cabeza a todos.

¿Cómo tengo que actuar, entonces, si esa mujer me vuelve a llamar?

No te va a llamar otra vez. La localizaron en un café cerca de tu departamento. Estaba espiándote, iba armada. Una patrulla la cercó y, cuando se le pidió que entregara el arma, quiso resistirse. Iban a detenerla, pero ella misma se mató.

Dos meses después de tomar el poder, el presidente fue a cenar a la casa de los padres. Lo acompañaban la esposa, que se cubría con faldas largas las piernas rectas, hinchadas como botellones, y el vicario militar. Como Emilia era la hija mayor y acababa de volver de su luna de miel, el doctor Dupuy condescendió a invitarla, exigiendo que ella y el marido se abstuvieran de comentarios políticos. La orden incomodó a Simón, que no tenía ganas de ir. A la entrada de la casa familiar había un tropel de autos y soldados en uniforme de fajina.

Era una noche tibia, de mediados de mayo, y el presidente, al que los diarios atribuían costumbres ascéticas, parecía exultante, casi triunfal. Saludó a Emilia con un beso desganado en la mejilla y extendió la mano a Simón sin mirarlo, mientras comentaba los éxitos del día. Al hablar separaba las sílabas, como si desconfiara de la inteligencia de sus oyentes. De vez en cuando observaba de soslayo al doctor Dupuy, que respondía con cabeceos de aprobación. Salvo en las fotos de los años treinta, Emilia jamás había visto a un hombre que llevara el pelo tan aplastado por la gomina. El vicario coqueteaba con Simón. Le explicó el significado de los dibujos de la casulla dorada que iba a estrenar en la procesión de Corpus Christi, mientras sus dedos jugaban con el crucifijo que le adornaba el pecho. Su voz aguda, de pájaro, llamaba la atención, y sólo hizo silencio cuando el presidente empezó a contar que, en apenas dos meses, el gobierno había reducido la inflación más del veinte por ciento.

Las políticas de ajuste empiezan a tener efecto, los ilustraba con prolijidad docente. Hemos mantenido los salarios en su cauce y se han acabado las protestas sindicales.

Por fin, intervino la esposa del presidente. Los alborotadores eran todos borrachines. Apenas les pagaban las quincenas, salían a gastar hasta el último centavo en los bares. Ahora están aprendiendo a ser decentes.

Alabado sea el Señor, dijo el vicario.

El champán desvió la conversación hacia temas que preferían las señoras. Todas, incluida Emilia, usaban el perfume "Madame Rochas" como si fuera una señal de distinción. Chela y su madre discutieron si las cremas Lancôme eran mejores que las de Revlon. La esposa del presidente zanjó el pleito.

Para mí Lancôme, dijo. Desde que me las puse por primera vez, no las cambio por nada.

Para qué cremas, apuntó el vicario. Ustedes tienen un cutis precioso.

Ethel, la madre, sonrió halagada.

Cómo se ve que a monseñor sólo le interesan las cuestiones espirituales. Las mujeres vivimos pendientes de la poca belleza que Dios ha querido darnos.

Unas amigas que están paseando por Europa me contaron que hay allá unas cremas fantásticas, de las que no tenemos idea, dijo Chela.

Ya llegarán. Todo a su tiempo, niña, dijo el presidente. La Argentina era un país aislado del mundo. Ahora vamos a abrir las puertas a las importaciones, para que nuestros productos aprendan a competir.

De todos modos me gustaría ir a Europa, insistió Chela.

A quién no, suspiró la esposa del presidente. Mi sueño es conocer al Santo Padre, que cada día se parece más a Pío XII. Tiene unas maneras tan suaves, tan aristocráticas, y a la vez tanta firmeza de carácter.

El vicario juntó las palmas de las manos y entornó los ojos.

El Señor nunca defrauda a quienes lo aman. Ese sueño se va a cumplir antes de lo que usted cree, señora. Las gestiones de la visita están muy adelantadas.

Todas las noches rezo para que el Señor conserve al Papa tan saludable como ahora. No bien acabemos con los extremistas, lo primero que haremos será ir a Roma para dar gracias. Pero todavía no podemos movernos. Hay que cuidar la casa.

La cena estaba servida y el vicario, desde la cabecera, bendijo la comida. Rogó por una rápida victoria de los soldados de la patria y, casi acariciando al presidente con una mirada beatífica, recitó: "A través de mí y del brazo de nuestro comandante, Nuestro Señor Jesucristo bendice este proceso de purificación nacional, que nos permite comer en paz".

Amén, dijo el presidente. Alzó la copa intocada de champán. Todos lo imitaron. Por la paz.

Durante un rato, nadie habló. La esposa del presidente alabó el soufflé de espárragos y la centolla que el doctor Dupuy había hecho traer ese mismo día desde Tierra del Fuego. El vicario aceptó otra ración y, con los ojos entornados, se concentró en el sabor.

Lo felicito, querido doctor. Está delicioso.

Dupuy aceptó el elogio con una sonrisa fría y se volvió hacia el presidente.

¿Tuvo un buen día, señor?

Hizo un leve ademán que los mozos entendieron al instante. Debían servir otra vuelta de *Dom Perignon*. Aunque en privado el padre trataba al presidente sin protocolo, cuidaba las formas cuando estaban delante de terceros. Sabía que, por debajo de su forzada energía, era inseguro y susceptible.

Fue un día del que no puedo quejarme. Por la mañana hablé en el congreso mundial de publicidad y pocas veces he oído tantas alabanzas. Los empresarios están chochos con lo que pasa. Advierten que en sólo un par de meses hemos puesto a la subversión contra las cuerdas. Todas las ratas están huyendo de la madriguera. Heredamos un desquicio, ahora vivimos en el orden.

Ethel, la madre, se sintió obligada a intervenir:

Yo le rogaba a Dios todos los días para que ustedes se apuraran a tomar el gobierno. La gente en la calle estaba desesperada viendo el país en manos de una bataclana retrasada. Teníamos miedo de que, para cuando ustedes llegaran, sólo quedasen ruinas. No dejo de admirar la rapidez con que devolvieron las cosas a su lugar. Hasta Borges, que es tan parco, se ha mostrado orgulloso de un ejército que ha salvado al país del comunismo. Lo oí hace un par de horas por la radio.

Ah sí. Almorcé con Borges y otros literatos. Mis asesores los invitaron para que habláramos de temas de la cultura, pero uno de ellos desentonó. Fue el que menos esperábamos, un curita, el padre Castellani.

Pensé que estaba muerto, dijo Dupuy. Ha de tener por lo menos ochenta años.

Setenta y siete, me han dicho. Veo que usted sabe quién es.

No tanto. Lo he leído. Tradujo unas cien páginas de la *Summa* de Santo Tomás y ha escrito unos cuentos policiales que no están mal. Le habrán informado que los jesuitas lo castigaron y lo encerraron en un convento de España. Hace pocos años le dieron permiso para que volviera a oficiar misa.

El presidente había probado apenas la comida. Era tan flaco que los otros comandantes lo llamaban

Anguila. A él no le disgustaba el apodo. Desde sus años de cadete era escurridizo, callado, impenetrable. Por amor a la milicia había llegado a la posición más alta, sin buscarla. Aun en la cúspide seguía siendo una anguila que se destacaba por su sigilo, su astucia, su buena suerte.

No tenía idea de que el cura fuera tan levantisco. Voy a reprocharles a mis asesores que lo hayan invitado. Desde que lo vi no me impresionó como un hombre devoto. Tiene un ojo de vidrio. Un ojo helado, de cadáver. Cuando estábamos en los postres, tuvo el tupé de plantearme que sacara de la cárcel a un ex alumno de él, un tal Conti. Alzó la voz como un poseído.

Siempre fue un poseído, apuntó Dupuy.

Se puso a vociferar que el ex alumno era un gran escritor y que estaba deshecho por las torturas, en agonía.

Dios mío. ¿Qué le contestaste? Era la esposa de piernas hinchadas.

La verdad. Que mi gobierno está en guerra con el extremismo comunista, pero no tortura ni mata. El profesor Addolorato, sentado a mi derecha, sacó las papas del horno. ¿Cómo se le ocurre traer a esta mesa una acusación tan inoportuna, padre?, lo atajó.

Addolorato es grandioso, aprobó la esposa.

No saben cómo se lo agradecí. Cuando el cura estaba por echarnos otro sermón, le pidió que se calmara. Todos estamos viviendo tiempos difíciles, le dijo. No distraigamos al presidente con nimiedades.

Simón dejó de comer y, por primera vez, terció en la conversación. Dupuy y Ethel temían que fuera a decir algo imprudente. Fue lo que hizo:

La tortura, general, no es una nimiedad, sea cual sea el fin que persiga.

El presidente torció los labios hacia abajo, en señal de disgusto, pero sólo Dupuy lo advirtió.

Vos no tenés velas en este entierro, Simón.

Todos tenemos algo que ver. No puedo callarme la boca ante ningún crimen.

Tranquilo, hijo.

El vicario alzó el índice y el dedo mayor de la mano derecha como si exorcizara a Simón. Ciertas prácticas parecen crímenes y son justicia. Tenés que comprender. Con el dolor momentáneo de un hombre, un pecador, se puede salvar la vida de muchos inocentes. Tratá de verlo así.

No es un problema de cantidad, monseñor. Atormentar a un solo ser humano equivale para mí al tormento de todos. Se lo oí decir al párroco de mi pueblo. Cuando crucificaron a Cristo crucificaron también a la humanidad.

No se puede comparar. Cristo hubo sólo uno. Era Dios encarnado.

Sí, pero hace dos mil años nadie lo sabía.

Emilia respiraba con agitación y sudaba. Parecía a punto de desvanecerse. Todos se volvieron hacia ella, que se sentía incómoda como centro de atención.

Lo lamento, dijo, levantándose de la silla. No sé qué tengo. Estoy un poco mareada.

Simón, llevala a su cuarto, ordenó el padre. Démosle un momento para reponerse.

Tal vez sea el champán, dijo Emilia. Nunca bebo. No estoy acostumbrada.

La madre también se levantó de la mesa, con ademanes nerviosos.

Voy a ver qué le pasa.

La esposa del presidente sonrió, sin darle importancia al episodio.

¿No estará de encargo? En tal caso, el mareo sería un regalo de Dios.

Nada de eso, la interrumpió Dupuy, incómodo. Ni ella ni su marido están preparados para formar una familia. Se lo he dicho a los dos, y lo aceptan.

Los hijos vienen sin que se los llame, dijo el vicario. Hay que respetar la voluntad de Dios.

La cena languideció desde entonces y cuando la madre regresó con la buena noticia de que Emilia estaba mejor y se había dormido, ya no había nada que decir. Dupuy se quedó con la sensación amarga de que el presidente lo culpaba por el mal rato que le había hecho pasar su yerno. Al marcharse, el vicario le preguntó, en confianza, si había investigado bien los antecedentes de Simón. Es un familiar suyo, doctor, y no podría ser un zurdo. Pero —Dios me perdone— habla como si lo fuera.

Más de una vez Dupuy había notado que el yerno disimulaba sus pensamientos peligrosos. Tendría que llamarlo al orden. Tal como estaban las cosas en el país, no se podían permitir desviaciones ni fisuras. ¿Cómo Simón no se daba cuenta de que todos los medios eran legítimos cuando se trataba de salvar al país del abismo? Si era necesario torturar para que la nación se purificara, no quedaba otro remedio que torturar. Juana de Arco y Miguel Servet, al sufrir el tormento sacramental, habían fortalecido a la Iglesia. A veces pagaban justos por pecadores, era inevitable en las guerras. La junta de comandantes no podía dar a publicidad los juicios sumarios y las ejecuciones porque eso permitiría que el enemigo se luciera en un debate indisciplinado, sin fin. Era preciso aniquilar a los subversivos con discreción y sin demora. Si algún jefe militar prefería tomar prisioneros y usarlos como fuerza de trabajo esclava, que lo hiciera, pero en silencio. El curita del ojo de vidrio había tenido la osadía de mencionar ante el presidente el caso de un cristiano desaparecido. Podía repetirlo cuantas veces quisiera. Nadie le haría caso. La gente de bien estaba harta de violencia. Quería la paz y el orden. El ser argentino del que tanto hablaba Dupuy en *La República* resucitaba, santificado. *Dios, Patria, Hogar* eran palabras que debían inscribirse en la franja blanca de la bandera, debajo del sol. Lo propondría en el editorial de la revista. Valiéndose de las interrogaciones socráticas que eran ya la marca de su estilo, diría: "Si los brasileños han forjado su democracia amparados en el lema *Ordem e Progresso* que está en el centro de su lábaro, y los norteamericanos han inscripto en esa otra insignia protectora que son sus billetes de banco el lema *In God We Trust*, ¿por qué nosotros habríamos de privarnos de proclamar a los cuatro vientos que la argentinidad se funda sobre esas tres palabras sagradas: *Dios, Patria, Hogar*?". Sería una lección eterna, que desarmaría cualquier embestida de la subversión totalitaria. Ellos no creían en Dios ni en el hogar, y la patria por la que luchaban era más soviética o castrista que argentina: una patria exótica, la patria socialista.

Simón desapareció en Tucumán cuando comenzaba julio. Las tardes eran templadas y durante la noche caía la escarcha. En la oficina les encomendaron una misión fácil, casi unas vacaciones. Debían relevar diez kilómetros de un camino invisible —que en el mapa aparecía sólo como una línea de puntos— del sur de Tucumán. La provincia ha cambiado mucho, les dijo Dupuy. Hasta hace poco era un lugar feudal y violento. Los subversivos tuvieron la osadía de proclamarlo territorio libre de América. Imaginen esa ridiculez. Ahora se respira paz y riqueza. Se han acabado los asaltos y los secuestros. El cordón de las veredas está pintado de celeste y blanco. Por donde vayan sólo van a ver orden. En cuatro meses apenas, el gobernador militar ha hecho milagros.

En el aeropuerto los esperaba un jeep alquilado por el Automóvil Club. Durmieron en un hotel del centro y a las cinco de la mañana salieron hacia el sur. La hora, el aire frágil, el vacío de las calles: todos esos detalles que tal vez no importan eran los primeros que Emilia iba a recordar. Los fulgores del relente sobre los campos de caña. Las sombras de los perros moviéndose bajo los faros. Las hojas de tabaco, ociosas en sus grandes esteras. Cada pocos kilómetros debían mostrar los documentos en un retén militar y explicar por qué iban donde iban. Los detuvieron en Famaillá, Santa Lucía, Monteros, Aguilares, Villa Alberdi. En el retén de La Cocha un sargento salió del baño con los pantalones caídos, a media pierna, y ordenó que volvieran a revisarles el jeep. Fíjense abajo, les dijo a los soldados de guardia. Estos subversivos de mierda esconden las armas en un doble fondo, bajo los asientos. Somos cartógrafos del Automóvil Club. Hacemos mapas, explicó Simón. Fue peor. Los encerraron en un depósito de herramientas y les hicieron preguntas sin sentido. ¿No serán falsos estos

documentos? ¿Por qué alquilaron un jeep y no un
auto, como todo el mundo? En los rincones del cuarto había mazorcas de maíz amontonadas, y ratas.
Eran enormes, grises, amenazantes. Para disipar las
dudas de los guardias Simón dibujó el trayecto que
debían relevar, desde Los Altos hasta el río El Abra.
Explicó que los mapas comunes omitían algunas no-
menclaturas y que el trazado de la ruta 67 era, en parte, incorrecto. Él y su esposa estaban allí para corregir
los errores. Ayer vimos un avión sobrevolando el
área, dijo el sargento. Pasó dos veces, muy bajo. Me
pareció que estaba tomando fotografías. Ahora pienso que a lo mejor son los cómplices de ustedes. Los
atentados terroristas empiezan así, con espías y visitantes de paso. Cardólogos, natólogos, todos se dis-
frazan. Sartólagos, como ustedes.

Cartógrafos, intervino Emilia. ¿Por qué no mira
bien nuestras credenciales?

Voy a permitir que sigan, concedió el sargento.
Pero sepan que los tenemos entre ojos. Todavía tienen que atravesar el retén de Huacra. Si los devuelven
desde ahí, no quisiera estar en el pellejo de ustedes.

El puesto militar de Huacra parecía desierto.
Les causó extrañeza el silencio asfixiante, los galpones
de la guardia vacíos, casi irreales. Estaban en el confín de dos provincias, en un paraje donde veinte soldados debían turnarse en una guardia incesante, y no
se veía un alma. A la izquierda del camino se alzaban,
lentos, los rayos rojos del amanecer. Por las lonas del
jeep se colaba un frío mortal. Avanzaron hacia el río
El Abra, o hacia lo que imaginaban que era el río. El
cauce estaba seco, y a lo lejos se alzaba un puente tosco,
de cemento. Con el motor encendido esperaron a que

amaneciera por completo antes de dibujar los primeros borradores del mapa. ¿Ya fijaste la escala?, preguntó Emilia. ¿Ves aquel terraplén, junto al puente? Hay
que elegir el símbolo. No te duermas, Simón.

Para no derrumbarse, el marido prendió un cigarrillo. Lo apagó al instante, como si estuviera enve-
nenado. Tiene muy mal olor, dijo. Era verdad. El mal
olor estaba en todas partes, extendido como una sába-
na. Tal vez sea la vegetación, dijo Emilia. A veces los
árboles están llenos de hongos y cagadas de pájaros. Es
invierno, observó el marido. Las plantas están peladas
y ni siquiera respiran. Será entonces la podredumbre
del río, dijo ella.

Recordó que las ratas abandonan sus crías bajo
los puentes cuando salen a buscar comida. Quién sabe
cuántos animales hambrientos estarían entonces devo-
rándose entre sí. Pero el olor cambiaba de naturaleza,
a ratos no tenía nada de sanguíneo y evocaba una boca
desdentada que soltaba las espumas de su aliento.

Uno cree que los olores se expanden mejor con
el calor, pero el de aquella madrugada extraía su fuerza del aire frío: era una neblina de olores que, en vez
de disiparse, iba tornándose más y más corpórea. Sobre las ventanas del jeep cayeron unos cristales de hielo y a Emilia comenzaron a dolerle las articulaciones.
El aire se congelaba y ella deseó que también el olor
fuera quebrándose en láminas de mica. El desierto era
tan monstruoso, tan absoluto, que en la luz gris del
alba las cosas desaparecieron, se esfumaron, y sólo
quedó el abandono: placentas infinitas de abandono,
ampollas que abrían sus cavernas delante del jeep. No
vamos a llegar a ninguna parte, dijo Emilia. Simón
contestó: Será porque ya estamos en ninguna parte.

Cuando la claridad se abrió paso, distinguieron unas sombras que se acercaban al jeep. Se arrastraban y revolvían el ripio del camino. A Emilia no le interesaban las películas de horror ni los relatos fantásticos en los que aparecían criaturas sobrenaturales. Las de esa madrugada, sin embargo, olían a sulfuro y crepitaban como una olla de grillos. Era un sonido anterior a los tiempos, el sonido del desierto desovando su veneno.

Quedate quieta. Hay gente afuera, susurró Simón, a la vez que aseguraba por dentro las puertas del jeep. Casi al instante alguien, en la intemperie, se puso a mover con frenesí el picaporte hacia arriba y abajo.

Tardaba en amanecer. Durante largo rato la luz fue sólo una distante claridad violeta. El viento daba bandazos y la arena restallaba en la carrocería del jeep. Otro sonido más agudo rayó el aire. La queja, llanto o lo que fuera se abría en tres o cuatro afluentes de voces que iban en cualquier dirección, ásperas, penetrantes, y cuando se detenían en seco era sólo para juntar los afluentes en una aguja que se clavaba en los tímpanos.

Hay gente dando vueltas, repitió Simón.

Sacó el cuchillo para los asados que siempre llevaba encima, y bajó del jeep. Como la penumbra del amanecer era aún más oscura que la noche, Emilia encendió los faros. Una mujer cubierta de harapos se calentaba a la orilla del camino palmeándose los brazos. A su lado, dos viejas reumáticas mecían un bulto envuelto en papeles de diarios. Detrás de ellas, otra mujer con melena de león trataba de reanimar a un hombre postrado con chillidos desgarradores. Sobre el ripio avanzaba un hombre con una gabardina cortada en tiras, que de nada debía servir porque el cuerpo estaba desnudo. Detrás, otro se movía a saltos, impulsándose con las manos sobre tacos de madera. Bajo el puente del río orinaban y defecaban varios más. No había fogatas ni reparos que los calentasen. Sólo la furia de aquel olor más hondo que la noche.

Cuando los desconocidos vieron que Simón caminaba hacia ellos, le gritaron palabras lastimeras y sin sentido. El de la gabardina tenía la piel tiznada por una mugre tenaz. Su aspecto, desde lejos, no parecía humano. Emilia pudo ver que, como ella, todos estaban enfermos de terror. Que el terror los igualara la decidió a bajar del jeep, cubierta con una de las mantas. Cerca ya de las viejas oyó un quejido enclenque y se dio cuenta de que, entre los papeles de diario, lo que había era un niño. Les tendió la manta sin dudar. En el trayecto desde el jeep hasta las viejas, poco menos de cien metros, amaneció. El sol se alzó en el cielo a todo galope, como si quisiera recuperarse de la demora. El viento silbaba, helado, y encrespaba la arena.

A lo lejos, los desconocidos seguían gritando frases sin sentido, palabras repetidas que iban cambiando de tono y de volumen. *Este del pelo parullado se ha cagado chuya.* O bien: *Dame plata p'al burro, vo, ¿No estái viendo que me muero de sé?* Y a coro: *Todo acá somo raya morada, por eso nos han tráido con redes, como a lo perro. Raya morada, raya morada.* Más indescifrables eran los gestos arbitrarios de los hombres, que se amenazaban entre sí mostrando las encías y sollozaban como si un mal recuerdo les hubiera entrado por la nariz. Se sonaban los mocos con un dedo y se detenían a mirar si los mocos habían caído sobre las ropas o sobre los guijarros del desierto. Cuando tomaron confianza, la mujer de la melena de león, cuyo lenguaje era el más articulado, contó que, poco antes de la medianoche, una patrulla del ejército los había ido cazando en los zaguanes y atrios de las iglesias donde dormían.

Eran dieciocho, o veinte, y vivían de la caridad. Algunos se hacían pasar por locos y divertían a la gente tocando guitarras que eran palos de escoba o escribiendo poemas en papel de diario. Otros gozaban, en cambio, de una locura sincera. El de la gabardina en tiras creía haber regresado del Juicio Universal a unos tiempos sin Dios, porque Dios ya no hacía falta. Estaba rodeado de ángeles que lo ponían en comunicación con las almas de los muertos y nunca se aburría porque pasaba el tiempo hablando con ellos sobre secretos de familia y enfermedades desconocidas.

Los habían sacado de la ciudad de Tucumán en camiones para perros y los abandonaron en los páramos de Catamarca, bajo el puente de El Abra, entre montañas de desechos hospitalarios, restos de vendas ensangrentadas, algodones con pus, vesículas, apéndices, pedazos de estómago, tripas ulceradas, riñones con tumores y otras afrentas de la enfermedad al cuerpo de los seres humanos. Aun en el hielo de la noche, nubes de moscones ponían sus huevos sobre la basura y bandadas de caranchos se disputaban con furia las vísceras desechadas. La fiebre de aquel olor se tragaba todo el oxígeno e impregnaba el cuerpo de los mendigos con un tesón que debió de durar para siempre.

Simón se ofreció a trasladar en tandas a los abandonados hasta el retén militar de Huacra. No le importaba postergar el mapa hasta la tarde y hacer en la mañana todos los viajes que se necesitaran, pero supo que ya dos de los hombres habían recorrido el camino entero durante la noche y que, al llegar a destino con los pies hechos pedazos, un camión del ejército los había devuelto al desierto. Se dijo que sería mejor, entonces, ir en busca de ayuda a un caserío llamado Bañado de Ovanta, veinte kilómetros al este. Te acompaño, le dijo Emilia. Hay que traer pan, café y frazadas para esta gente antes de que se nos muera.

El camino de regreso parecía otro. El sol asesino igualaba todo, y apenas si podían ver las manchas de los espinillos y de los cactus. En un punto, los carteles de las rutas debían de estar confundidos porque en vez de avanzar hacia el Bañado de Ovanta retrocedieron a Huacra. Emilia se preguntaría después, más de una vez, si se habían perdido por azar o porque alguien había cambiado las señales. Ya llevaban veinte minutos de travesía cuando vieron, en una hondonada a la derecha del camino, el mismo par de perros muertos que habían visto a la izquierda, al salir de Huacra. Ambos sabían que las imágenes, cuando se repiten invertidas, anuncian la desgracia.

Casi al instante sucedió. Un centenar de militares en uniforme de fajina los rodearon y los obligaron a bajar, apuntándoles con fusiles. Los botones de las chaquetas reventaban por la presión de las panzas llenas de cerveza y tallarines. El retén, que antes llamaba la atención por su abandono, era un enjambre de soldados que entraban y salían de un galpón de chapas, situado al fondo de un gran patio.

Los panzones los empujaron hacia una barraca que servía como sala de guardia. No llevaban insignias que indicaran sus rangos aunque, por la edad, debían de ser cabos y sargentos. Tal vez uno de ellos fuera capitán. Siempre ponían un capitán al mando de los retenes. Emilia buscaba la mirada de Simón sin conseguir que él se la devolviera. Parecía perdido, con la vista fija, confundido e incrédulo ante lo que les sucedía. Muchos años después ella pensó que ése fue el momento en que el marido había empezado a borrarse del mundo.

Un escribiente con papada de sapo y aliento a cerveza desvelada les pidió los documentos de identidad y copió los nombres trabajosamente, chupando el lápiz después de cada letra. Emilia, que estaba acostumbrada a las pérdidas de tiempo de las burocracias, siguió sin inquietud los lentos pasos de aquella rutina. Simón se abrazaba las rodillas como un chico abandonado.

El interrogatorio se volvió feroz cuando mencionaron El Abra. El escribiente hablaba del sitio con puntos suspensivos, tragándose la voz. Las explicaciones sobre escalas cartográficas que daba Emilia lo sacaban de quicio. ¿Qué hacían en El Abra? ¿Por qué esperaban el amanecer al descampado? ¿Con quién iban a reunirse? ¿Qué iban a entregar, a qué hora? Emilia y Simón no tenían otras respuestas que las verdaderas, y repetían que estaban trabajando en un mapa del Automóvil Club para turistas. Habían contado la misma historia con las mismas palabras en el retén anterior y no tenían nada más que agregar. El escribiente, sin embargo, no estaba satisfecho. Quería que la repitieran, otra vez, otra, y volvía sobre los mismos pasos.

¿Por qué, para qué, cuántos más? Insistía en averiguar por qué habían viajado mil doscientos kilómetros desde Buenos Aires para dibujar la nada. ¿Desde cuándo el Automóvil Club gastaba la plata en pavadas? Es verdad, concedió Simón. En todo caso, no fue idea nuestra.

¿Sos zurdo vos, Cardoso? ¿Sos montonero, bolche?

Nada de eso.

¿Entendés lo que es el comunismo?

Creo que sí. Lo que pasa en Rusia, en Polonia, en Alemania oriental.

Exatamente. Países sin dios, donde todo es de todos. Hasta las mujeres y los hijos son del estado. No hay propiedad privada. Cualquiera puede usar lo que es de los otros.

¿Así de fácil?

Yo hago las preguntas. Sí, es así de fácil. Donde no hay Dios no hay decencia. ¿Te parece bien que un día venga un reo de la calle y le rompa el culo a tu esposa porque sí?

No me parece.

El estado comunista les da ese derecho a todos. Lo mismo vas vos a la casa del reo y le devolvés el favor cogiéndote a la mujer.

Nunca había oído eso.

No se te ocurra dudar. En Rusia lo saben hasta los chicos de primer grado y se acostumbran, no tienen otra. Acá aprendemos a respetar. Dios es lo primero. Después la patria y el hogar. Ésa es la santísima trinidad argentina.

Si usted lo dice, no lo dudo.

Mejor así, Cardoso. No dudés. ¿Dónde hiciste contacto con los subversivos?

Ya le dije. No vimos a nadie, sólo a esos mendigos.

¿Y se te aparecieron por casualidad, decís? ¿Así, de golpe?

No sabíamos que hubiera gente ahí.

Seguí haciéndote el vivo. ¿A quién querés engañar? O contestás de una vez o la interrogamos a tu mujer mientras me la culeo delante de vos. Porái la pongo contenta.

Le dije todo lo que sé. Ni mi mujer ni yo conocemos a ningún subversivo.

Vos no contestés por ella. ¿Conocés a un subversivo, Dupuy?

No. Ninguno, dijo Emilia.

¿Cómo distinguís a un subversivo de una persona normal? Este forro con el que viniste es uno, y peligroso. Lo tenemos fichado.

Es mi marido. Infórmense, pregunten. Están cometiendo una equivocación terrible.

La que se equivocó sos vos cuando te casaste con este zurdo. Tenías una cita cerca de acá, ¿no es así, Cardoso? El moishe al que ibas a ver ya te deschavó. Vos cantá sólo dónde están los mapas y las armas que le traías. Me lo decís y te vas. Se van los dos. No me hagan perder el tiempo.

No le voy a mentir. No vinimos a ver a nadie. Nos mandaron a completar un mapa. Ya les expliqué a los oficiales del otro retén. Después de hacer el trabajo nos íbamos. Dos horas, tres. Nadie nos dijo que acá no se podía.

¿Te creés que soy boludo? En la selva detuvimos esta semana a cinco troscos armados hasta el culo. Llevaban un arsenal de mapas. Cantaron todo, hasta el arroz con leche. Los mapas te ayudan a preparar los atentados y a rajar rápido. ¿Me equivoco?

Emilia inclinó la cabeza, abatida. Lo que sucedía era una comedia tonta, un episodio que no encontraba lugar en la realidad. Trató de colocarse en un lugar resguardado, sensato. Dijo:

Soy la hija del doctor Orestes Dupuy. No tienen derecho a tratarnos así.

¿Ah, no, putita? Acá no hay Dupín que valga. Esto es una guerra, ¿entendés? Si te mato ahora mismo doy la explicación que se me dé la gana. Que te quisiste escapar, que me manoteaste el arma para quitármela, lo que se me ocurra. Acá no tenés nombre, no existís.

Simón no sabía cómo tranquilizar al sapo. Esperaba que la pesadilla terminara de una vez, que los dejaran paz. A quién le importaban los mapas, con el país dado vuelta.

Otro panzón se asomó a la puerta de la barraca y le preguntó al escribiente si necesitaba ayuda.

¿Ayuda con esta rutera?, dijo el sapo. ¿Me estás jodiendo? Si me la culeo tres veces todavía me sobra pija. Al zurdo que vino con ella ya lo ves. Está entregado.

Simón tenía la cabeza caída sobre el pecho. Atado a una silla de la barraca con el cinturón del sapo, apenas podía moverse. El escribiente se arremangó y volvió a chupar el lápiz. Estaba preparándose para más preguntas. Tomó el jarro de café que se calentaba sobre el brasero y se lo arrojó a la cara.

¿Vas a decirme de una vez a quién le traías los mapas? ¿Para quiénes son las armas que hay en el jeep?

El dolor y el miedo desquiciaron a Simón. Con el cuerpo atado a la silla se puso de pie y golpeó a ciegas. Fue un gesto idiota, con el que nada ganaba. Ni siquiera se le aflojó el cinturón. Se vino abajo con la silla encima. El ruido atrajo la atención de los panzones que estaban fuera. Dos de ellos lo levantaron sin esfuerzo y lo lanzaron contra la pared. Emilia vio caer a su marido en cámara lenta. Le parecía increíble que la vida les tendiera una trampa justo en ese momento, cuando empezaban a ser felices. Unas líneas de nada sobre un mapa habían atraído al azar y el azar estaba destrozándolos. El mundo se negaba a ser dibujado y violentar ese principio tenía un precio muy alto en lágrimas. Oyó un crujido como de hueso roto. La nariz de Simón estaba hinchada y los labios partidos. Un ligero chorro de sangre le cubría el pecho.

Junto a las vallas del retén los esperaban dos Ford Falcon verdes con los motores encendidos. A Emilia la sentaron en el que arrancó primero, junto a un guardia vestido de civil. Los panzones metieron a golpes a Simón en el asiento trasero del otro. El marido arrastraba las piernas flojas, desconcertadas.

Fue la última imagen que Emilia tuvo de él, y en el futuro la soñaría muchas veces. Pero en los sueños Simón nunca sería Simón sino cualquier otro hombre con el que se hubiera cruzado ese día. O una ciudad que se caía y se levantaba. O la llama de una vela.

En el camino de regreso, el cielo se oscureció. El tiempo mudaba de humor cada pocos kilómetros. De a ratos caía una tormenta furiosa y del pavimento se alzaban nubes de vapor. Más allá brillaba el sol y el aire se quebraba en escamas de hielo. Una tropa de carretas cargadas de caña de azúcar bloqueó el camino. El guardia que custodiaba a Emilia bajó del automóvil para despejar la ruta pero al rato regresó, meneando la cabeza. Imposible seguir, dijo. Dos mulas de tiro han caído muertas y nadie las puede mover. No hay más remedio que desviarse.

Encendió el radio transmisor e informó al retén que iba a dar un rodeo. Los campos de azúcar estaban desolados y el horizonte era a veces púrpura, otras veces de un amarillo intenso, amenazante. Avanzaban por un camino lleno de pozos en los que el automóvil se atascaba. A Emilia le dejó de importar hacia dónde la llevaban y cuándo llegarían. Sólo le inquietaba Simón. A intervalos cada vez más largos le preguntaba por él al guardia. El hombre miraba los remolinos de polvo y no respondía. Emilia se dijo que quizá no tenía sentido resistirse cuando ya nadie quería resistir. Los militares eran la aristocracia del espíritu argentino y de nuevo esa aristocracia salía de los cuarteles para salvar el país. Cuántas veces se lo había oído decir a su padre, que recitaba el discurso de Ayacucho con la misma pompa arcaica del poeta nacional que lo había escrito. Era una pieza oratoria de 1924 que los chicos aprendían de memoria en las escuelas. A ella se lo habían tatuado a fuego y todavía le rondaba por la cabeza.

Al caer la tarde los detuvo la barrera de un tren. El convoy se acercaba con movimientos lentos y torpes. Sobre los vagones lisos como balsas trasladaba cadáveres con indiferencia comercial. Salvo en los tres que seguían a la locomotora, los cuerpos viajaban a la intemperie, indiferentes a la obscenidad de la muerte. Los de adelante estaban cubiertos con plásticos negros que el viento henchía, dejando al descubierto manos, cabezas, piernas. Las cenizas de la maloja revoloteaban sobre el convoy y dejaban un rastro oscuro: un enjambre de mariposas agonizantes.

Era casi de noche cuando el primer Ford Falcon entró en los suburbios de Tucumán. Las grandes avenidas estaban iluminadas y los frentes de las casas lucían limpios, como si acabaran de pintarlos. La ciudad se encogía en el aire helado. Los autos se movían despacio y la gente caminaba con la cabeza baja y el cuerpo pegado a las casas. La calma parecía tan deliberada que resultaba artificial. Sobre la calle que separaba el norte del sur se alzaba un letrero con la imagen de tres muchachones desgreñados y amenazantes. Al pie se leía: *No permitamos que los extremistas destruyan el país. Ayúdenos a barrerlos.* A la cuadra siguiente, otro cartel exhibía una escoba afanosa con una leyenda celeste y blanca: *Orden y Limpieza. Muerte a la subversión.*

Emilia recordó que la frasecita era uno de los aportes de su padre a la propaganda del gobierno: *Orden y Limpieza.* ¿Cuántas otras habría de las que no estaba enterada? *Dios, Patria y Hogar,* ésa seguro, pero a estas alturas ya pertenecía a todos.

La llevaron a la jefatura de policía, tomaron sus impresiones digitales y le hicieron firmar un papel en el que admitía que Simón había alquilado el jeep. "Por instrucciones del Automóvil Club Argentino", aclaró Emilia al pie. Flanqueada por dos guardianas bajó a un largo sótano. Había celdas enfrentadas de las que no salía el menor ruido. A Emilia la encerraron en la última. Cuando la dejaron sola perdió la noción del tiempo. Tardó en acostumbrarse a la oscuridad. Distinguió un catre atornillado al piso y un balde que desprendía el olor de capas geológicas de orina.

La pared que tenía enfrente se alzaba altísima, a no menos de ocho metros, y en el techo formaba un ángulo con la pared que estaba a sus espaldas, lo que daba a la celda la forma de una pirámide. En algún momento los guardias pasaron entre las rejas un jarro de agua, que ella bebió sin respirar. Tenía la garganta seca, llena de arena y de terror.

Estaba a punto de dormirse cuando una luz fantasmal la despejó. Sobre el muro más alto, una máquina invisible proyectaba imágenes que parecían tomadas de un sueño. Las imágenes llegaban y se iban, borrándose como estrellas fugaces. Pensó que se trataba de una alucinación y recordó un verso de Dante que había leído en la escuela: *Poi piovve dentro all'alta fantasia*. Era verdad: en su imaginación llovía, pero el agua caía tan rápido que las formas se le escapaban apenas aparecían. Vio a Simón precipitándose en una hoguera, pero ésa era también una imagen medieval de Dante. Vio a un bebe de pocos días, ahorcado con la cuerda de una lámpara. Aún no se le había desprendido el cordón umbilical y tenía la cara arrugada por una expresión de dolor extremo. La imagen se hinchaba como si estuviera cruzando la frontera de la realidad. Creció y creció hasta disolverse en un letrero que recordaba la tipografía de los viejos noticieros cinematográficos: *Recién nacido asesinado por criminales subversivos*. Vio las tres personas de la santísima trinidad devorarse unas a otras: el Padre devoraba al Hijo, y el monstruo de dos cabezas que surgía de allí devoraba a la paloma del Espíritu Santo, y luego la paloma alzaba vuelo y con su pico de guadaña les cortaba la cabeza a los otros dos. Y luego se vio a sí misma contemplando aquellas escenas, y cuando se vio entendió que no estaban dentro de ella sino que había en alguna parte una máquina oculta que las proyectaba, aunque no sabía para qué. ¿Quién gastaba dinero en componer esas figuras? ¿Alguien más las veía?

Cada tanto, las imágenes se repetían en el mismo orden, como si las hubieran dispuesto en una cinta sin fin. Al amanecer —supuso que ya había llegado el amanecer— se desvanecieron como desperdicios arrastrados por la marea. Trató de dormir, pero las voces de una radio cercana daban una y otra vez los resultados de la lotería. "Dos mil novecientos noventa y ooucho. Oouchocientos mil pesos", anunciaba el locutor. "Dos mil novecientos noventa y ooucho. Oouchocientos mil pesos", repetían las oscuridades del fondo del pasillo. La realidad se alejaba cada vez más y su lugar era ocupado por los únicos dos sentidos en los que Emilia confiaba: el olfato y el tacto. ¿Estaban libres esos sentidos? ¿O eran prisioneros de una realidad ajena, que también soplaba a su antojo sobre la imaginación?

Despertó cuando le dejaron en la celda una jarra de mate cocido y un pedazo de pan de campo con frituras de cerdo. El canto de los números de la lotería se mantenía inalterable, pero las imágenes en la pared ya se habían disuelto. Pensó que, si quería sobrevivir, debía evitar las tensiones y permanecer con la mente en blanco, distante de lo que sucediera más allá de su cuerpo. Sumirse en el letargo, por difícil que fuera. Eso le daría fuerzas para lo peor, si acaso lo peor llegaba. Cualquier sentimiento la hubiera perdido, y al final pensó que estaba a salvo porque no había tenido ninguno.

Al tercer día, una celadora le ordenó que se lavara y se peinara.

Te podés ir, nena, le dijo. Acá las fifís siempre caen paradas. Afuera te buscan tus viejos.

Le vendaron los ojos. Alguien la tomó del brazo, la hizo cruzar lo que le pareció un patio húmedo y la dejó en un cuarto que olía a ropas sudadas. Antes de cerrar la puerta, le ordenó que contara hasta veinte y se quitara la venda. Cuando se acostumbró a una luz muerta que igualaba los objetos, distinguió los contornos de un sofá de dos cuerpos, un escritorio de madera y algunas sillas. De las paredes colgaban escudos pintados, una foto de la Anguila y un retrato del general San Martín. Sin razón alguna se introdujo en su memoria, como un moscardón, el verso que había oído en la primera fiesta patria de la escuela primaria: *las batallas, los pactos, el héroe obligatorio.* Los héroes obligatorios se multiplicaban en el país, como los santos en la Iglesia católica. Se creaba un héroe nuevo por cada batalla que no se libraba, se veneraba a un santo por cada milagro que no existía. *Las batallas, los santos, el héroe obligatorio.*

A sus espaldas se abrió una puerta y, junto con una ráfaga de luz repentina, entró la voz de pájaro de su madre.

¡Emilia querida, hija! En qué lío tan horrible te ha metido Simón.

Se dejó abrazar con reticencia. Siempre la había reconfortado la calidez de la madre, pero la acusación a su marido la desconcertaba.

Simón no tiene nada que ver. Fue tan víctima de esta equivocación como yo. ¿Dónde está? Quiero verlo.

Así no podés, dijo la madre. Estás hecha un asco. Andá a lavarte. Te trajimos ropa limpia.

Los estantes del baño rebosaban de enseres de afeitar y perfumes importados. La blusa y el corpiño que le habían llevado desde Buenos Aires eran de su hermana Chela y le quedaban grandes. Era verdad: estaba impresentable, demacrada, con ojeras profundas y el pelo grasoso, revuelto. Se compuso como pudo, mal. En el cuarto de al lado, un desconocido se deshacía en disculpas con su padre.

Dos días acá, dotor. Sí, ha sido imperdonable. Casi todo el personal está en campaña y el que nos ha quedado en la jefatura es muy inorante. Trabaja veinte hora corrida. Por el cansancio ya no distingue lo que está bien de lo que está mal. Trajeron a la señorita muy tarde en la noche. No había ningún oficial de relevo. Si quiere que investiguemos, lo vamo a hacer hasta las última consecuencia, caiga quien caiga.

Dígale al general Bissio que quiero verlo, exigió el padre.

El general gobernador también se deshizo en disculpas, pero sólo por teléfono. Seguía el rastro de una patrulla escondida en los montes. No quería retener al doctor Dupuy y a su familia en el cuartel inhóspito por el que iban y venían ladrones y putas. Ordenó que le mostraran a la señora de Cardoso el libro de guardia donde constaba que Simón se había marchado a las ocho de la mañana, dos horas antes.

El padre dio una palmadita en la cintura de la hija y se mantuvo a distancia. Siempre había sido así, desde la adolescencia. Esas caricias distraídas hacían que Emilia se sintiera impura, fuera de lugar. Leyó el inventario de lo que le habían devuelto a Simón: un reloj pulsera marca Citizen, un anillo de matrimonio, un paquete de cigarrillos Jockey Club, un maletín marrón de cuero, veintisiete mil pesos en billetes de mil, una credencial de empleado del Automóvil Club, un mapa escala 1:5000 de la zona sur de la provincia.

El doctor Dupuy tenía pasajes para la vuelta a Buenos Aires en el avión de las cuatro de la tarde, pero Emilia no quería irse tan rápido. Insistía en que Simón los iba a alcanzar de un momento a otro. El padre se instaló en el restaurante del aeropuerto mientras la madre y ella averiguaban si el jeep alquilado había sido devuelto. Sí, les dijeron. La tarde anterior lo trajo un soldado. Otro soldado se había llevado la valija de Simón del hotel donde pasaron la única —breve— noche juntos. La cuenta estaba misteriosamente pagada, nadie recordaba por quién. El conserje y las chicas de la recepción eran otros. Daba la sensación de que el pasado se retiraba sin dejar huellas, como si la vida estuviera suspendida en un presente continuo donde los hechos sucedían sin relaciones de causa a efecto.

Llegaron al aeropuerto poco antes del vuelo de las cuatro. La madre convenció a Emilia de que Simón debía de estar esperándola en Buenos Aires, no podía ser de otro modo. ¿Por qué no atiende el teléfono, entonces?, preguntó Emilia, que llamaba a San Telmo cada quince minutos. Seguramente está regresando en ómnibus, contestó la madre. El viaje dura veinte horas y va a llegar mañana por la mañana. ¿Sin dejarme una nota, sin preguntar por mí? Ése no es él, dijo Emilia. El miedo cambia a la gente, hija, observó el padre. Si tiene miedo, ahora está huyendo de todo, hasta de él mismo. Mientras embarcaban, Emilia se dio cuenta de que no había un cuarto pasaje. Le pareció que era mejor no decir nada y así pasó las dos horas siguientes, contemplando las nubes por la ventanilla.

Años después, cuando Simón seguía sin aparecer, leyó en la revista *Gente* que los maridos argentinos acostumbran a marcharse de repente, sin dar explicaciones. Sufren el síndrome de Wakefield, explicaba un psicoanalista, en alusión al cuento de Nathaniel Hawthorne en el que un buen hombre de Londres deja un día a su esposa porque sí y se muda a una casa de la cuadra siguiente, desde donde observa la vida familiar hasta que envejece. Emilia siempre supo que Simón no era de ésos. Iba a volver apenas pudiera.

En esos tiempos la gente desaparecía por millares sin razón aparente. Desaparecían embajadores, amantes de capitanes y almirantes, propietarios de empresas codiciadas por los generales. Desaparecían obreros que salían de la fábrica, peones de campo que dejaban los tractores en marcha, muertos que habían sido enterrados el día anterior y que se perdían de sus tumbas. Desaparecían niños del vientre de sus madres y desaparecían madres de la memoria de sus hijos. Algunas personas que llegaban enfermas a medianoche al hospital ya no estaban a la mañana siguiente. Más de una vez, mujeres desesperadas salían a la puerta de los supermercados en busca de hijos que se les perdían en los agujeros negros de las góndolas. Unos pocos aparecieron muchos años después, pero no eran los mismos. Tenían otros nombres, otros padres, y una historia que ya no era la de ellos. Y no sólo desaparecía gente: ríos, lagos, estaciones de tren, ciudades a medio hacer se desvanecían en el aire como si jamás hubieran existido. Era infinito el saqueo de lo que ya no estaba y de lo que podría haber sido.

En una entrevista con corresponsales japoneses, la Anguila tuvo que dar una respuesta sobre la epidemia de desapariciones. "Primero habría que averiguar si lo que ustedes dicen que existió estuvo donde ustedes dicen que estuvo. La realidad puede ser muy engañosa. Mucha gente se desespera por hacerse notar y desaparece sólo para que no la olviden." Emilia lo vio en la televisión subrayando las sílabas mientras movía hacia arriba y abajo la calavera brillosa de su cabeza:

Un desaparecido es una incógnita, no tiene entidad, no está ni vivo ni muerto, no está. Es un desaparecido.

Y al decir *no está* alzaba los ojos al cielo.

No se repita más esa palabra, siguió. No tiene asidero. Está prohibido publicarla. Que desaparezca y se olvide.

Emilia dejó a Simón en la puerta de Trudy Tuesday y, sin perderlo de vista, fue a buscar su Altima plateado al edificio de Hammond Atlas. Ya no temía que volviera a marcharse, no tenía sentido que lo hiciera después de tantos años. Emilia le había dicho en voz baja: Voy a buscar el auto. Nos vamos a casa. Y no había necesitado oír la respuesta. Desde la otra orilla de la ruta 22 se volvió para comprobar si él continuaba en el mismo lugar donde lo habían dejado sus sentidos. Y ya no estaba. Lo vio caminar hacia el norte, una mancha de luz, un vapor levantado por el sol de las dos de la tarde.

¡Simón!, llamó, sin que él la oyera. Tal vez estaba desorientado por el tránsito incesante de camiones hacia Newark. Un taxi se detuvo en la esquina y Emilia, sin vacilar, lo tomó y le ordenó que no perdiera tiempo y siguiera al marido. Estaba cruzando un puente a menos de doscientos metros y no le costó alcanzarlo. Cuando le abrió la puerta del taxi, él entró sonriendo como si nada. Todavía angustiada, con el corazón saliéndole por la boca, Emilia balbuceó la dirección de Highland Park y le indicó al chofer cuál era el camino más rápido. La energía que el marido había mostrado minutos antes en el diálogo con los escandinavos parecía haberse drenado por completo. Era un niño manso que observaba a hurtadillas a Emilia y se encogía en el asiento de atrás para no incomodarla. Llevaba el maletín que ella le había regalado treinta y un años antes: ancho, de cuero marrón flexible, perfecto para los viajes cortos: el mismo que, según el inventario de la guardia, le habían devuelto en la jefatura de policía de Tucumán. En aquel tiempo remoto Simón tenía tres originales de mapas en cartulina blanca con los tipos ya impresos y varias películas transparentes de poliéster para aplicar los símbolos cartográficos. A Emilia le habría gustado preguntarle si también ese pasado seguía en el maletín, inmóvil, prisionero de un tiempo que no se quería retirar. Pero no se animó. Hacía una eternidad que los cartógrafos no usaban las transparencias de poliéster. Los mapas eran ahora programas de computadora, metáforas que no tenían lugar en la realidad.

No voy a dejarte solo, amor, le dijo. No voy a volver a trabajar hasta el lunes. Era viernes.

Simón tenía la mirada fija en la monotonía sin alma del suburbio: los Taco Bell y los Dunkin

Donuts de los que salían familias obesas y satisfe-
chas, los Kinkos, los Pathmark, los Toys R'Us y los
otros condados del consumo sin término ni tasa.
Emilia hablaba a borbotones. Desde que vine a este
país me impresionan los tomates hinchados de salud, las lechugas que jamás envejecen, las frutas que
cantan como sirenas a la entrada de las verdulerías.
Ahora entiendo a la Blancanieves de Disney, que cae
hechizada por la manzana de la reina madrastra.
Una manzana insípida que te lleva al sueño eterno.
¿A vos te pasó lo mismo, Simón? Nada de lo que se
come acá tiene gusto. Lo que se vende en los mercados es una imaginación de la genética, el caldo de
cultivo de todas las enfermedades futuras. Cada tanto, el taxista se volvía hacia ella y le preguntaba:
¿Todo está bien, señora? ¿Me dijo algo? No, todo estaba bien.

El marido siguió largo rato sin decir palabra,
con la vista clavada en las tristezas de la ruta. Debo
tener cuidado, se repitió Emilia. Estoy impaciente
por recuperar el tiempo perdido pero quizás él no. No
debo abrumarlo ni ser intensa. Ya volveremos a ser
lo que éramos, poco a poco. Y si nunca lo consegui-
mos, qué importa. Al menos hemos vuelto a estar
juntos. Un día, dos días, el resto de la vida. Lo sabrían
apenas hablaran y se contaran las historias que no
habían podido compartir. ¡Era tanto, tanto! No tengo de qué avergonzarme, se dijo. Nunca he dudado
de que seguía vivo, ni siquiera cuando los tres testigos
del juicio a los comandantes juraron que lo habían
visto muerto, tirado como basura en un patio cualquiera. Nunca he dejado de quererlo, nunca le he sido
infiel. Durante estos años horribles supe que iba a

volver, lo busqué, lo esperé, lo presentí. Hasta podría decir que me lo he ganado si no fuera porque hablar así del hombre que quiero es menospreciarlo, mi Simón no es ningún trofeo.

El sol está apagándose rápidamente y la oscuridad va a envolverlos de un momento a otro. Emilia siempre sale de Hammond cuando ya es noche cerrada y rara vez ha tenido ocasión de ver el crepúsculo, la agonía roja y amarilla de los árboles otoñales, el perfil huidizo de las construcciones idénticas de la ruta. Todo se va a desvanecer en pocos minutos, la luz de la tarde, el otoño, las hojas que caen; todo menos Simón allí, a su lado.

Siempre, aun en las noches de calamidad —cuando llueve, nieva y las ambulancias aúllan sin descanso—, se cruza a la salida de Hammond con predicadores evangélicos que desentonan una letanía de *Oh Lord, Oh Lord* mientras agitan ante los que pasan las alcancías de la limosna. El estribillo agorero del canto sigue acosándola apenas pone la cabeza en la almohada, porque los sonidos del día regresan siempre a ella por la noche, como si se hubieran retraído y esperaran ese momento para extenderse en la lisura de su cabeza, uno detrás del otro: los sonidos de ese día y también otros más lejanos. Le habría gustado desprenderse de esas memorias inútiles, pero no ha tenido más remedio que llevarlas a todas partes. Antes no las sentía. El tiempo las ha ido trayendo de vuelta. Cuantos más años han pasado, más han retrocedido los recuerdos. Ahora, junto a Simón, ya no tiene nada que temer.

Qué día perfecto, dice, sin esperanza de que le responda.

Y así es, no responde. Hace apenas quince horas estaba en su departamento de la calle Cuarta Norte viendo por televisión con Nancy Frears una vieja comedia romántica, *The Ghost and Mrs. Muir*, en la que Gene Tierney, viuda reciente con una hija, se muda a una casa embrujada a orillas del mar y se enamora del espectro que la habita. A eso de las once Nancy se marchó y ella se quedó leyendo durante quince, veinte minutos, unos poemas de Gonzalo Rojas que la hieren con su erotismo feroz. *Hembra que brama mea amor/ hermoso y entra en Dios, animaliza/ y aceita el seso de su hombre torrencial encima.* Los versos la han excitado, todavía tiene vida para calentarse, para masturbarse, para ser de ella misma ya que no ha querido ser de nadie.

Ni un solo día he dejado de quererte, Emilia, dice Simón. El fragor de la ruta le cubre el débil hilo de voz. Yo tampoco he dejado de quererte, Simón, mi amor. Ni un solo día. Los pensamientos se le atropellan. Tendría que anticiparle tantas cosas antes de que lleguen a la casa, ¿pero no sería mejor serenarse, esperar, saber cómo se sienten el uno con el otro? Se han dicho que todavía siguen queriéndose. Es poco y sin embargo significa todo. Teme que Simón se desengañe cuando la vea tal como es, el papel ajado en que la han convertido las desdichas.

Mientras deja la ruta 22 y entra en la planicie aún más árida de la 287, flanqueada por hoteles enormes como cementerios (¿a quiénes sino a fantasmas se les ocurriría alojarse en medio de esas nadas?), a diez o doce millas de su casa, se da cuenta de que huele mal, está sucia, tiene pegotes de sudor en el pelo. Se ha bañado antes de salir, por la mañana, se ha depilado las axilas la noche anterior, y sin embargo se le han abierto fuentes de olor que sólo una segunda ducha puede apagar. ¿Dejará que el tiempo se le vaya en eso, invitará al marido a bañarse con ella? Ni pensarlo. Lo mira de reojo, tan plácido, tan callado, y se le esfuma al instante la vergüenza. Le preguntará qué tiene ganas de hacer, con la esperanza de que la invite a la cama esa misma tarde. Se le rendirá, lo seguirá adonde quiera, así como él la ha seguido hasta ese confín de New Jersey sin preguntar. Parece estar de vuelta de las cosas, no se sorprende ni cuando ella le muestra las sombras del parque Johnson donde va a trotar los sábados y domingos. A dos cuadras de la casa, Simón por fin le habla: *All yet seems well; and if it end so meet,/ The bitter past, more welcome is the sweet.* "Y sin embargo, todo parece estar bien", traduce Emilia. "Si así termina todo, cuanto más amargo es el pasado, más bienvenida es la felicidad." Shakespeare, ¿no? Tu inglés es muy bueno. ¿Cómo aprendiste? La televisión, contesta él. Seis horas diarias. Y ella: Yo también he mejorado el mío con los *audio books*. La soledad da tiempo para todo.

El departamento de Emilia es lóbrego: un balconcito a la calle, una sala, un baño, la cocina, el dormitorio. La mesa del comedor está llena de mapas. Hay platos sucios en la cocina y olores residuales que están fermentando desde la mañana. Se ha dejado estar y no ha llamado al propietario para que repare las manchas de humedad que desgarran el empapelado. Observa al marido, que va por la escalera detrás de ella, y le extiende la mano: ¿Sos vos, Simón? ¿Sos vos, realmente? Se aferra a una mano liviana, delgada, tan suave como la recordaba. La arrebata el deseo cuando trasponen el último peldaño, el deseo torrencial que se ha ido depositando en su vientre desde que comenzó a extrañarlo, quiere sentir su cuerpo, quiere abrazarlo, ya no soporta más tanto furor guardado. Como si le adivinara el pensamiento, la voz de Simón llega para socorrerla: Ni un solo día he dejado de quererte, dice. Yo tampoco, responde Emilia. Ni un solo día. Y lo repite con todo el ser para que la oigan hasta las paredes raídas: Ni un solo día, mi amor.

2. Dama solitaria que iba cantando

Purgatorio, XXVII, 40

Como Emilia, vivo en Highland Park desde 1991, en el extremo más desolado de la colina que vigila el curso del río Raritan. A mediados del siglo XVIII el Raritan era una importante vía de intercambio fluvial. Ahora es sólo un hilo de agua esquelético, en el que anidan miles de gansos canadienses cuyos graznidos astillan el silencio de la pequeña ciudad. En septiembre de 1999, los gansos desaparecieron súbitamente sin razón alguna. El cielo estaba oscuro y la naturaleza muda. Nadie se había preparado para lo que sucedió. Durante la noche, los vientos del huracán Floyd encresparon las aguas del Raritan, que subieron de nivel en unas pocas horas, crearon arroyos enloquecidos y cubrieron por completo el parque Donaldson, a cien metros de mi casa. Los nidos de los gansos —unos fardos pesados de paja brava— fueron arrastrados por la corriente. Los sótanos de todas las casas que dan al parque se inundaron. Perecieron bibliotecas enteras, estudios de fotografía y mapas con el trazado del *eruv* que es tan valioso para los habitantes religiosos del pueblo. A la mañana siguiente la gente salió a ver la devastación. El sol se alzaba espléndido, y hasta los perjudicados por el desastre tomaron el paseo como una diversión de otoño. Al fin de cuentas ya nada se podía hacer salvo el inventario de los daños, casi todos irreparables. Una semana después las rutinas de Highland Park volvieron a ser lo que eran.

El Raritan recuperó su curso de ballesta alrededor del pueblo. El Departamento de Geografía de la universidad repuso en la oficina de la alcaldesa el mapa de la ciudad con los dos nuevos islotes de arcilla que aparecieron al retirarse las aguas. El espacio resistía indiferente las embestidas del tiempo. Muy pocas cosas habían cambiado. El perímetro de Highland Park mantenía las sesenta manzanas anteriores al vendaval, en las que cabían el parque, dieciocho templos y unas quince mil almas.

Mi mejor amiga en aquella época era Ziva Galili, jefa del Departamento de Historia de la Universidad de Rutgers y uno de los eruditos más impresionantes que conozco en la revolución rusa de 1917, a la que no le faltan eruditos precisamente. Ziva pasa por lo menos tres meses al año repasando las sorpresas que aún guardan los archivos de la extinta KGB. Cuando voy a su casa la oigo hablar en varios idiomas sin el menor acento, incluyendo el hebreo, que es el de sus padres y el del *kibbutz* donde se crió. Sigue siendo mi mejor amiga, aunque ahora nos vemos poco, porque en 2006 la nombraron decana interina de la Escuela de Artes y Ciencias y está casi todo el día fuera de casa. Una cuarta parte de los habitantes del pueblo son inmigrantes africanos, fugitivos providenciales de las matanzas de Ruanda y de Sierra Leona. Otro cuarto corresponde a los profesores residentes, entre los cuales me cuento, venidos de países previsibles e imprevisibles: checos, chinos, indios, birmanos, rusos, búlgaros, belgas, israelíes, mexicanos, brasileños, argentinos. Para qué seguir. La mitad de la población, la mayoría absoluta, está compuesta por judíos observantes, algunos extremadamente ortodoxos. Eso explica que donde quiera uno esté haya una sinagoga al alcance de la vista y que una de las más respetadas escuelas rabínicas de New Jersey tenga su sede en las afueras del pueblo, sobre la avenida Woodbridge, a menos de doscientos metros del puente sobre la ruta 1. Los viernes al anochecer y los sábados desde la mañana se ve desfilar por Woodbridge a los jóvenes estudiantes cubiertos con largos abrigos negros en invierno y verano, debajo de los cuales asoma la tela blanca del *talit*. En el pueblo mismo, por todas partes van y vienen de las sinagogas las madres jóvenes —cientos— con sus vestidos de gala, sombreros copiados de la corte británica y pelucas evidentes. Empujan con energía cochecitos en los que llevan a dos o tres de sus hijos, de edades sucesivas (ellas, por lo general, están embarazadas del próximo), comentando con alegría y énfasis las comidas que dejaron preparadas antes del *shabat*. Sus maridos no caminan con la familia sino en raras ocasiones, porque dedican el feriado a la oración y al estudio de los mandatos de Dios. Son gente muy piadosa y apacible, que ha encontrado la felicidad en un pueblo en el que nada sucede. Los policías se aburren. Su principal ejercicio es perseguir a los escasos automovilistas que se atreven a superar el límite de 25 millas por hora (15 cerca de las escuelas) o que se han olvidado de ponerse el cinturón de seguridad. Las amistades se tejen a la salida de los servicios religiosos y se afianzan en almuerzos de oración común. Católicos, evangelistas, judíos: los habitantes de Highland Park son creyentes para quienes la fe es el centro de la vida. Como elegí vivir a un costado de Dios, a nadie conozco y nadie me busca. Es natural, entonces, que haya tardado en tener noticias de

Emilia Dupuy, a la que tanto en la peluquería de Chris Nolan como en la farmacia de Vijay Maktal conocían como Millie, un nombre más fácil de pronunciar que Emilia, cuyas vocales son una trampa mortal para la dicción sajona.

Al principio la encontraba al anochecer en Stop & Shop, cuando el supermercado se llamaba Food Town. Antes de que averiguáramos que éramos argentinos y empezáramos a saludarnos con desconfianza y cortesía, yo evitaba situarme en la misma caja para pagar porque Emilia, como la mayoría de las señoras maduras del pueblo, no sólo se tomaba todo el tiempo del mundo para palpar la madurez de los tomates y oler los duraznos, sino que además mareaba a la cajera con una artillería de cupones. Los soltaba de a uno, a medida que la cajera empaquetaba los brócoli y los helados de dieta, que ofrecían un descuento de dos dólares sobre el precio marcado. Por lo general, pretendía llevar cien onzas de helado con un solo cupón y, como no se lo permitían, se enzarzaba con la cajera en una batalla verbal que sólo se moderaba cuando la supervisora llegaba corriendo a poner orden. Ya entonces, la fila entera había ido retirándose hacia otras cajas menos tempestuosas. Por situaciones como ésas, si yo coincidía con Emilia en el supermercado, siempre me marchaba antes, aunque hubiera llegado más tarde. No se le notaban los cincuenta y tantos años que tenía entonces. Cualquiera le habría dado diez menos. Era más bien alta, delgada, elástica, con ese aspecto de adolescente que ha dejado voluntariamente de crecer propio de tantas mujeres argentinas. Estaba muy tostada por el lustre de las camas solares (hay unos siete negocios de esa especialidad en el pueblo) y trataba de disimular la escasez de pelo con un frágil armazón de laca. Lo que más me llamó la atención fueron sus ojos luminosos, de un azul casi transparente, que observaban con incansable curiosidad la respiración pausada de un mundo que en Highland Park se movía con la torpeza de las tortugas. Tenía pechos menudos y un culo bien formado que le alargaba las piernas. Era atractiva y sabía que lo era.

La conocí porque me interesé en el mundo de los cartógrafos, que se parece tanto al de los novelistas en el afán de corregir la realidad. Empecé mi aprendizaje sobre laberintos y cartas antiguas de navegación en el Departamento de Geografía de Rutgers, pero como allí no se producían mapas históricos ni comparativos —los primeros por los que sentí curiosidad—, fui derivado a la compañía Hammond cuando sus oficinas estaban todavía en la calle Progress de Union, antes de mudarse a Springfield. Ese mediodía vi a Emilia Dupuy en uno de los cubículos de los programadores y supe que vivía en mi pueblo, a media milla de mi casa.

La atmósfera del trabajo la transfiguraba. La que me presentaron en Hammond no se parecía casi en nada a la cincuentona cargosa de Stop & Shop. Era, más bien, el reverso: apacible, servicial, dulce. Llevaba una falda plisada, que le permitía exhibir sin alarde sus piernas espléndidas, y el pelo recogido en un rodete simple que realzaba la elegancia de su nuca. Después, cuando la conocí mejor, me atreví a decirle que nunca la había visto tan linda como aquel día y que debía vestirse siempre así, con ropas simples, pero mi comentario la escandalizó. La cartógrafa que conociste en Union no era yo, me dijo. Llevaba una semana sin pisar la peluquería. No la contradije, si bien he pensado siempre que, en los salones de belleza de la calle mayor de Highland Park —tres por cuadra—, las señoras como Emilia se dejan arrebatar la gracia que la naturaleza les ha dado. A varias he visto salir de esos lugares con peinados en forma de torreón, las pestañas dobladas por el peso del rímel y las uñas muy dibujadas, lo que sumado a unos vestidos anchos, de colores estridentes, les ganaría un lugar en las películas de Federico Fellini si Fellini las hubiera conocido.

Emilia me invitó a tomar el té en su piso de la calle Cuarta un sábado por la tarde. Acepté sin vacilar por el espurio interés de examinar los plásticos sobre los que se hacían grabados de planimetría en los años setenta y para que me hablara del sistema Scribing, que en aquellos tiempos se aplicaba a la confección de los mapas más grandes.

Casi todas las casas para dos familias que yo había visitado en Highland Park estaban ocupadas por estudiantes pobres y profesores de paso, con cientos de libros alineados sobre tablones y bloquecitos de cemento, una mesa de cocina que cobijaba la computadora y los platos del almuerzo, pocos sillones, el televisor y camas de monje. El departamento de Emilia, en cambio, ocupaba toda la planta alta: el fragor de los mapas y planos desparramados por todas partes disimulaba los tapetes y las cortinas con faralás. Nancy Frears estaba invitada también, para evitar cualquier conjetura maliciosa de los vecinos. Mientras Nancy ponía el mantel y los cubiertos del té, Emilia me paseó, excitada, por los tres escasos ambientes: el dormitorio vigilado por calendarios, termómetros y fotos de los sobrinos enviándole besos desde San Antonio, Texas; el comedor con la pequeña biblioteca, los dos grandes sillones de recibo y la mesa de dibujo; y un tercer cuartito de dos metros por dos que daba a la escalera de salida y cuyo objeto central era una bicicleta de gimnasia. Un equipo de música con parlantes Bose enfrentaba a la bicicleta. Vislumbré álbumes de León Gieco, de Almendra, de Charly García, entre suites de Bach y obras de cámara de Charles-Valentin Alkan, e imaginé que Emilia pasaba horas allí, modelando las piernas y aplanando el abdomen.

Antes de que pudiera contarme algo sobre la película Stabilene que usaba para los mapas tres décadas antes, y de permitirme que pasara los dedos sobre algunas muestras sobrevivientes de las láminas de poliéster coloreadas en naranja, amarillo, verde y azul nocturno, tuve que atravesar la tupida selva de tragedias domésticas que Nancy había inventariado en Highland Park: las peleas a gritos de los Flemm —profesores de ingeniería eléctrica—, que filtraban a la calle una trama jugosa de infidelidades y pésimas inversiones en la Bolsa; el escándalo provocado por el sermón del padre Landowski, que había denunciado a la comunidad los abortos clandestinos de dos adolescentes católicas; el sorpresivo arresto —por sólo nueve horas— del hijo mayor de Tom Nizram, uno de los policías del pueblo, por robar un CD en Barnes & Noble. Nancy sabía todo, hasta la hora en que yo me levantaba para buscar el *Times* y mis decepciones de los domingos porque lo repartían tarde. Le pregunté cómo se las ingeniaba para almacenar tanta información sobre gente que vivía a millas de distancia, y me respondió que un oído atento a las conversaciones en el supermercado y en cualquiera de las peluquerías bastaba para predecir con un margen ínfimo de error quiénes iban a casarse, quiénes iban a parir y qué negocios quebrarían tarde o temprano en Highland Park.

Fue Nancy la que me preguntó si alguna vez había visto a Large Lenny caminando por la calle mayor, y no entendí de quién se trataba hasta que me lo describió. Claro que sí, le dije. Lo he visto subir y bajar a todas horas por los mismos sitios, como un poseído. Me respondió que era, en efecto, un poseído. Medía dos metros siete centímetros y pesaba unos ciento sesenta kilos. Irrumpía de pronto en las clases de la escuela elemental para predicar contra el aborto y la eutanasia. "Soy el camino, la verdad y la vida", decía. "La vida que doy en el cielo nadie la arrebatará en la tierra." Lo habían llevado un par de veces a la cárcel por alteración del orden, pero antes de las dos horas ya estaba en libertad, porque su vozarrón imponente, que repetía sin cesar versículos de los evangelios, dejaba a los policías con los nervios de punta.

Cuando los chicos salían de la escuela, Large Lenny caminaba detrás de ellos, predicando: "Que nadie los engañe, hijos. Que nadie los engañe. Muchos vendrán mintiendo que hablan en nombre del Padre y que el fin de los tiempos ya está cerca. Pero no los escuchen. Escúchenme sólo a mí". Desde que empezaban las clases, los chicos siempre tenían los bolsillos cargados con galletas duras y pedazos de tiza. Se los arrojaban a la cabeza para que acabara de recitar, pero Large Lenny no dejaba el Nuevo Testamento en paz. Nada lo detenía. Al caer la noche, cuando la gente se refugiaba en las casas, se oían las plegarias del gigante dominando las celebraciones de Pascua, las fiestas de *bar-mitzvah* y el estrépito de los televisores. ¡Salgan de sus madrigueras y tóquenme!, gritaba. ¡No soy un espíritu, porque un espíritu no tiene carne ni huesos y yo sí, como pueden ver! ¡Es imposible no verte, gordo!, le respondían desde las casas. Basta ya. ¡A dormir!

La alcaldesa de la ciudad recibía dos o tres peticiones por mes para que encerraran a Large Lenny en un asilo. No lo hacía porque mantenerlo era costoso para el presupuesto municipal y porque sus paseos por la calle mayor atraían a los turistas de Princeton y de Metuchen. Tal vez Large Lenny no esté en su sano juicio, me dijo Nancy. Pero es inofensivo como una mariposa.

Me marché antes de que oscureciera, cuando Nancy intentaba convencerme de que, con paciencia, se podían ganar fortunas en el bingo y en el loto. A esas alturas yo había logrado que Emilia me cediera en préstamo algunas películas con fragmentos de mapas grabados por su marido.

Mientras me guiaba hacia la puerta de calle, quiso saber si me molestaría que saliéramos de vez en cuando a conversar. Ya no recuerdo cuándo oí por última vez una voz argentina, me dijo. Le prometí llamarla, casi por compromiso. Una semana más tarde me la crucé en la entrada del Bagel Dish Cafe, al lado de la farmacia, y como no tenía algo mejor que hacer, acepté que nos sentáramos. Sin la presencia de Nancy, Emilia se mostraba como lo que era: una persona lúcida, preocupada por las tragedias del mundo. Acababa de leer la novela de Philip Roth sobre Charles

Lindbergh, y se ofreció a mostrarme la casa donde el hijo del héroe nacional había sido raptado en 1932. Si querés, dijo, tuteándome, puedo presentarte a un anciano muy amable que vive allí mismo. Cree que es el niño perdido, y se comporta como si lo fuera. ¿Como un niño?, le pregunté. De veinte meses, me dijo. Los que tenía cuando lo robaron.

Cuando Emilia empezó a contarme su vida yo estaba escribiendo una novela sobre Buenos Aires y lo último que deseaba era oír algo perturbador: cualquier recuerdo ajeno me desencadenaba uno muy íntimo, que me distraía. Era difícil, sin embargo, sustraerse a la habilidad con que tejía la tela de araña de su historia con una voz pausada, de confidente, insinuando que con nadie más compartiría lo que estaba narrando en ese momento. A veces, si yo cerraba los ojos y seguía el relato como un velero sigue al viento, tenía la sensación de estar a solas con una buena novela, porque ella dominaba, como Maugham (del que Emilia tenía por lo menos diez volúmenes en la colección de clásicos de Penguin), el arte de escamotear lo sustancial para ir dejándolo caer de a poco.

Era una lectora ávida, de una inteligencia nada perezosa. Conocía al dedillo las semejanzas entre los primeros escritos de Kafka y *La educación sentimental* de Flaubert, y me describió con lujo de pormenores los hallazgos de un profesor colombiano, Guillermo Sánchez Trujillo, que durante años había estudiado la influencia de *Crimen y castigo* sobre *El proceso*, hasta determinar que *El proceso* es una fina urdimbre que le permitió a Kafka contar la ruptura de su compromiso con Felice Bauer usando personajes y situaciones que pasan tal cual de un libro a otro. Perdíamos el tiempo yéndonos por las ramas de anécdotas sin pies ni cabeza, pero no nos importaba porque estábamos allí sólo para eso, para conversar de lo que no podíamos hablar con nadie más en el pueblo. Yo aporté a la dispersión mi propia hojarasca al mencionar como de paso, sin que viniera a cuento, la influencia de Dante sobre la poesía del Borges maduro, que me parecía evidente. Me disponía a exponer mis razones, pero Emilia me interrumpió recitando largos fragmentos del *Infierno* y del *Purgatorio* que entretejía de modo imperceptible con versos de *El otro, el mismo* y *Elogio de la sombra*, dos colecciones que Borges publicó poco antes de cumplir setenta años. No pude adivinar a cuál traducción castellana de Dante recurría, y ella no me lo dijo. Sé que lograba, sí, revelarlos como si se tratara de un mismo poeta. En los dos, me dijo, los estados de beatitud y alegría pueden alcanzar una intensidad más conmovedora que los estados de sufrimiento, al revés de lo que creían los románticos y los simbolistas.

Me sentí tan cómodo durante la hora y media que pasé con ella, tan asombrado por la erudición y el entusiasmo con que saltaba de un tema a otro, que la invité a tomar un café en el Starbucks de New Brunswick el sábado siguiente. Cuando la llamé el viernes a su oficina de Hammond para confirmar la cita, me pidió que pasara a buscarla en auto media hora antes. Quería mostrarme algo, dijo, y confiarme una historia.

Salió a esperarme al porche delantero. Llevaba unos jeans azules, zapatillas de correr y el pelo recogido. Sólo a la luz de aquella mañana advertí que tenía los ojos ligeramente caídos, y los párpados pesados, como si la mitad de su ser se ocultara bajo esa luna menguante de la cara.

¿Conocés los cines Loews, en la ruta 1?, me preguntó.

Claro, le dije. Quién no.

Entonces habrás notado que en medio de la playa de estacionamiento hay una tumba.

Me sorprendí porque no lo sabía, aunque siempre dejo el auto en ese sitio cuando voy a ver una película. A veces, en las noches de verano, me acerco al Raritan y desde lo alto de la colina contemplo la corriente tranquila y las luces de la otra orilla, donde está mi casa.

¿Qué tumba?, pregunté.

Vamos, voy a mostrártela.

El enorme patio de cemento que hay atrás de los cines se extendió ante nosotros. Estacioné junto a una construcción cercada por una verja de hierro, tan imperceptible como el sol sesgado y tibio de las once de la mañana. Había pasado muchas veces por aquel sitio, imaginando que era un centro de control para el aire acondicionado o para la electricidad de las salas.

Aquí enterraron a Mary Ellis, me dijo. La leyenda supone que debajo de sus cenizas están las de su caballo. Si te acercás, vas a ver su lápida.

En alguna reunión de profesores había oído hablar vagamente de Mary Ellis, pero siempre creí que se trataba de un personaje imaginario, desprendido de una novela inconclusa de las hermanas Brontë. La elaborada cabeza de mármol dentro de un templete, que representaba a una mujer de pelo ensortijado y nariz larga, más las fechas inscriptas en la lápida (1773-1794), aludían a un ser real.

Hay un diario de Mary Ellis en la biblioteca de manuscritos de Princeton, me dijo Emilia cuando nos sentamos en los sillones del Starbucks de la calle George, con sendos capuchinos. Según los registros, nadie se ha molestado en leerlo. Los datos sobre su infancia, que rescaté de algunas enciclopedias de New Jersey, no son confiables, pero lo que ella escribió sobre su historia de amor es tan conmovedor como la confesión de Cathy Earnshaw en *Cumbres borrascosas*. Mary era, y ella lo dice más de una vez, el hombre que amaba. A los dieciocho años se había comprometido con un joven teniente llamado William Clay. Era huérfana, sin dote, y vivía en la casa de una tía paterna en New Brunswick. Una o dos veces por semana cabalgaba hasta la orilla del río para encontrarse a solas con Clay. Los vecinos murmuraban. Cuando el pastor de la Iglesia presbiteriana dedicó uno de sus sermones a las parejas que violentan el pudor y desafían la cólera de Dios, varias caras acusadoras se volvieron hacia ella, pero Mary no se dio por aludida. Estaba por casarse y era feliz. Dos semanas antes de la boda, el teniente Clay le pidió que acudiera con urgencia a la pequeña terraza donde solían encontrarse, junto al río. Allí le anunció que acababan de reclutarlo para reprimir una rebelión de granjeros en Pennsylvania y que debía salir esa misma noche. Dentro de un mes, dijo, volvería a buscarla en un velero que tendría izado en su palo mayor un chal amarillo y que se anunciaría con dos disparos de arcabuz. Entonces, sí, podrían casarse. En prueba de que su amor era inquebrantable, Clay le dejó el espléndido caballo negro que había heredado de su padre. Pasó un mes, pasó otro. A New Brunswick llegaron noticias de que la rebelión había sido sofocada sin lucha en cuestión de horas y que a las tropas se les había concedido una licencia. Desde que lo supo, Mary montaba todas las tardes el caballo negro e iba hasta la colina que domina el Raritan. El diario comienza esa primera semana de la espera y refiere con minucia las travesías cotidianas de dos millas, el paisaje bajo la lluvia o la niebla, y la desazón que embarga a Mary ante el paso de cada velero.

Sé poco de vos, le dije. No puedo imaginar por qué te impresiona tanto Mary Ellis.

No hay nada que imaginar. Nuestro único punto en común es que ninguna de las dos volvió a ver al hombre que amaba. Mary supo dos años después que el teniente Clay se había casado con la heredera de una plantación en South Carolina. Siguió yendo sin embargo a la cita con nadie todas las tardes en el río. Lo que desde entonces anotó en el diario fueron balbuceos. Estaba perdiendo la razón. En el otoño de 1794 el caudal del Raritan creció a niveles históricos. Mary cabalgó hasta la barranca y saltó hacia la corriente con el caballo sin dejar siquiera una nota de explicación.

No hacía falta.

Encontraron su cadáver a la altura de Perth Amboy, cerca de la desembocadura. Mary estaba aún aferrada a la montura, con los pies enredados en los estribos. Ningún cementerio quiso aceptarla, por lo que manos piadosas la enterraron en la terraza de la colina, junto con el caballo. Como la tumba estaba siempre cubierta de flores y las muchachas iban a contar allí sus penas de amor, el gobernador de Jersey declaró que la parcela era inviolable. Con los años se sucedieron en el lugar un criadero de cerdos, restaurantes de paso y un mercado de pulgas. Ahora están los cines y las enamoradas ya no van de visita. Pero cada vez que alguien se detiene ante la tumba, se lleva la imagen de una mujer que observa el horizonte a la espera del ser amado.

Ésa era entonces la historia que me querías contar, dije.

No. Quería mostrarte la tumba de Mary Ellis, pero la historia por la que te llamé es la mía. Dijiste que sabés poco de mí. Desde que nos encontramos en el Bagel Cafe he estado pensando que me gustaría contarte algo más. Pero no sé si ahora nos queda tiempo. Son las doce. Tenés que volver a la universidad.

Estoy libre hasta las dos.

La invité a que compartiéramos una ensalada en el restaurante Toscana, que es silencioso y discreto. Casi de inmediato, me arrepentí. Emilia hablaba torrencialmente, con la desesperación de las personas que pasan mucho tiempo solas. Temí aburrirme.

Se había levantado viento y por las veredas de George Street caminaban unos pocos estudiantes ociosos y empleados de tiendas que terminaban sus turnos. Me acometió, como tantas veces, la melancolía de estar lejos de mi país, en un suburbio ajeno en el que nada sucedía.

En menos de diez minutos Emilia narró los triviales pormenores de su amistad con Nancy Frears y el vacío de sus fines de semana, sometido a las rutinas del bingo, de la misa dominical y de las visitas a la peluquería. Me dijo que los libros y las películas le habían salvado la vida. Y que a veces tenía miedo de sufrir un quebranto nervioso como el de Mary Ellis.

Más de una vez me he despertado en medio de la noche con la sensación de que mi marido está en el cuarto.

No es raro. A todos nos pasa. Estamos soñando y, cuando despertamos, el sueño se queda un rato con nosotros.

No, esto es más real. Siento que Simón está junto a la puerta de mi cuarto y no se anima a entrar.

Porque no lo viste muerto. Ésa es una buena razón.

Quién sabe. Un tribunal lo declaró muerto y me esforcé por matarlo dentro de mí. Como no tiene tumba, yo fui su tumba. Ahora quiere salir de ahí.

Deberías comprarle una tumba, aunque fuera simbólica. Dejar en alguna parte lo que te queda de él.

No me quedan ropas ni objetos. Sólo tengo una foto y el anillo de casada. No pienso enterrarlos.

Quizás ha llegado el momento de que lo dejés ir.

Llevo años haciendo todo lo posible para que se vaya. Vine a Highland Park escapando del pasado y casi lo conseguí. No volví a Buenos Aires, no hablé más con mi padre. Hubo días enteros en que no pensé en Simón ni una sola vez. Ni siquiera soñaba con él. A la mañana siguiente sentía culpa pero también una ilusión de victoria. Después fue regresando poco a poco, como un reflujo. Si supiera dónde está su cuerpo, no viviría este calvario.

Nos habían servido una sopa de zapallo y una ensalada de atún, pero apenas las probamos. Más tarde me di cuenta de que ambos estábamos como recortados de la realidad, y que lo mismo nos habría dado el restaurante Toscana u otro cualquiera. Emilia parecía ansiosa por contar pero en aquel momento tenía más preguntas que historias y más deseos que preguntas. Los deseos, sin embargo, eran inalcanzables, o quizá ya los había alcanzado y no lo sabía. Nada es tan terrible como desear lo que se tiene creyendo que nunca se lo podrá tener.

Ya pasó todo. No te atormentes.

No. Lo peor es que he dejado de sufrir. Me estoy acostumbrando a la ausencia de la única persona que amé en la vida. Lo extraño, sé que no soy la misma desde que lo perdí y sin embargo sigo como si nada hubiera sucedido. Me siento miserable.

No tenés por qué. Nancy dice que pasaste quince años buscándolo.

¿Sólo quince? Lo busco aun desde antes de haberlo conocido. Ahora espero que él me busque a mí. Este domingo pasado, en el sermón de la misa, el padre Flannagan habló del purgatorio. La Iglesia católica creía que el purgatorio era la purificación que necesitan las almas imperfectas para entrar en el paraíso. Se enseñaba que aceptar los tormentos como un acto de amor a Dios y todas las formas de penitencia y de castigo eran el purgatorio. Era así antes, ya no. Ahora la Iglesia es más tolerante, dijo el padre. El purgatorio es una espera de la que no se conoce el fin.

Le dije que todo tiene un fin, hasta la eternidad. Esa frase es un lugar común y, en voz alta, me pareció más común.

Negó con la cabeza.

Simón no. Sigue en la puerta de mi cuarto. Sé que es él. Quiere que lo vea y lo deje entrar. No sé cómo hacerlo.

No es él quien está ahí. Es tu amor por él, que no te deja en paz.

Simón desapareció en Tucumán una mañana.
Ya han pasado treinta años, me dijo. Durante un
tiempo llevé una vida que me parecía normal en la
casa de mis padres.

De vez en cuando recibía mensajes de gente
que creía haber visto a su marido muerto acá o allá,
dibujando mapas como si nada hubiera pasado.
Nada le parecía raro. Ella también habría jurado que
era él quien aparecía fotografiado en las tribunas de
la Exposición Rural o entre los visitantes de la Feria
del Libro. Era su Dios y estaba, como el Dios de la
misa, en todas partes. Regresaría tarde o temprano.
Sólo había que tenerle paciencia. Pero no podía dejar de angustiarse cuando llegaban mensajes sobre la
vida que llevaba lejos de ella. Se quedaba despierta
varios días, esperando que llamara a la puerta en
cualquier momento y le explicara por qué había desaparecido sin decir una sola palabra. Pero él tardaba y la ansiedad por abrazarlo se alejaba de su cuerpo. Fue resignándose a la soledad y al abandono y
hasta dejó de recordar cómo era cuando no sentía
soledad ni abandono.

Le pregunté dónde lo había buscado: ciudades,
playas, bares, hospitales. Me sucedió algo inexplicable
mientras me respondía. No tiene la menor importancia en este relato pero si no lo cuento sentiré que nada
de lo que sucedió esa tarde es verdadero. Y lo es. Estábamos a pocas cuadras de la estación de ferrocarril.
Nos llegaba cada tanto el ventarrón de los trenes. Miré
por la ventana del restaurante y en vez de las siluetas
grises de los edificios de enfrente, el negocio de ropas

baratas, la librería de la universidad y las sucursales de los grandes bancos que siempre estuvieron allí, vi la planicie apenas ondulada de la pampa bonaerense, con vacas que alzaban las testas al cielo y gemían como si ellas también se fueran con el tren. Emilia hablaba de las playas brasileñas, de las montañas venezolanas, de las tienduchas ambulantes que hay en torno al Zócalo de la Ciudad de México, y la planicie no se movía de aquel lugar equivocado. Acepté entonces que Simón estuviera en la puerta del cuarto de Emilia, en la calle Cuarta Norte. Acepté cualquier cosa que quisiera contarme. Si no le creía, ¿para qué la oía?

La primera información sobre Simón que me pareció verdadera me la dio una hermana de mi padre, siguió ella.

Ya no me miraba. Me sentí uno de sus mapas. En los mapas se puede ser lo que se quiera: llanura, selva amazónica, ciudad arrasada, isla imaginaria.

Esa tía dijo que se había cruzado con Simón en el teatro Ipanema, de Río de Janeiro, donde trabajaba como ayudante del escenógrafo. Se acercó a saludarlo, pero Simón se le escapó. El dato me decidió a viajar. Estuve en Rio seis meses, yendo de un teatro a otro, y después de una a otra sala de cartografía. Nadie había oído hablar de él, la historia entera resultaba una broma fúnebre.

Le pregunté si se lo había reprochado a la tía.

Le mandé una carta que jamás contestó. Mi hermana Chela cree que fue mi padre el que la obligó a mentir, para que yo me alejara de Buenos Aires. Era un momento de confusión, y creo que mi padre, siempre tan seguro de sí, temía que me convirtiera en un testigo molesto. Los militares dejaban tras sí miles de muertos, campos de concentración, tumbas anónimas que empezaban a descubrirse, y mi padre había aplaudido cada uno de esos crímenes. Es más, no le parecía que fueran crímenes. Cuando cayó lo que ahora se llama *la dictadura*, mi padre era un hombre rico, riquísimo. Lo beneficiaron préstamos que nunca pagó, comisiones millonarias por los créditos del Estado, subsidios por obras públicas que a nadie le servían. El dinero le llovía a cántaros. Compró campos en las zonas más fértiles de la pampa húmeda, pisos de lujo en París, en Nueva York, en Barcelona.

Podrías mudarte a uno de esos palacios, le dije con una sorna de la que me arrepentí al instante.

Me fui de Buenos Aires con lo puesto y con los ahorros de mi trabajo. En mis cuentas encontré dinero que no era mío y lo toqué sólo para seguir buscando a Simón. Mi padre se lo debía. Ahora no sabe dónde estoy ni qué hago. La única que lo sabe es Chela, pero si llegara a contarlo perdería para siempre a la única hermana que tiene.

Cuando te oí decir "lo que ahora llaman la dictadura" pensé por un momento que eras otra cómplice. Disculpame. Lo que sufrimos fue una *dictadura*, como sabés, la más perversa que hubo en la Argentina, donde hubo tantas. Y si la sufriste en carne propia, ¿por qué negás la evidencia de que a Simón lo asesinaron? Lo han confirmado varios testigos, quedó establecido en un juicio que nadie discute.

Es que no lo asesinaron. No lo pensé cuando me fui de Rio. No lo pienso ahora. Simón está vivo. Han pasado treinta años y sigue vivo. Lo sé. Lo siento dentro de mí. Los testigos vieron lo que quisieron ver. Si le volaron la cabeza como dicen, ¿cómo pudieron reconocerlo? La única que hubiera podido era yo. Pero no lo vi. Simón vive. Lo sé. Cuando vuelva, explicará por qué se fue y todo quedará claro. ¿Sigo?

Sí, dale.

Después de la guerra de las Malvinas la dictadura se vino abajo. Chela ya vivía en Texas con su marido y yo no quería dejar a mi madre abandonada en Buenos Aires. El aire estaba lleno de odios no saciados. Mi padre había sido uno de los cómplices más visibles y aunque fue de los primeros en elogiar la democracia, temía sin duda que yo hablara de Simón.

A vos nadie te acusaba. Tu marido había desaparecido. Eras una víctima.

No. Nadie me acusaba. Me acusaba yo misma por haber sido idiota, crédula y, a mi manera, también una cómplice. La conciencia no me dejaba en paz. Mi padre no me dejaba en paz. Se quedaba de pie al lado de mi cama, me acariciaba los hombros, el pelo. Jamás me había prestado atención pero entonces, cuando estábamos solos, me trataba con demasiada familiaridad. Llegué a tenerle asco, lástima y asco. Ya nada tenía que hacer en Rio y extrañaba a mi madre. Quería volver a Buenos Aires para cuidarla. Averigüé los horarios de los ómnibus que hacían entonces la travesía en veinte horas y pensaba marcharme apenas pudiera cuando una madrugada llamó desde Caracas una desconocida y me preguntó si era pariente de Simón Cardoso. Soy la esposa, contesté. Habla la enfermera Coromoto, del Centro Médico La Trinidad, dijo. Su marido ingresó hace dos horas a emergencias, con un cuadro de fibrilación auricular paroxística. Ya lo hemos digitalizado por vía intravenosa. No entiendo una sola palabra, la interrumpí. ¿No entiende? Simón Cardoso presenta fallas severas en el ritmo cardíaco. Requiere atención continua y se declara insolvente. Si nadie se hace cargo de los gastos tendremos que derivarlo a un hospital público, donde va a quedar a la buena de Dios. La voz de la enfermera era seca, imperativa, brutal. Le rogué que retuvieran a Simón en la clínica durante cuarenta y ocho horas. Iré y me haré cargo de todo, dije, aunque no sabía cómo. Ni siquiera conocía Caracas. Tampoco me quedaba dinero y no pensaba llamar a mi padre.

Estarías desesperada.

Sí, y no podía pensar en otra cosa que en el viaje. Cuando colgué el teléfono lloré. Habían pasado siete años desde Huacra, y ese tiempo ciego empezaba por fin a llenarse, a tener dirección y sentido. A las cinco de la mañana fui al aeropuerto del Galeão y pregunté en todos los mostradores cuál era el vuelo más rápido a Caracas. Descubrí una conexión a través de Bogotá, que salía de Rio a las once, y compré un pasaje con la tarjeta de crédito que jamás había usado y que no sabía cómo pagar. Apenas abrieron los bancos fui a retirar los últimos trescientos dólares con los que contaba. Descubrí que tenía cinco mil. Otra vez mi padre. Tarde o temprano me los iba a cobrar, pero a mí ya no me importaba cómo.

¿Él sabía, entonces, que ibas a viajar?

No. Llevaba meses dejando en mi cuenta de ahorros pequeñas sumas que yo no le pedía. Lo hizo sin preguntar, como siempre. Para él yo era sólo un objeto que se compra y se tira. Caracas me desconcertó. Me sentí extraña, igual que si hubiera llegado a Luanda o a Nauru. En el centro de la ciudad un enjambre de vendedores ambulantes y oficinistas de paso hablaban una lengua onomatopéyica por la que se arrastraban sólo jirones de castellano. Pregunté en agencias de viaje, en cafeterías de paso y en incontables tiendas de saldos dónde estaba el Centro Médico y todos me guiaban hacia urbanizaciones distantes entre sí: Antímano, Boleíta, El Silencio, Propatria. Parecía un sitio tan inasible que hasta dudé de su existencia. Mencioné La Trinidad y la empleada de una mercería me dijo que allí había visto una clínica enorme para enfermos infecciosos. Decidí correr el riesgo. Detuve un taxi, que se negó a llevarme, y lo mismo sucedió con otros cuatro o cinco. Se quejaban de que era un viaje demasiado largo, a través de colinas oscuras. Cuando al fin emprendí la travesía, me di cuenta del peligro. La Trinidad está a unos quince kilómetros de la plaza mayor, al final de una telaraña de calles curvas y empinadas, junto a las cuales se abre el abismo. El motor del taxi tosía y remoloneaba, pero seguía avanzando. Llegamos casi a medianoche. Una enfermera de guardia se compadeció de mí y leyó en la computadora los ingresos y las bajas. El nombre de Simón Cardoso no figuraba en las listas de los últimos años.

Era un engaño, como el de Rio.

No pensé en eso entonces. Ni siquiera sabía que lo de Rio era un engaño. Llevaba horas sin comer y caí desvanecida. Cuando me recuperé, pregunté por Coromoto. La única empleada con ese nombre era una auxiliar de contabilidad. Supuse que me había equivocado de hospital. Era lo más lógico. ¿Por qué alguien iba a tomarse el trabajo de llamar a la madrugada desde Caracas y contarme la única mentira que podía obligarme a salir de Río, cuando daba lo mismo que yo estuviera en Brasil o en Venezuela?

Otra vez tu padre. ¿Sabés por qué hacía eso?

No. Tal vez para atormentarme, para tenerme lejos. No confiaba en mí.

Oyendo a Emilia en el Toscana me parecía ver en ella tres mujeres: una me hablaba de sus tragedias pasadas con un tono grave, mancillado por la sombra ominosa del padre, pero a la vez consciente de que no se dejaría vencer, de que ninguna oscura fuerza o poder superaría su voluntad de sobrevivir. Otra estaba pendiente de sus uñas postizas, dibujadas con rombos de figuras violetas y blancas, que imponían a las manos una invencible vulgaridad. Y la tercera, que quizás era complementaria de las otras dos, aunque mucho menos de la segunda, sabía repetir con inteligencia poemas de Gonzalo Rojas, de John Ashbery y de Marianne Moore, cuyas bestias de zoológico citaba alargando las vocales, para apartarlas de la realidad y convertirlas sólo en eso, en palabras: *No admiramos lo que no podemos comprender, el murciélago, un lobo infatigable bajo un árbol.*

En Caracas es fácil confundirse, le dije. Cuando viví ahí había varios centros médicos y urbanizaciones que se llamaban Trinidad: Lomas de la Trinidad o Hacienda de la Trinidad, Trinidad Santísima.

Lo fui aprendiendo en las semanas que siguieron. Alquilé un apartamento muy barato en Chacaíto, el único sitio de la ciudad con veredas y cafés. Todas las mañanas, a eso de las siete, emprendía mi peregrinación por hospitales y clínicas en busca de Simón. No siempre conseguía ayuda. Eran las vísperas de Navidad y nadie tenía humor para oír desgracias. Les contaba a las enfermeras y a los médicos lo que me pasaba, y casi no me prestaban atención. Antes que yo habían llegado a Caracas miles de argentinos con historias parecidas. Al cabo de unas semanas se me ocurrió hacer unos carteles con la foto de Simón y pegarlos en los quioscos de Sabana Grande, por si alguien lo reconocía. Las pocas personas que me respondieron exigían que llevara dinero y que me presentara sola. Eran trampas cantadas. Caí en algunas, y se me fueron acabando los recursos.

Podías trabajar. En esa época era posible tener trabajo.

Me postulé como cartógrafa en la empresa venezolana de petróleo, donde me asignaron la extraña tarea de poner nombres a los senderos laberínticos de los cerros que dibujan un anfiteatro alrededor de la ciudad. Todas las mañanas subía por escaleras interminables y luego me perdía en callejones que desembocaban en bodeguitas, aserraderos, depósitos de cartón, tomando nota de los apodos con que ya los había bautizado la gente y que evocaban, por lo común, a los personajes del lugar: Iván el Cobero, Paloma Mojada, Coño Verde, La Cangrejera, y así. Donde sólo había líneas punteadas o nervaduras de un ignoto sistema circulatorio yo recogía un dédalo de palabras. Repartía mi tiempo entre esa ocupación de locos y la búsqueda en los hospitales. Sentía que Simón se me estaba escurriendo de las manos, pero por las noches, apenas me dormía, él saltaba dentro de mi sueño. Leí mucho a Swedenborg y tomé como palabra santa su idea de que los seres humanos somos sólo una cifra, un rasgo de la escritura de Dios, lo que nos permite ser otros y estar en cualquier parte si Dios decide que su escritura signifique otra cosa. Más de una vez, en la Cinemateca de Caracas, vi *Vértigo*, de Hitchcock, donde Kim Novak es un fantasma tan carnal que aceptás su muerte precisamente porque se trata de un oxímoron. El verdadero cadáver de esa película es, sin embargo, James Stewart, que pierde dos veces a la mujer amada. Yo no quería ser Stewart, no quería vivir por segunda vez la pérdida de Simón. Habría sido mejor olvidarlo, pero me daba cuenta de que nunca podría. Estaba acostumbrada a la soledad, a valerme por mí misma y a esquivar las insinuaciones sexuales de los caraqueños, que son inmunes a los desaires. Como te dije, vivía sólo para encontrarlo.

Dos veces en la Cinemateca se me acercó un crítico de cine con el pretexto de que habláramos sobre Hitchcock. Era el primer hombre que me parecía atractivo después de Simón y el único del que podría haberme enamorado. Se concentraba en mí como si no hubiera otra mujer sobre la tierra, devorándome con los ojos, no con lascivia sino con deseos verdaderos de descubrir cómo era yo. Tenía la piel canela de tantos venezolanos y unos ojos claros muy penetrantes. Después de la exhibición de *Vértigo* fuimos a tomar un café al Ateneo de Caracas. Su lenguaje era parco, preciso. Me hizo notar las infinitas pistas que deja Hitchcock ya en las primeras escenas sobre la impotencia de Scottie, el personaje de Stewart, su torpeza al usar el bastón, el detalle de que ha estado dos años resistiéndose a acostarse con su novia. Hablamos más de una hora. Al despedirnos, me invitó a la playa ese domingo, lo que en Caracas era entonces parte de un juego que terminaba en el sexo, y estuve a punto de aceptar. Quedé en que lo pensaría y en que iba a llamarlo.

Al volver a mi apartamento de Chacaíto me di cuenta de que estaba por dar un paso en falso. Me habría gustado pasar algún tiempo con él y sentirme menos sola, pero su acoso hubiera ido cada vez más lejos y nos habríamos puesto violentos. Mi vida de asceta no era una vida natural, y sin embargo me sentía en paz. Pensé que rechazaba la compañía de los hombres sólo por miedo a que Simón regresara justo cuando yo comenzaba una relación, pero no era así. La verdad es que no estaba disponible para nadie sino para él. Perderlo me había apagado no sólo el deseo sexual sino todos los demás deseos. Hasta que no lo encontrara no volvería a ser yo misma. Nunca volví a la Cinemateca ni contesté el teléfono por varias semanas. No sé cómo averiguó aquel hombre que yo trabajaba en la empresa petrolera, y dejó allí un sinfín de mensajes. Poco a poco le perdí el miedo y volví a las playas. Frecuentaba las más alejadas, donde me parecía improbable encontrarlo. En Oricao o en Osma me aventuraba por senderos salvajes con la cantante Soledad Bravo, que al atardecer, cuando el sol se hundía en el mar, soltaba al aire una voz enorme y dorada como las papayas.

¿Cuánto tardaste en darte cuenta de que Simón no estaba en Caracas? En tu lugar, yo al año me habría decepcionado.

Cinco años, dos meses y veintiún días. Desde el 15 de diciembre de 1983 hasta el 8 de marzo de 1989. Y si dejé Venezuela no fue porque quise. Fue la casualidad.

Los mozos del Toscana volvieron a preguntarnos si nos serviríamos algo más. Ya no quedaban comensales y, desde la calle, que solía ser rumorosa por las tardes, llegaba sólo el balbuceo de los autos. Eran más de las dos pero Emilia no parecía tener conciencia de la hora ni del mundo. Entre los destellos plomizos que entraban por las ventanas, la vi como dos siglos antes los aldeanos de New Brunswick habrían visto a Mary Ellis: sola a orillas del Raritan, esperando a un hombre que nunca llegaría.

Tenemos que irnos, dije.

Por favor, quedémonos sólo unos pocos minutos. No me dejés suspendida en el azar que me obligó a salir de Caracas. La historia es corta. Empieza con un sobre anónimo. Vaya a saber cómo funciona ahora el correo venezolano. En 1989 era errático, tanto más después de los levantamientos populares del 27 de febrero. El sábado de esa semana el humor de la ciudad era lóbrego. Nadie salía de su casa por temor a otra marea de violencia. Las oficinas postales estaban cerradas pero extrañamente me llegó una carta certificada desde Buenos Aires, sin mención de quién la enviaba. Abrí el sobre con desconfianza. Dentro había sólo un recorte del diario mexicano *Uno más Uno* con una crónica firmada por Simón Cardoso. Podría haber sido alguien que se llamaba igual, pero la crónica, que narraba la persecución y el arresto de un líder petrolero conocido como "la Quina", estaba ilustrada por un mapa de Ciudad Madero, sobre el golfo de México, en el que reconocí las equivocaciones que mi marido cometía siempre con la nomenclatura. Nunca supe quién me mandó el recorte ni cómo alguien pudo averiguar mi dirección, que sólo Chela conocía. El artículo era ya viejo, de una o dos semanas atrás, pero la ansiedad no me permitió esperar. Entonces era subjefa de la división de cartografía, ganaba mil doscientos dólares por mes y ahorraba quinientos. Por los desmadres de la cólera popular los aviones despegaban cuando podían. Me quedé a dormir en el piso del aeropuerto. A las seis de la mañana, el 8 de marzo, anunciaron por los altavoces un vuelo al DF con escala en Panamá. Lloré, grité, invoqué enfermedades y muertes familiares que no existían para que me hicieran sitio. Así llegué a mi destino, tan desvalida como cuando había partido de Rio. Con mis ahorros devaluados me instalé en una pensión de buhoneros cerca del Zócalo y empecé de nuevo la búsqueda de mi amor sin esperanzas. Estuve más de dos años saltando de un espejismo a otro, de periódicos que ya habían cerrado a pasquines que jamás habían abierto y metiendo las narices en agencias piratas que dibujan mapas de utopía para los ilusos que van a cruzar la frontera con los Estados Unidos. Arriesgué la vida en salas bien iluminadas donde los mejores cartógrafos del mundo, auxiliados por computadoras de última generación, descubrían para los narcotraficantes itinerarios no transitados entre sus destilerías y sus aeropuertos clandestinos. A veces les echaba una mano, tanto para mejorar mis ingresos como para ponerme bajo el amparo de los patrones de la droga, que a través de sus líneas directas con Migraciones podían saber quién entraba y quién salía de México.

Podías haberte quedado para siempre.

Quizás. Una mañana, sin embargo, me desperté con la certeza de que Simón era inalcanzable. Estaba vivo pero no podía verme. Tenía que dejar de buscarlo para que él pudiera encontrarme. Esa idea me iluminó. Tenía que volver tal como se había marchado. Sentí que las cosas eran así, que lo habían sido siempre y ya no podrían ser de otra manera. Había vivido años y años atrapada por una quimera falsa. Me había dejado llevar por signos que otras personas ponían ante mis ojos y no por lo que yo veía dentro de mí. Ya no podía recuperar el tiempo perdido. Pero al menos podía ayudar a que Simón me viera, acercarme su aura, navegar en su misma órbita. Los mapas, me dije. Si entro en el mapa donde está él, en algún momento nos vamos a encontrar. Dicha así parece una idea desatinada, pero a mí me parecía infalible. Si el tiempo es la cuarta dimensión del espacio, quién sabe cuántas cosas que no vemos caben en el espacio del tiempo, cuántas realidades invisibles. Los mapas son casi infinitos pero a la vez son incompletos. En Highland Park, por ejemplo, falta el *eruv*. Faltan los habitantes que van a nacer mañana. Para ver a Simón era preciso que yo bajara (o que subiera) a un mapa, si era posible a todos los mapas. Aún seguía anclada a la Ciudad de México. Me levanté, fui al Sanborns de los Azulejos y empecé a mandar cartas a todas las empresas de cartografía de los Estados Unidos y de Canadá. Quería irme lejos. Si me hubieran ofrecido trabajo en Hawaii o en Alaska habría dicho que sí. A las dos semanas recibí una respuesta de Hammond. Tenían vacante un puesto de asistente en la planta de Maplewood, en New Jersey.

Se me hizo tarde, lo siento, la interrumpí. La conversación me había cansado y no entendía del todo lo que me estaba diciendo.

Vamos, asintió. Perdón por haberte retenido tanto.

La llevé de regreso en silencio. Las calles de Highland Park estaban cubiertas de gallardetes que anunciaban vuelos en globos aerostáticos, fuegos artificiales y helados gratis en el parque Donaldson. El pueblo estaba a punto de cumplir ciento dos años.

Cuando nos detuvimos en la calle Cuarta vimos que Large Lenny caminaba de una acera a otra con velones rojos que le quemaban las manos al derretirse. Parecía insensible al dolor y sus ojos estaban fijos en algún punto de la nada. Por lejos que estuviera de este mundo, algo le desataba un río de lágrimas. El llanto salía de sus ojos en silencio y bajaba hasta la quijada después de un largo rodeo. Un grupo de chicos lo seguía, arrojándole piedritas con una banda elástica. Emilia no pudo soportarlo:

Déjenlo en paz, les dijo. ¿No ven que está llorando?

El gigante la corrigió:

No lloro. Los perdono, porque no saben lo que hacen.

¿Necesitas algo, Large Lenny?, lo consoló Emilia. ¿Te acompaño a tu casa?

Era una pregunta absurda, porque nadie conocía la casa del gigante. Se suponía que le daban refugio en alguno de los templos, pero era imposible saber en cuál porque iba a todos.

Tengo sed, respondió.

Habíamos llegado ante la puerta de la casa de Emilia, y ella subió en busca de una botella de agua fresca. Algunos vecinos espiaban a través de las ventanas. Oí, a lo lejos, el vocerío del campito de deportes. Los estudiantes de secundaria debían de estar jugando un partido.

Apaga esas velas, Large Lenny, dije. Te estás destrozando las manos.

Tienen que estar encendidas. Por el resucitado.

Cuando Emilia trajo el agua, el gigante dejó los velones en la vereda y bebió del cuello de la botella. El agua bajaba con estrépito por las cavernas de la garganta.

Large Lenny cree que alguien ha resucitado, le dijo a Emilia el vecino de la planta baja. Soltó una risita, y de los otros balcones bajó un coro burlón:

¿Quién es el muerto? ¿Él?

Yo ya no estoy en el mundo, dijo el gigante. Alguien que se ha perdido regresa al mundo y no encontrará el camino si estas velas no le muestran la luz.

¿Dónde está ese alguien, para que lo ayudemos?, preguntó Emilia, por seguirle la corriente.

No hace falta que te lo diga. Lo sabes mejor que yo.

Large Lenny le entregó la botella y se alejó hacia la calle mayor. Repetía a los gritos algunos versículos del evangelio de Lucas, pero dejé de prestarle atención y regresé a mi casa.

A la vuelta de la luna de miel, Simón y Emilia creían ser el uno-para-siempre de Parménides, el ser que jamás iba a desplazarse de sí mismo hacia el pasado ni hacia otra parte, pero nada es nunca como se espera, nada es tan siquiera lo que parece que es.

El chofer que fue a buscarlos al aeropuerto les contó que una semana antes habían asesinado a Ringo Bonavena en un prostíbulo de Reno, Nevada. Un solo disparo en el pecho había acabado con el boxeador de pies planos, físico imponente y vocecita de niña. Ya nunca más Ringo iba a cantar "Pajarito pío pío". Lo mató un matón, dijo el chofer. Imagínense: el ropero de ciento veinte kilos que noqueó a Ron Hicks en el primer minuto y le aguantó quince rounds de pie a Cassius Clay murió por un pleito estúpido con el guardaespaldas de una madama barata, discúlpeme la señora. Trajeron el cuerpo el viernes y no tienen idea ustedes de cuánta gente hizo cola para verlo. Ayer se juntaron miles de chabones bajo la lluvia.

A las nueve y media de la mañana el aire parecía sucio, cegado por la neblina, con olor a desinfectante. El automóvil avanzó por la Avenida del Libertador rumbo al departamento de San Telmo, que para Emilia y Simón era tan desconocido e impersonal como un cuarto de hotel. Les había gustado tanto cuando lo vieron, con sus balcones abiertos sobre el Parque Lezama, que el doctor Dupuy lo compró como regalo de casamiento, sin permitir que lo ocuparan hasta que estuviera amueblado y decorado. La madre de Emilia eligió el color de las paredes, el juego de comedor, las cortinas del dormitorio, las alfombras, las copas y los cubiertos. Simón insistió en que al menos llevaran las mesas de dibujo de sus cuartos de solteros, las enciclopedias y los manuales de cartografía para que algún resto de sus identidades siguiera en pie.

La tardanza en la decoración los había obligado a esperar una semana más en Punta del Este, después del largo viaje en vapor desde Recife. Estaban exhaustos pero animados. Era domingo y de la luz de Buenos Aires se desprendía un humor melancólico. El cuerpo de Bonavena regresaba para inscribir su nombre en el panteón de santos nacionales donde ya fulguraban Gardel, Perón y Evita. Alrededor de la Plaza Roma se habían estacionado los automóviles del cortejo, con crespones de luto y parvas de flores. Al pasar frente al Luna Park, un Mercedes Benz de vidrios oscuros se les adelantó a toda velocidad, sin respetar los semáforos. Emilia reconoció el automóvil de su padre y ordenó al chofer detenerse en cualquier claro de la multitud. Quería darle una sorpresa y lo que menos imaginó fue que la sorprendida sería ella, porque el doctor Dupuy entraba al estadio del funeral abrazando la cintura de una mujer que, al menos desde atrás, parecía joven y vistosa. Simón bajó a disgusto. No tenía ganas de arruinar la llegada a Buenos Aires con una escena de reproches entre padre e hija, pero ella sabía muy bien lo que estaba haciendo, diría Emilia treinta y un años después: estaba segura de que a su padre nada, ni la vergüenza, le hacía mella.

Apenas se entreabrían las puertas del estadio las miradas tropezaban con el catafalco, situado en el espacio que antes ocupaba el ring, al pie de las gradas vacías. Lo iluminaban cuatro cirios de los que se desprendían centellas de cera, y las luces rojas y verdes de un reflector imprudente. La mater dolorosa de Bonavena acariciaba la cabeza del hijo que tanto se le parecía, como si acariciara su propia muerte. La realidad sucedía repitiéndose en un espejo sin tiempo. Un periodista de televisión se arrodilló ante la madre, le tomó las manos y se las besó. ¿No habían visto ya la escena otras veces en *Telenoche* o en *Videoshow*? Todo era igual y a la vez todo era diferente, como si los hechos volvieran sobre sus pasos y se rehicieran. Así, las filas que los curiosos formaban en las calles por las que subiría el cortejo se movían con la impaciencia de veinticinco años antes, cuando aguardaban el ataúd de Evita, pero esta vez sin la esperanza de un milagro: aunque la realidad era idéntica, al desplazarse de época se recreaba a sí misma bajo una forma nueva.

El doctor Dupuy se detuvo sólo unos segundos ante el ataúd y, al volverse, se encontró cara a cara con la hija. Emilia no reconoció a la mujer que lo acompañaba. Simón, en cambio, sí, de inmediato, porque había leído en las revistas de un consultorio médico que era una coleccionista de amantes poderosos, aficionada a escribir novelas sentimentales que se vendían por millares, aunque nadie sabía quién las compraba.

Ella es Nora Balmaceda, la presentó el doctor Dupuy. Hubieran avisado que la luna de miel se terminaba hoy.

No les quedó tiempo para responder porque en ese momento los empleados de las pompas fúnebres empezaron a sellar con sopletes la cubierta de cinc del ataúd y la madre de Ringo sufrió un desmayo. Ya es el sexto, informó la señora Balmaceda, que había oído llevar la cuenta de los otros cinco en los informativos de la mañana. Pero eso lo dijo después, recordaría Emilia en Highland Park, porque antes, al ver que la mole de grasa doliente se derrumbaba, Nora Balmaceda corrió a socorrerla y alcanzó a rodearla con los brazos justo cuando, a una seña del doctor Dupuy, los reporteros gráficos congelaban la escena con sus cámaras. En las quintas ediciones de los vespertinos, la imagen aparecía en primera página, a igual tamaño que la visión del cortejo en el cruce de las avenidas de Mayo y Nueve de Julio, con una leyenda ordenada por el doctor: "La pena une a la madre y a la escritora".

En aquellos tiempos todo era posible. La propaganda creaba ilusiones de felicidad en el desierto de infelicidades. Semana tras semana las revistas publicaban testimonios de gauchos asombrados que descubrían flotillas de platos voladores en el cielo nocturno. A los chicos de las escuelas se les enseñaban las topografías de Marte, Ananké, Titán, Enceladus y Ganímedes con tanto entusiasmo como el que se ponía durante la Segunda Guerra en obligarlos a memorizar los ríos de Europa y de Siberia. Se aseguraba que los emisarios de otros mundos llegaban a la tierra con intenciones pacíficas, tomaban algunos ejemplares humanos de muestra para estudiar sus sentimientos y los devolvían al cabo de los años —veinte, cien, nadie sabía cuántos— o bien los retenían para siempre en sus zoológicos particulares. Uno de los ministros del gobierno se había cruzado de frente con dos grandes discos que recogían especímenes terrestres en las soledades del Valle de la Luna. Los tripulantes, dijo, eran figuritas menudas, con una cabeza enorme y un aura de luz que parecía protegerlos de la atmósfera oxigenada. Con ademanes solícitos arreaban hacia las naves a unas veinte personas que sin duda habían recolectado en las ciudades. Invitaron al ministro a sumarse a la expedición, pero les explicó que las responsabilidades de su cargo no se lo permitían. El relato de un funcionario tan serio disipó hasta las últimas dudas de los escépticos. Las noticias sobre las naves se multiplicaron. El mensuario *Voluntad* entrevistó a seis pilotos que se habían cruzado en vuelo con flotillas espaciales. Uno de ellos, que operaba en la ruta entre Río Gallegos y

Ushuaia, casi al fin del mundo, había conseguido fotografiar dos objetos esféricos, de los que sobresalían las patas del aterrizaje.

En vísperas de la Navidad Nora Balmaceda se incorporó a la campaña. Las más duras almas del país se conmovieron con su historia, que superó de lejos el éxito de sus novelas de pasión. Había convencido a su esposo, un descolorido heredero de diez mil hectáreas en la pampa húmeda, de que celebraran la Navidad de 1976 en San Antonio de los Cobres, a casi cuatro mil metros de altura, y descendieran luego a Salta para esperar el Año Nuevo. El 26 de diciembre salieron en jeep rumbo a Las Cuevas, cuarenta kilómetros al sudeste. El jeep subía y bajaba por la escarpada ruta 51 a velocidad moderada. Tardaron más de dos horas en cubrir los primeros dos tercios del camino. Al llegar al caserío de Encrucijada se detuvieron para orinar. El brillo lechoso de las estrellas iba invadiendo la penumbra de las nueve de la noche. Nada se movía, ni siquiera los insectos de las alturas, y el silencio —contó Nora en los periódicos— era pegajoso como un almíbar. El marido orinó junto a la trompa del jeep y ella lo hizo a un costado, al abrigo de la montaña. Estaban regresando al vehículo cuando una luz súbita llegó de la nada y les derramó un aliento sulfuroso. A duras penas Nora entró en el jeep. Desde allí vio, a través de los vidrios, unas figuras lampiñas e ínfimas, de forma humana, que flotaban en un torrente de fuegos amarillos. De pronto la luz se extinguió y ella quedó sumida en una languidez sin explicación. Quizá se durmió, pero no más de dos minutos. Al despertar, se encontró al volante del jeep en Rosario de Lerma, que estaba a muchas horas de distancia. El marido se había esfumado. La única explicación posible era el poder de la luz, que acaso lo había atraído con la fuerza de un imán sobrenatural, transportándolo al cielo. Todos los canales de televisión repitieron la imagen de una Nora desolada y lacrimosa que se transfiguraba al describir sus visiones de otro mundo. Cuánto habría dado por estar ahora en el lugar de mi marido, dijo. Él ha encontrado su Shangri-La, ha entrado en el séptimo anillo del paraíso, ha descubierto la suprema sabiduría de Dios.

Con atavíos de luto, Nora fue fotografiada por la revista *Gente*. El título del artículo —tras el cual se adivinaba la influencia del doctor Dupuy— era un préstamo de Quevedo: "Amor constante más allá de la muerte". A través de sus abogados Nora anunció que reclamaría la administración y el usufructo de los campos del marido hasta que regresara del espacio. Los tribunales de justicia la favorecieron después de un trámite veloz, que despachaba el caso como "Otro encuentro cercano del tercer tipo".

La película de Steven Spielberg que llevaba casi el mismo título estaba causando furor en los cines. Los extraterrestres de Spielberg se comunicaban a través de claves sonoras y no se apoderaban de objetos ni de seres humanos, como los invasores de Encrucijada o del Valle de la Luna. Pero cualquiera fuese la forma o el lenguaje que asumían los visitantes, en la Argentina se los aceptaba como a una nueva fe. Desde la portada de la revista *Dimensión Desconocida* el actor Fabio Zerpa formuló una pregunta que el vicario celebró en el sermón dominical: "¿Somos tan vanidosos que nos creemos los únicos hijos de Dios en el universo?".

El romance del padre con la Balmaceda llevaba ya un año cuando mataron a Bonavena. Se aproximaba el Mundial de Fútbol y todas las mujeres, salvo las modelos y las bataclanas, fueron borradas de las noticias. La Balmaceda estaba desesperada por el obligatorio eclipse que le imponían la viudez y el desinterés de los militares. Su última novela era de 1974 y no estaba escribiendo otra. A comienzos de junio, poco antes de que empezaran los partidos, cedió a la tentación de las candilejas y publicó un artículo en la revista *Somos* ofreciéndose para "motivar" —ésa fue la palabra que usó— a los jugadores argentinos en los vestuarios y en los gimnasios donde se entrenaban. El título del texto era "La patria primero" y fue la carcajada de los cuarteles. El padre se sintió tan humillado por el papelón de la amante que no la atendió más al teléfono. La Balmaceda no tardó en reemplazarlo por un campeón de tenis que la exhibía ante los fotógrafos junto a la vitrina de los trofeos, y luego por un capitán de navío que se quedó con los campos del marido perdido en el espacio.

Resistió con firmeza los castigos de la edad. En las fotos de *Gente* se podía seguir paso a paso, mes a mes, cómo le iban desapareciendo las arrugas alrededor de la nariz, las ojeras, los colgajos de la papada, cómo se le abrían los ojos y se le rellenaban los labios, y cómo las tetas y el culo desafiaban las fatalidades de la gravedad. Cuando completó los ciclos de regreso a la juventud Nora descubrió otro filón de oro y volvió a vender miles de libros. En un arrebato místico describió un torneo de lucha libre entre los ángeles serafines de seis alas y los querubines de cuatro, escribió páginas incomprensibles (que la gente sin embargo repetía con veneración y de memoria) dictadas, según ella, por ángeles bienaventurados que volvían de visitar a Dios. Su mayor éxito llegó cuando anunció que había sido testigo casual de la aparición de la Virgen María en el descampado de Esteco, mil trescientos kilómetros al noroeste de Buenos Aires. Una ciudad próspera se había asentado allí a fines del siglo XVI, pero sólo quedaba el campo raso cuando Nora Balmaceda pasó junto a una patrulla militar en busca de ángeles. Había leído en alguna parte que Esteco fue destruida por el terremoto de 1692 y que los vientos iracundos del Señor exterminaron a sus habitantes revoltosos. En la margen izquierda del río Pasaje, donde un menhir de dos metros recordaba el antiguo asentamiento, Nora conoció a una niña pastora de cabras que los miércoles al amanecer recibía la visita de la madre de Dios. Le contó a Nora que la Virgen era una figura sin cara, de voz muy dulce, oculta en un manto de luz. Esas visiones no pueden ser sino la Virgen, escribió Nora. "Nuestra Señora ha regresado al mundo para poner fin a las violencias del extremismo ateo y redimir a los pecadores que quieran arrepentirse." En sus diálogos con la pastora, la Virgen pedía que se construyera en el paraje una basílica de máxima seguridad (quería una basílica, no una capilla, tradujo Nora) donde personalmente purificaría a los remisos y los guiaría al cielo. El número de la revista en la que se publicó el reportaje triplicó las ventas y, antes de que el lugar se llenara de peregrinos, el gobierno militar sacó de las cárceles a los prisioneros enfermos y les ordenó cavar los cimientos del nuevo templo. Dos meses después de visitar a la pastora, Nora escribió que la niña, alborozada, había visto a los prisioneros subir a las nubes en una alfombra de luz. En una radio local se oyó decir a la vidente: "¡Los ángeles se los llevaron para arriba!".

Nora Balmaceda vivió un tiempo más en el éxtasis del éxito, bajo una lluvia de contratos para traducir sus libros. En ese vértigo se suicidó con cianuro. No dejó cartas de explicación ni testamento. Al acostarse para morir, se maquilló como para una fiesta y se puso un camisón blanco de organza. Al lado de la cama, sobre una mesita, quedaron otras dos pastillas de cianuro de sodio. Su ajada belleza seguía intacta. Nadie reclamó el cadáver. No se tenían noticias del marido desde su ocaso espacial y ningún pariente dio señales de vida. El doctor Dupuy encargó a uno de sus asistentes que la enterrara con discreción y modestia. Después llamó a un obispo amigo y le pidió que la Iglesia se hiciera cargo de los bienes.

Sobre las desapariciones de esos años siguen oyéndose historias que erizan hasta los latidos del corazón. Algunas revistas que todavía se consiguen en las librerías de viejo de Buenos Aires cuentan, con el lenguaje entre hipócrita y cómplice de entonces, el extravío de personas que viajaban en sus veleros por el Río de la Plata y se marchaban dejando la embarcación al garete. Muchos de ellos eran hacendados como el marido perdido de Nora Balmaceda. Antes de emprender la última excursión de sus vidas cedían los campos y las industrias de la familia a jefes militares que habían sido sus amigos y protectores. En los tribunales de justicia se acumulaban los reclamos de los hermanos y esposas perjudicados, pero ninguno prosperaba porque los cuerpos de los ausentes no aparecían. Donde no se ve nada no hubo nadie, explicaban los voceros del gobierno. Las dobles negaciones, que desde entonces son tan comunes en el habla cotidiana, se apoderaron también del lenguaje periodístico. Acá no queda nada, no hay ninguno eran expresiones que se repetían en las radios y en los programas de televisión. Todavía se oyen y se leen.

Otros símbolos menos resistentes de aquella época se han desvanecido. Las naves extraterrestres que iluminaban las cuatro orillas de los cielos jamás volvieron. Del templo de Nuestra Señora de Esteco no sobreviven ni las ruinas. En los alrededores yacen los esqueletos del ferrocarril. No hay poblaciones ni almacenes en el viejo camino de ripio que unía el descampado con la lejana Buenos Aires. Los camiones no pasan más, las aldeas se extinguen y en los cuartos sin nadie sólo retozan los fantasmas y los ratones. El villorrio que en los años sesenta concentraba el comercio de la región ha sido cubierto por una represa. Algunos viejos se negaron a partir y, encaramados a la torre de la iglesia, esperaron con paciencia el ascenso de las aguas. Una mujer logró trepar a las agujas de la cruz y quedó allí en cuclillas. Los pescadores que acuden a la represa pueden ver todavía la cruz oxidada asomándose sobre la superficie mansa, y eso es todo.

Mientras escribo esta página leo que ha desaparecido un lago patagónico de la noche a la mañana. Estaba a orillas del fiordo Témpano, a 50 grados de latitud sur, y medía tres kilómetros de ancho por cinco metros de profundidad. Los guardabosques lo vieron por última vez hace dos semanas. Cuando regresaron sólo encontraron un lecho seco, estriado por grietas de hasta 25 metros. Algunos creen que el lago se evaporó, es el primer lago que se va volando —dicen—, sin recordar que entre 1977 y 1978 los lagos volaban en bandadas. Así se perdieron el lago del Jabón, el lago Pulgarcito y el lago Sin Regreso, junto con otros más modestos. Las patrullas militares de entonces los vieron elevarse como globos aerostáticos, desplazados por el movimiento de las placas geológicas, y caer en el interior de los volcanes, en la cordillera de los Andes. Se los borraba de los mapas y en el territorio perdido se dibujaban las ondulaciones azuladas que eran símbolo de las nieves inaccesibles. Los cartógrafos de otros países pedían precisiones sobre los espacios vacíos y las autoridades argentinas respondían, invariables, con una observación del obispo Berkeley: "Lo que no se ve no existe".

El primer encuentro después de treinta años sucede tal como Emilia lo ha imaginado tantas veces. Simón repite las exactas palabras con las que ella soñaba, se mueve como si su cuerpo tuviera límites y no pudiera traspasarlos. Fuera de eso, todo es apacible, sin sorpresas. Le ha preguntado: ¿Sos vos, Simón? ¿Sos vos, realmente? y, mientras se adelanta al marido en la escalera, lo toma de la mano. Es una mano débil, más liviana de lo que recordaba, y también más suave. Lo oye decir: Ni un solo día he dejado de quererte, Emilia. Ella responde: Yo tampoco, amor. Ni un solo día. En ese momento decide que lo invitará a quedarse. Desea con furia que se detenga en la eternidad de amor que le ha preparado, que se desnude ya mismo y le sacie la sed que ha escondido de los demás para que la sienta él antes que nadie. Quiere que, cuando la penetre, el tiempo se quede fijo en su eje, la luz del día vea la misma luna menguante que está saliendo ahora, que los sufrientes dejen de sufrir y los muertos acaben con sus muertes. Es lo que quiere, ¿pero él también lo quiere? Se repite que no debería desearlo así, con el deseo egoísta de los que nada tienen y nada pueden dar. Lo ha buscado hasta quedarse sin aliento ni ser, pero quién sabe si él la ha buscado con esa misma fiebre, quién sabe lo que el marido esperaba encontrar. Han pasado treinta años y tienen muchas historias que contarse. Ella quiere empezar por la que más la inquieta.

Sentate, Simón. ¿Me harás el favor de sentarte un momento, amor? No soy la que era cuando me dejaste y es importante que lo sepas.

No te dejé, dice él. Estoy aquí.

Habla como si la edad, que no ha pasado por su cuerpo, se le hubiera refugiado en las cuerdas vocales, sin la fuerza con la que conversaba en Trudy Tuesday con sus colegas europeos. No le sorprende. El tiempo es como el agua: cuando se retira de algún lugar siempre avanza por otro. De eso precisamente quiere hablarle. Hasta hace apenas un momento habría preferido callar y abrazarlo. Tenderse junto a él y abrazarlo. Pero los años perdidos la llenan de escrúpulos. Podrían hacer pedazos el hilo fino que empieza a unirlos si no estuvieran seguros de ser los mismos. No quiere herirlo, no quiere herirse, y por eso mismo pierde el control de lo que dice.

Estás aquí porque te compadeciste de cuánto te he buscado. He recorrido todas las ciudades en las que te vieron. He pasado meses en Río de Janeiro, años en Caracas y en México. Vine a este suburbio porque ya no daba más.

No estuve en ninguna de esas ciudades. Me buscaste donde no estuve.

Ya me contarás adónde, entonces, habría tenido que ir. Lo que te quiero decir es que, mientras tanto, he envejecido. No sé cómo hacerte ver lo que yo misma no veo. Soy la que era cuando nos enamoramos, siento la misma fiebre, soy tan romántica como entonces y sigo adorando las flores aunque ya nadie me las regala, me gusta la música que me gustaba entonces y cuando voy al cine me parece que estuviéramos sentados juntos, vos abrazado a mí, emocionándote conmigo.

Pero no somos las mismas personas.

A eso iba. Yo soy la que era, mi cuerpo no. La vida me ha hecho más joven pero a mi cuerpo le ha pasado lo que les pasa a todas las mujeres.

Le pregunta si quiere tomar un té. Pone a hervir agua y lleva dos tazas en la bandeja. ¿Limón, azúcar? A ella le gusta solo. A él también, ya lo sabe. El cielo está espeso, con las nubes hinchadas de lluvia. La tarde va a caer, como cae todo lo que pertenece al orden de lo natural. Emilia no la verá caer porque hace algunos días, harta de que la espíen las estudiantes de la casa contigua, cubrió las ventanas con papel adhesivo. Le desespera exponer ante miradas desconocidas y sin misericordia la intimidad de un cuerpo que se degrada y se apaga.

Si hubiéramos vivido juntos te habrías acostumbrado a verme y yo no sentiría la vergüenza que siento en este momento. Vos seguís tal cual. Y yo, ya ves. Me habría gustado ser la que era, amor, pero me he puesto vieja. Vas a decepcionarte. Llevo siete años sin menstruar. Me levanto con mal aliento. Huelo fatal donde antes ni siquiera olía: en los sobacos, aunque me los depile y los lave con cuidado. A veces tengo olor a pis. Los labios de la vagina se me han aplanado y hasta cuando me masturbo están secos. ¿Te sorprende que a esta edad me masturbe?

Nada me sorprende. Ahora estás mojada.

¿Vos no? Es el deseo. ¿Se nota? Creí que no iba a sucederme nunca más. Cada vez que te extrañaba sentía dolor físico. Y fueron muchas veces en todos estos años. La soledad se me echaba encima como una penitencia. La sentía venir y me consolaba con el espejismo del sexo, con la ilusión de que todavía puedo.

Suena el teléfono: tres, cuatro veces. Sea quien fuere, está impaciente. Se interrumpe, corta y vuelve a llamar.

No atiendas, dice Simón. No vayas.

En la pantalla del aparato Emilia lee el número de la central de Hammond. Son las siete y media de la tarde. Si la necesitan allí, es porque ha sucedido algo que sólo ella puede reparar. Levanta el tubo. Habla Sucker, el guardián de noche, un viejo macilento que arrastra los pies.

¿Está seguro de que es el mío?, se queja Emilia. No puede ser el mío.

La voz del otro lado de la línea llega demasiado alta, irritada. En los últimos quince años, desde que lo contrataron en la planta de Maplewood, la rutina del guardián no ha tenido el menor quebranto. La inercia lo mantiene en el puesto.

Es su auto, Ms. Dupuy.

Los diptongos lo derrotan. Pronuncia Diu-piui, como un pollito de criadero.

Qué raro. Cuando salí de Hammond volví a casa en mi auto. Espéreme un minuto. Voy a ver si está donde lo estaciono siempre. Llamo enseguida.

Es su auto, Ms. Dupuy. Un Altima plateado 1999. Hemos comprobado la placa. Si no estuviera seguro no la habría molestado.

Quizá lo hayan robado, no tengo idea. Si es mi auto, de todos modos no puedo ir a buscarlo. Es viernes. Tengo invitados en casa. ¿Pueden esperar?

No es posible, lo siento. Tiene que retirarlo esta noche o mañana muy temprano. A las siete en punto van a estar aquí los camiones de distribución para llevarse los atlas escolares que hay en el depósito. Su Altima está bloqueando el depósito.

Esa mañana, poco después de las nueve, todos los puestos del estacionamiento de Hammond estaban ocupados. No había sitios libres en la calle, y tuvo que dejar su auto frente al depósito. Antes de marcar la tarjeta de ingreso dejó un mensaje en la vigilancia para que le avisaran si era necesario moverlo. Estaba nerviosa, con Simón esperándola al otro lado de la ruta 22. No olvida el viaje de regreso a Highland Park. Ni lo que pasó después. No está soñando, claro que no. Simón sigue frente a ella y se lleva la taza de té a los labios. Ésa es su realidad, la única. No se ha extraviado dentro de un mapa dibujado por locos. Nada le va a impedir ahora ser feliz.

En la heladera tiene salmón ahumado y ya es hora de preparar la cena para el marido. Le quedan endivias y la botella de sauvignon blanc que compró hace dos semanas en Pino's. La dejará en el congelador mientras sirva la mesa.

Voy a poner música, dice. ¿Mozart? ¿Jarrett? Hace siglos que no escucho a Jarrett.

Lo que quieras. Yo voy a acariciarte.

Tocame, lo alienta Emilia. Y se le acerca.

El marido le desprende la blusa y desliza suavemente la yema de los dedos sobre los pezones. Están marchitos y la aureola turgente de otros tiempos se apaga, flácida y arrugada. Las caricias de Simón van devolviéndoles la lozanía. Lentas, las manos se deslizan, bajo la falda, por la cara interior de los muslos, y le bajan la bombacha. Sin saber cómo, Emilia se encuentra tendida sobre las sábanas, con él —también desnudo— alzándose sobre su cuerpo tembloroso. Todo sucede tal como ella quería que sucediera. Los labios de entre las piernas se le abren, súbitamente gordos y orgullosos de su pulpa. Simón está enhiesto. Y por lo que se ve en estos años ha crecido y luce más esbelto. La cubre con la destreza que Emilia sólo ha visto en los caballos de pura raza de su padre, apoyando las patas desesperadas sobre el lomo de las yeguas. Lo siente en lo más hondo mientras sigue acariciándole el clítoris con un ritmo constante y sabio. Cuánta felicidad, qué adentro está, qué adentro, podría llegar aún más lejos pero ella tiembla, suelta un bramido victorioso y se queda sin aliento, temblando. No te vayas, sigamos, le ruega él. Por mí seguiría así toda la vida, contesta ella. Está conmovida. Esperaba un amor como el de antes y el de ahora es mejor, el amor salvaje y tierno de dos adolescentes. En los primeros meses de casados se desesperaban por llegar juntos al orgasmo, como si cada vez fuera la última, pero cuando el abrazo terminaba sentían que debían hacerlo otra vez para que fuera mejor. Siempre les quedaba la sensación de que era posible ir un poco más allá y que, por torpeza, se detenían en un borde que el otro no les permitía cruzar. Ahora sabe que es ella la que tenía miedo de caerse del borde: él habría aceptado cualquier cosa. ¿Cuánto podrá un cuerpo?, se pregunta Emilia, ¿cuánto podrá mi cuerpo?

Supo que el amor puede ser distinto la tarde en que llegaron a Tucumán, antes del absurdo episodio de Huacra. Se desvistieron con urgencia apenas entraron al cuarto del hotel, maltrecho y descuidado como todos los que sus jefes les reservaban. La cama era incómoda y los elásticos vencidos formaban un hueco en el centro del colchón, pero se arrojaron igual el uno sobre el otro sin que nada les molestara, se lamieron y se devoraron llevados por la fuerza de sus olores. Había sucedido sólo una vez y sin embargo el recuerdo seguía tan vivo en ella que, adonde quiera iba, nunca la dejaba en paz. Ya no lo necesita. Se incorpora a medias en la cama y apaga el recuerdo como una lámpara.

Simón se incorpora también y va hacia el estéreo. En la torre de compactos encuentra la versión del *Concierto en Colonia* de Keith Jarrett que oían en el departamento de San Telmo.

¿Vamos a escuchar eso?, dice ella. En el muzak de la oficina pasan a cada rato la segunda parte. Lo han gastado como zapato de monja. Ahí donde tenés la mano está el *Concierto en el Carnegie Hall*, que es del año pasado y te va a gustar más.

Lo conozco. Es buenísimo pero no es lo mismo. El Jarrett de Colonia sigue siendo lo que éramos nosotros.

Vuelve a la cama. La lluvia liviana de los sonidos se posa sobre los cuerpos. Emilia deja que la
noche pase sin que nada más pase aparte de la noche. De a ratos contempla incrédula al marido que
duerme: el lunar debajo del ojo derecho conserva la
exacta tonalidad de los higos maduros, unas arrugas
imperceptibles le asoman junto a los labios, y ella se
extraña de que ese cuerpo le pertenezca, a cualquiera le parecería obsceno que una mujer de sesenta
esté enamorada perdida de este muchacho de treinta y tres. Es un don inesperado del destino y, pensándolo bien, quizá sea la compensación providencial por tantos años de espera. Prefiere este amor
enloquecido e insaciable a la vida que habría tenido
si todo hubiera seguido su curso natural: un matrimonio sostenido sólo por la fuerza de la costumbre,
movido por la melodía de las fiestas familiares, de
los programas de preguntas y respuestas y la película de la noche. La falsa viudez la sumió en el sopor
de tantas telenovelas que ya no sabe cuál dejó por la
mitad cuando Simón se le perdió. ¿Sería *Rosa de lejos*? No, ésa vino más tarde. Quizá fuera *Pablo en nuestra piel*, con la que tanto lloró cuando Mariquita
Valenzuela y Arturo Puig se despedían en el aeropuerto, mientras él le recitaba, con los ojos aguados:
*Quiero que todos sepan que te quiero,/ deja tu mano,
amor, sobre mi mano.* Cuando despierte, piensa contarle la escena. La gente en aquel tiempo se dejaba
anestesiar por la cursilería para olvidar la muerte que
estaba en todas partes. Los platos voladores, las telenovelas, el fútbol, el patriotismo: le hablaría de todo
lo que ella también había abrazado, pobre náufraga
engañada.

Se levanta a las cinco para alcanzar el expreso de las 5.35 en la estación de trenes de New Brunswick. No enciende la luz, se aleja en silencio y escribe una notita apresurada que deja junto a Simón, sobre la almohada. "Vuelvo para desayunar con vos. Que descanses. Te quiero." Cuando cruza el puente sobre el río Raritan divisa la ligera raya violeta que se alza sobre el horizonte del mar y se imagina a sí misma contemplando la nada por la ventana, como Mary Ellis. Siente una ligera molestia en el molar que le han curado semanas atrás y recuerda que debe regresar al consultorio del dentista. Va a hacerlo el lunes, sin falta.

El lunes, repite. De pronto, la semana se le viene encima, con el peso atroz de lo real. Cada vez que se aleja del presente el tiempo se llena de imágenes a medias que deben ser completadas, y esa carga la llena de terror. Por la calle no pasan autos ni camiones, las luces de los edificios están apagadas y sin embargo basta que el amanecer se insinúe sobre el mar para que la conciencia del tiempo la atormente. El lunes, vuelve a decir, el lunes. Cuando encontró a Simón en Trudy Tuesday, los tres días del fin de semana le parecían muchísimos, pero en estas primeras horas del sábado cada segundo es fugaz. Quisiera inmovilizar el tiempo, clavarlo con argollas a la pared. Ni siquiera se ha preocupado por saber si el marido tiene también que trabajar. No sabe qué empresa de cartografía lo ha contratado, no le ha pedido una dirección, un teléfono. Sólo ahora advierte que su felicidad es frágil, que su vida entera cuelga de hilos demasiado débiles.

La estación está vacía y el tren llega puntual, como siempre. Una neblina tenue se despereza entre los árboles. Aunque las hojas se tiñen de amarillo y de naranja como en todos los otoños, las borrascas, los deshielos súbitos, las mareas de calor, presagian nuevas borrascas y huracanes. Los desastres naturales son el espejo de este país, que ha sembrado tantos odios y guerras, se dice Emilia. En los últimos seis años la cultura de los Estados Unidos ha retrocedido medio siglo, a las penumbras del senador Joe McCarthy y de Tricky Nixon. Ya no vale la pena vivir aquí.

En su vagón viajan dos ancianas y un muchacho negro. Apenas posan la cabeza sobre el vidrio de la ventanilla, se duermen. Ella, en cambio, quiere que cada segundo del día la encuentre con los ojos abiertos, aferrados a la dulzura de la vida. Al pasar por Elizabeth ve las torres de la iglesia abriéndose paso en la claridad grisácea de la mañana y tiene la impresión de que ha vivido antes la misma escena, aunque jamás ha viajado en tren a esa hora. Es como si el joven y las ancianas dormidos hubieran estado siempre allí, en ese recodo de la penumbra, y todo lo que le ha sucedido en sus sesenta años fuera sólo una preparación para ese instante trivial. Quizás he muerto ya, se dice Emilia, y lo que estoy viendo es mi infierno o mi purgatorio. Cada ser humano, piensa, está condenado a detenerse para siempre en un relámpago de tiempo del que jamás podrá salir. A ella, entonces, la ha alcanzado la eternidad en ese tren de suburbio, a las seis menos diez de la mañana, junto a tres personas desconocidas que duermen.

La sensación se desvanece en la estación de Newark. Tiene que apresurarse para tomar el ómnibus de la línea 70 que está por salir hacia el Livingston Mall, en Springfield. Ha hecho muy pocas veces la travesía, que no lleva más de quince minutos. La deprime el paisaje sórdido del suburbio, la tristeza de la gente al amanecer, la soledad de los árboles, la certeza de que allí jamás sucederá nada, porque hay —se dice— lugares vacíos de sentido en los que no puede germinar ni el más insignificante de los hechos. Para colmo, cuando llega, una limusina de funeral bloquea la salida de su Altima. Llama a la puerta de Hammond y nadie acude. Son las siete menos cuarto y el guardián no aparece. Qué falta de consideración. Es sábado y estaría junto al marido en la cama si la sorpresa no la hubiera desorientado la tarde anterior. Ha sido puntual, como le pidieron. Toca con insistencia el timbre de la entrada. Al volverse, ve a un gigante de levita que sale de la nada, camina con parsimonia por el estacionamiento y se acerca a la limusina.

Buenos días, saluda.

Buenos días. Ya era hora, responde.

El gigante pone en marcha el vehículo fúnebre y se aleja en silencio. Emilia quisiera preguntarle qué hace allí pero no se atreve. Ha evitado desde chica a los servidores de los muertos y todavía la aterran. Lo que importa es que su coche tiene la salida libre y ella puede retroceder hacia la ruta 22. El sol de otoño se eleva con velocidad. Ha dejado la botella de sauvignon blanc en el congelador y las endivias con el salmón ahumado sobre la mesa servida. La cena está arruinada pero no lo lamenta. La dicha que siente es venal, simoníaca, y cubre todas las pérdidas. Al comprar el cielo ha vendido el infierno. Pero debe volver a la tierra para no seguir perdiendo. Por delirar de amor, tampoco le ha preguntado a su marido qué desayuna. Está segura de que preferirá, como ella, café negro y tostadas.

En el departamento de la calle Cuarta Norte el silencio es abismal. No lo turba ni el siseo sobresaltado de las lámparas al encenderse.

¿Estás despierto, amor?

No lo ve en el dormitorio ni en la cocina. Quizá no reconoció la cama donde ha despertado, y se ha marchado. ¿Y si la olvida? Ella misma, a veces, pierde los recuerdos del día anterior, aunque conserve intactos los de la infancia. Ha leído que eso sucede con los viejos y Emilia ya está cayendo por la pendiente —dentro de poco le harán los descuentos de la tercera edad en los trenes y en los cines—, pero Simón tiene apenas treinta y tres años y la memoria sin heridas.

Una línea de luz asoma bajo la puerta del baño. Es la que se filtra por la ventana que da a la casa de al lado. Llama con timidez: ¿Estás ahí, Simón? El marido responde con naturalidad: Sí, estoy. Ya me extrañaba que no hubieras vuelto.

Está vestido con el piyama que tenía en el viaje a Tucumán. Debió de haberlo conservado en el maletín todos esos años. Quizá quiera ir con ella a Menlo Park y comprar ropa nueva. Tararea los compases iniciales del *Concierto en Colonia* mientras prepara el café. Siente una felicidad angélica en el cuerpo, la misma electricidad del día en que se casó. Cuando Simón abre la puerta del baño, corre a besarlo.

El auto estaba en Hammond, le dice. El guardián tenía razón. Es una mañana preciosa. Salgamos a cualquier parte, amor, lejos de este mundo.

Simón se concentra en su tostada de pan negro y su taza de café. Extiende la mano y acaricia la de Emilia, que se detiene en el aire.

¿Has oído hablar del mediodía eterno?, pregunta él.

Alguna vez, hace tiempo, dice Emilia. He olvidado lo que significa.

Lo aprendí en el geriátrico.

¿Estuviste en un geriátrico?

Siete años. Trabajé en uno. Te lo voy a contar otro día.

Que Simón hable de otro día, de un más allá con ella, alivia la desazón que le ha causado la noticia del geriátrico. Desde que internaron a su madre en uno, el más caro de todos, no ha podido olvidar la experiencia de ese reino fantasmal, donde nadie habla ni sueña ni existe.

Un geriátrico, repite. Siete años. No creo que fueras uno de los pacientes.

Trabajé en uno, te dije. Soy demasiado joven para ser paciente.

Y allí te hablaron del mediodía eterno.

Fue un escritor que iba y venía por los patios con una pizarrita. Había publicado novelas, libros de cuentos, y en sus tiempos había sido famoso, o eso decía. Mostraba el dibujo de una circunferencia, tocada por una tangente que salía de los márgenes. Cuando los pacientes tomaban sol en el patio, el de la pizarrita les decía: Acompáñenme ahora al mediodía eterno. Explicaba que la circunferencia era el tiempo, girando incesantemente, y el punto de roce con la tangente representaba el presente inmóvil. Nuestra mirada tiende a mirar lo que se mueve, pero si nos quedáramos por un momento fijos en la contemplación del presente, el mediodía sería eterno. El paisaje cambia a medida que pasan las estaciones, decía el escritor, pero la ventana que recorta el paisaje es siempre la misma.

Me parece que he leído algo así, en Schopenhauer o en Nietzsche: *El sol arde sin cesar en el mediodía eterno.*

No lo sé. Yo me quedaba cuidando al de la pizarrita en el patio hasta la caída del sol. Llegaba la noche y no lo notábamos. Para nosotros era siempre mediodía.

¿No se movían?

No podíamos. Si nos movíamos, también se movía el tiempo.

Era un tormento, ¿no?, dice Emilia. Esa fijeza.

Al contrario. La fijeza era la vida. Hasta los mediodías eternos terminan, como las esperas en el purgatorio. Te quedás ahí una eternidad, pero al otro lado de la eternidad está el cielo.

Si algo termina, no es eterno.

Todo es una cuestión de geometría. El de la pizarrita y yo nos escapábamos literalmente por la tangente. Mientras el círculo del tiempo seguía moviéndose, nosotros íbamos por afuera, de punto en punto, como enseña Zenón: *Lo movido no se mueve en el lugar en que está ni en el que no está.* Seguíamos inmóviles en el presente y a la vez avanzábamos. No sabíamos hacia dónde, y eso era lo mejor: la libertad de estar suspendidos sin esperar nada ni a nadie. Ya ves dónde vine a dar.

¿Dónde?

A vos. Fue un regreso. Podríamos morir ahora y estaría bien.

¿Por qué? Ahora no quiero morir.

3. Vi espíritus andando entre las llamas

Purgatorio XXV, 124

Aunque Simón ha cambiado en detalles muy sutiles, imperceptibles para la gente que no lo conoce, Emilia ama por igual al de antes y al de ahora. Son los labios de los dos los que la besan, son dos las respiraciones que, después de besarla, se relajan en un mismo suspiro. El marido se mueve con la cautela de un gato, como si estuviera esperando que uno de los cuerpos se adelante al del otro.

De a ratos los dos son uno, como la noche anterior, cuando la amó con un ímpetu nuevo, o esa mañana, cuando contó la historia del escritor y su pizarrita. Pero después se queda en silencio, observándola, y le sonríe con una cara ajena, como si tuviera que traer la sonrisa de un lugar muy lejano. En esos casos ella no sabe dónde poner el amor que siente por los dos ni a cuál de los dos debe acercarse primero. Comprende que su marido no sea el mismo al cabo de tantos años. Pero la inquieta que el de antes haya tenido que replegarse dentro del ser de este otro al que no termina de conocer. El Simón que la desconcierta sabe adivinarle los deseos, se adelanta a sus pensamientos y conoce las ansiedades de su cuerpo mucho mejor que el primero. Uno de ellos es el reverso del otro, o al contrario, y no quiere elegir. El azar le ha confiado dádivas que no esperaba, y no tiene por qué desdeñar las que le vayan llegando. Merece todas las dádivas en compensación por lo que ha sufrido. Y más que nada merece el amor de su marido del pasado y los placeres que ha descubierto con el recién llegado del presente. Estoy dichosa, se dice. No se atreve a repetirlo en voz alta porque el amor feliz atrae la envidia y detrás de la envidia llega la mala suerte.

Deja a Simón saltando de un fragmento de música a otra, de la sublime *Misa en Do menor* de Mozart a la estúpida melodía cantada por Frankie Valli que sonaba día y noche en el crucero de la luna de miel, "Can't take my eyes off you", y va a darse una ducha. Al amanecer, mientras conducía el Altima desde Hammond, recordó que a un lado y otro del río Delaware hay dos pueblitos de anticuarios donde podrían almorzar al aire libre.

Se pone un jean, un suéter de cuello alto y el sacón de las excursiones. Se acerca a su marido por detrás, lo rodea con los brazos y le besa la nuca, que huele al after-shave barato de cuando eran novios. La ropa es la misma del día anterior. Y, aparte de las patillas largas, en la cara no le queda sombra de barba. Lo toma de la mano y lo guía escaleras abajo.

Amor, quiero mostrarte el pueblo donde vas a vivir.

El pronóstico de la radio supone que la temperatura va a mantenerse en quince grados hasta que caiga la tarde. No hay humedad ni nubes. En las mañanas de los sábados las parejas prolíficas caminan por la calle mayor rumbo a las sinagogas, sin salir de los límites del *eruv*. Los paganos del pueblo aprovechan el feriado para hacer las compras en el supermercado y llevar la ropa a la tintorería coreana. ¿Qué haremos al cruzarnos con Nancy Frears?, pregunta Emilia. Ya ha puesto a su marido al tanto de esa amistad que la asfixia y que piensa cortar.

Nos acercamos a saludarla, ¿no? Tarde o temprano tengo que conocerla. La vida sigue.

La avenida Raritan está despoblada. Han cerrado las puertas de Jerusalem Pizza y Moshe Food —nadie cree que los comercios de Highland Park tengan esos nombres, pero cualquiera puede verificarlo—; han bajado las persianas de Shanghai Kosher y de Sushi Kosher. La tienda de regalos israelíes y las que venden vestidos de novia (son dos, muy prósperas) tampoco dan señales de vida. Es sábado por la mañana y los habitantes devotos jamás dejan de glorificar al Señor. Emilia se sorprende, sin embargo, de que no pasen vehículos por la siempre congestionada calle mayor. Ni siquiera ve gente asomada a las ventanas. De vez en cuando un camión de reparto se detiene ante los semáforos. Son las diez de la mañana y hay un sol radiante pero no hay quien se dé cuenta. Sólo las ardillas van y vienen entre los árboles, recogiendo las últimas nueces del otoño.

Vayamos a New Hope, dice Emilia. He dejado el Altima en la calle Denison, a pocos pasos.

Simón no responde. ¿Por qué respondería, si sólo quiere lo que ella quiere?

Llegan al puente del río Delaware casi a mediodía. Sobre la ribera oeste, en Lambertville, una calle breve exhibe varios comercios de antigüedades. La gente carga sillas raídas, espejos de molduras con la pintura desteñida, paraguas con mango de madera, cunas ornadas por ángeles que soplan la trompeta. Hay un racimo de curiosos ante un escaparate que muestra réplicas de un Mayflower imaginario y otros navíos heroicos dentro de botellas lacradas. Cruzan el puente a pie. En la orilla oriental del río, New Hope, el pueblo mellizo, comparte los fantasmas de Lambertville. Los caserones de piedra de las esquinas se enorgullecen de haber cumplido ya dos siglos: 1805, proclama la oficina de correos; 1784, se lee en la casa de Benjamin Parry. A la entrada de un comercio de espejos, Emilia contempla su imagen en la puerta de vidrios biselados.

El cristal le devuelve la conciencia de su edad, el peso de unos hombros que empiezan a encorvarse, la torpeza de las caderas de matrona que se niegan a ser domesticadas en los gimnasios. Querría seguir de pie junto a Simón e inmovilizar ese instante para siempre. No tiene fuerzas sin embargo para hacer frente a su imagen de vieja, y por eso mismo ha desistido a última hora de llevar la cámara.

En la fonda italiana cuyas galerías dan al agua ha quedado una mesa junto a la ventana. Se sientan, ella pide una botella del chianti espeso de la casa y un solo plato de pasta. Después de los rellenos adiposos que le ha revelado el espejo, Emilia decide volver a la dieta que ha suspendido hace tres semanas, pero con más rigor. Simón no aparta la mirada del río. El sol, al iluminarlo de lleno, lo desdibuja. Pasa sobre su cuerpo como una gran goma de borrar.

Ella también contempla la corriente que se mueve sin apuro hacia el mismo espacio ciego que la espera delante, plegándose en algo que no sabe si es luz u oscuridad, yéndose a la orilla donde suceden las historias.

Algún tiempo después de la desaparición de Simón también la madre de Emilia desapareció a su manera. Al despertar una mañana vio al doctor anudándose la corbata ante el espejo y no lo reconoció. Le preguntó quién era y le pidió que se fuera del cuarto.

Ethel querida, soy tu marido, dijo Dupuy. ¿Qué te pasa?

¿No ve, señor, que sigo en camisón? Haga el favor de salir. Soy una mujer casada.

El padre llamó a la oficina de Emilia en el Automóvil Club y le ordenó que fuera de inmediato a la casa. No sabía qué hacer con su mujer y le parecía que, antes de consultar al médico, lo más prudente era esperar a que los síntomas se manifestaran más claramente.

Va a venir Emilia a cuidarte, Ethel, le dijo, besándola en la frente. Yo tengo reuniones toda la mañana.

Gracias, señor. No necesito que nadie me cuide. Apenas usted se vaya me levanto.

Cuando Emilia llegó, la madre seguía en la cama. Tampoco a ella la reconoció, pero aceptó con naturalidad que le trajera de la cocina un vaso de leche y galletitas. La había saludado con extrañeza y, al verla regresar con la bandeja, la saludó otra vez como si acabara de llegar.

¿Quién soy, mamá?, le preguntó Emilia, dictándole la respuesta.

Sos mi hermana Rita. ¿Quién más vas a ser?

Rita había muerto hacía ya diez años. Emilia no tardó en darse cuenta de que el tiempo de la madre se había detenido en una eternidad feliz.

La llevaron a la clínica que estaba enfrente de la casa, donde examinaron sus reflejos y le preguntaron inútilmente por su edad y por la ciudad y la calle donde vivía. A la tarde seguía hundida en el mismo sopor sin memoria. A veces Emilia tenía la impresión de que recuperaba el ser. Otras veces se desalentaba al oírla hablar como una extraña, con palabras que parecían venir de una garganta prestada. Una de las enfermeras le dijo algo que la dejó pensando: He tenido pacientes con voluntad de ausentarse, gente que se cansa de sí misma. Algunos se curan quedándose en su nada y volverían a enfermarse si se los obligara a regresar. Algo parecido había leído Emilia en una página de Proust: *El sufrimiento más humillante es sentir que ya no se sufre.*

Los médicos preguntaron desde cuándo tenía esos síntomas. No lo sabían, porque nadie les había prestado atención.

Es muy distraída, dijo el padre, pero siempre fue así.

Hace algunas semanas empezó a imaginar que había hombres espiándola, informó Chela. Desde entonces se queda quieta en el cuarto, con las cortinas cerradas. Entra a la cocina o al baño y no se acuerda para qué.

Qué raro, siguió el padre. Yo no lo había notado.

Tampoco sabés que se bajó la bombacha en medio de la cocina e hizo pis delante de las empleadas de servicio.

Esas intimidades no se cuentan.

Todos los detalles ayudan, dijeron los médicos. Hay que observarla otra vez y, cuando tengamos un diagnóstico claro, sabremos cómo ayudarla.

Aquí en la clínica va a estar mejor cuidada que en ninguna parte. Que la atienda una enfermera día y noche, decidió el padre.

Sería un error, lo corrigió uno de los médicos. Tiene más posibilidades de mejorar en su propia casa. Nada va a reemplazar el afecto con que la van a cuidar ustedes.

No es fácil, se resistió Dupuy. Yo trabajo todo el día afuera. Tengo responsabilidades importantes que no puedo abandonar. ¿Cómo la vamos a controlar si empeora?

Es una persona muy dócil, dijo el mismo médico. Lo mejor para ella es tratarla con dulzura y paciencia.

¿Tiene alguna idea de cuánto puede durar esto?, preguntó el padre. Yo también necesito descansar.

Si lo molesta, instálela en otro cuarto, contestó el médico, impaciente. Hágale compañía cuando tenga tiempo. Y déjele la televisión prendida. Eso la puede ayudar.

Acompañaron a la señora Ethel a la casa. Emilia preparó una habitación con dos camas, lejos del dormitorio del padre y preguntó si se podía quedar allí algún tiempo para cuidarla. A la hora de cenar prendió la televisión. Daban un programa de entretenimientos llamado *La noche de Andrés*. El animador cantaba (muy mal), bailaba, contaba historias insulsas, invitaba a otros cantantes (eran peores todavía), y prometía revelar en el programa siguiente el secreto de la felicidad. Cada quince o veinte segundos se oía un coro de risas y de aplausos grabados. Emilia notó que la madre lloraba sin expresión alguna. Las lágrimas le caían solas y le mojaban el camisón.

¿Te duele algo?, preguntó Emilia. ¿Querés que llame al médico?

Este programa es muy triste, contestó la madre. Mirá lo que hace esa pobre gente para llamar la atención.

No te entiendo.

¿Ves que los llevan presos? Están perdidos en la cárcel y para salir tienen que dibujar un auto en la pared.

¿Qué auto?

Cualquier auto. ¿No los estás viendo? Lo dibujan con tiza, abren la puerta del auto, se suben y desaparecen.

La Anguila se enteró aquella misma tarde de la enfermedad y fue a visitar a los Dupuy el domingo después de misa.

A mí Ethel me va a reconocer, le dijo a su mujer de piernas hinchadas. Llegó al caserón de la calle Arenales con una escolta de soldados. El sermón del vicario en la misa había planteado un enigma sin solución. Tenía que ver con el pasaje de los evangelios sobre la sal que pierde su sabor. El orador lo miraba fijamente desde el púlpito: Cristo sabría qué hacer con esa sal. Nosotros, en cambio, ¿cómo haremos para sazonarla?

¿A vos se te ocurre cómo se sazona lo que ya no existe?, le preguntó a la esposa.

Qué sé yo, contestó ella. Para mí está claro que hay que buscar otra sal.

Dijo que el sermón la había deprimido y que no le quedaban ánimos para visitar enfermos. Tampoco el presidente tenía ganas, pero el deber estaba antes que todo. Hizo lo posible para mostrarse conmovido cuando Dupuy salió a recibirlo. No pudo reprimir, sin embargo, los tics que lo fastidiaban desde hacía meses:

súbitas y veloces descargas eléctricas reverberándole en la cara. Llevaba un traje cruzado y el mismo peinado espeso de gomina con que aparecía en los discursos.

Señor presidente. Dupuy lo acompañó a los dormitorios.

Para refrescar la memoria de la enferma, una de las hijas anunciaba en voz alta el nombre del que entraba, mientras ella contemplaba el vacío con expresión feliz.

A ver, Ethel, dígame quién soy, preguntó la Anguila, acercándole la cara perfumada.

Buenos días, señor. Muchas gracias por venir.

Hizo uno de esos silencios que la llevaban a otra parte y siguió, sin cambiar el tono, aunque la voz era otra:

Ahora soltá la lengua, cagón. ¿Ya le fuiste con el cuento a Conti? Rajá de acá, andá a hacerte la paja.

El edecán que acompañaba al presidente hizo salir a los soldados de custodia. La madre pasó de la mesura a los gritos.

Lo confunde con Tito, señor, la justificó Dupuy. Era el hermano mellizo que jugaba con ella. No le haga caso. Discúlpela. Está fuera de su ser.

Tito puto, hacete coger por los gérmenes. Que te germinen finito y te cojan bien cogido.

La voz se volvía más y más aguda, como si la rasparan con una lata. Emilia entró corriendo en el cuarto y abrazó a la madre.

Papá, déjenla sola, por favor. Tanta gente la altera. Pobre mamá, pobrecita.

El presidente movió la cabeza decepcionado, tomó del brazo al doctor Dupuy y salió al vestíbulo.

Lo lamento, Dupuy. No imaginé que estuviera tan mal. Tiene la mirada perdida.

Soy yo el que siente lo que está pasando, señor. No sé de dónde le salen tantas groserías. La cuido lo mejor que puedo. No permito que la vean. A mí los contratiempos no me van a doblegar así como así.

Usted está cada día más lúcido, Dupuy. Se nota en sus columnas. Lo felicito. Me gustó mucho lo que escribió sobre los judíos que se quieren quedar con la Patagonia. Los desenmascaró y les paró el carro con diplomacia. Hay que mostrarles que no son los dueños del mundo.

La madre se incorporó en la cama. Emilia tuvo la impresión de que los había oído. Cualquier palabra suelta desataba en ella una memoria, y la memoria desataba otras palabras. A la madre se le escapó una queja de cordero. Luego, sin transición, cantó con voz destemplada: *Leshaná habaá birushalayim*.

¿Qué es eso?, preguntó el presidente, alarmado. ¿Ethel habla en judío?

No, señor, dijo Dupuy. Creo que canta "El año que viene en Jerusalén". Eso es hebreo. Debió de oírlo cuando era muy chica; al lado de su casa vivía una familia judía. Las cosas de la infancia son las únicas que recuerda. Mis hijas y yo hacemos de cuenta que ha vuelto a tener cinco años.

Emilia se quedó algunos meses en la casa, cuidando a la madre. Dormía atenta a los disturbios de su respiración y a sus tímidas quejas de gatita. Se levantaba varias veces durante la noche para tomarle la temperatura y acompañarla al baño. La madre la trataba siempre como si fuera una persona nueva, uno de los personajes de los cuentos que leía en *Maribel* y *Vosotras* o una compañerita de juegos.

Qué alegría, tanto tiempo, la saludaba al verla entrar, aunque la hija se hubiera retirado hacía sólo unos minutos. Debía de sentirse entretenida porque las personas nunca se repetían.

Al domingo siguiente, la esposa de la Anguila llevó de regalo una medalla de santa Dympna, patrona de los perturbados mentales. El vicario la había traído del Vaticano con una colección de estampitas muy vistosas. El sumo pontífice recomendaba a la santa especialmente, porque la respaldaban milagros bien probados en Bélgica y en África. Dympna tiene muy buena mano para los alucinados, había dicho el vicario, atragantándose con las consonantes. Pocos devotos la conocen porque las enfermedades que la santita curaba eran muy raras antes del psicoanálisis. El Papa en persona pedía que se encendiera una vela todas las noches y que se le rezaran a Dympna diez avemarías para que la santa reconociera a la enferma y la bendijera desde el paraíso.

Pasó el verano, el otoño, y la madre no regresaba a la realidad. Emilia no se movía de la cama de al lado. Ya no soportaba la televisión, pero los médicos creían que acercarla al mundo exterior podía estimularla. Afrontaron juntas raciones tóxicas de siete a diez horas diarias: los almuerzos de Mirtha Legrand, el mundo feliz de la familia Ingalls, las hazañas de la mujer maravilla y de la mujer biónica. Los noticieros de la noche repetían tomas de la Anguila engominada y sus acólitos de uniforme. A coro explicaban que la Argentina libraba una guerra sin cuartel contra los enemigos del Occidente cristiano y que Dios protegía la bandera celeste y blanca contra el sangriento trapo rojo del comunismo. Después pasaban un aviso que era más bien una orden: ¡Argentinos, a vencer!

Ver la televisión día y noche me está quemando la cabeza, les dijo Emilia a los médicos. No duermo bien, tengo alucinaciones. Le recetaron un sedante. Emilia empezó a pensar que tantos rezos a santa Dympna podían tener efectos adversos, como pasa con algunos medicamentos. Cada mañana le costaba más levantarse de la cama, sentía que su cuerpo se abría como un vegetal y que las arañas la cruzaban de una ramita a otra con sus telas pringosas. Cuando la madre dormía, el recuerdo de Simón se acercaba a ella, pero Emilia nunca cruzaba los límites de su cuerpo; llegaba hasta la puerta y retrocedía, como si su cuerpo fuera una casa condenada. Trataba de retener el recuerdo tomando notas en el cuaderno que siempre dejaba al alcance de la mano: "Pienso en S y me duele la garganta, me duele el pecho, me duelen los ovarios. Si llego a verlo muerto, yo también me voy a matar". Le parecía que nunca iba a escapar de esa planicie en la que pocas cosas sucedían, y las que sucedían eran todas iguales.

Una madrugada acompañó a la madre al baño, vio el inodoro lleno de sangre y una hilera de gotitas en el camino. La cocinera dijo que la señora había comido una ensalada de remolachas y huevos duros y que las remolachas dejan siempre ese color. El derrame siguió y Emilia, angustiada, pidió ayuda al médico de la familia. Al poco rato llegó una ambulancia y un par de enfermeros llevó a Ethel a una clínica de Belgrano. Dupuy estaba en misión oficial en la ciudad de Los Ángeles y la hija no sabía cómo dar con él. En Buenos Aires eran las seis de la mañana y en Los Ángeles estaban acostándose. Muy a su pesar pidió ayuda a la Anguila. A la media hora llamó el padre y Emilia, vacilante, le contó lo que pasaba. ¿Y por tan poca cosa me molestás?, se indignó Dupuy. Me voy a diez mil kilómetros y ni aun así puedo trabajar tranquilo. Tu madre tiene todo lo que necesita y no veo razón para preocuparse. Lo enfureció, en cambio, enterarse de que dos desconocidos habían entrado en la casa sin que nadie los vigilara. ¿Y si eran extremistas disfrazados que iban a plantar bombas debajo de la cama? ¿Y si ahora piden rescate por la enferma? Se alejaba unos cuantos días y el mundo familiar se venía abajo. Lo sacaba de quicio el descuido, la desaprensión. Emilia decidió mantener la calma, mientras en el teléfono fulguraba la ira del padre y casi podían vérsele las venas hinchadas de la frente.

Voy averiguar qué pasa con mamá. Por favor, llamame dentro de media hora.

¿Creés que es tan fácil llamar?, replicó Dupuy, aún más furioso. Los teléfonos de este país son un desastre. El idioma de este país es un desastre.

La señora Ethel descansaba muy bien cuidada en la clínica. Emilia pasó horas en la sala de emergencias esperando el diagnóstico. Por fin, un joven con el delantal abierto salió al pasillo quitándose a las apuradas el barbijo y los guantes de látex. Dijo que por ahora sólo se podía observar un cuadro severo de hemorroides. Preguntó si la paciente se quejaba con frecuencia.

Usted habrá notado que mi madre está fuera del mundo, respondió Emilia. Nunca se queja.

Tenemos que hacerle una sigmoidoscopia y un análisis de sangre completo. Sólo queremos descartar problemas. Quizá se trate de una anemia, nada más. Por ahora no hay que preocuparse.

¿Sigmoidoscopia? Nunca he oído hablar de eso.

Queremos estar seguros de que no tiene un cáncer en el colon sigmoide.

Me gustaría verla.

Todavía no. Vamos a dejarla descansar un poquito.

A Emilia la ponía nerviosa que los médicos hablaran siempre en plural, como si la humanidad entera estuviera enferma o curándose.

Salió al pasillo y sacó un cigarrillo de la cartera. Una asistente que correteaba con una guía endovenosa la esquivó, molesta. Señaló con un gesto la gran cruz de madera junto a la salida y la leyenda de advertencia sobre la cruz: "Cristo siempre te está mirando".

Poco antes del mediodía Chela llegó a relevarla. Emilia comprendió que su hermana tenía la cabeza en cualquier parte y que daba lo mismo dejar a la madre sin nadie. Se había puesto de novia con un asesor de empresas con aspecto de campeón de tenis y pensaba casarse en abril o mayo del año siguiente. El sopor lunático de la madre hacía imposible que la fiesta de casamiento se hiciera en casa de la novia y el gran dilema de su vida era dónde llevar a los cuatrocientos invitados de la lista que Chela hacía y deshacía a diario.

Llegó a la clínica quejándose de la lluvia que arreciaba afuera. Buscó un sillón para descansar un rato y, cuando otra enfermera anunció que los estudios del patólogo estarían listos en una hora, quiso saber si ya podía marcharse.

¿Para qué son esos estudios?, se inquietó.

Están averiguando si lo que mamá tiene es cáncer, le informó Emilia. Lo más probable es que no.

¿Cáncer de qué sería? ¿Qué va a pasar si lo tiene?

No te preocupes antes de tiempo. Ya te dije que te quedés tranquila.

¿Cómo me voy a quedar tranquila? ¿No ves que quiere arruinarme el casamiento? Lleva meses haciéndose la enferma y hablando guarangadas.

Ocupate de tus cosas, entonces. A mí no me molesta. Yo la voy a cuidar.

Dos días después, cuando el doctor Dupuy volvió de su viaje, ya los exámenes revelaban un tumor en el sigmoide. Era una desgracia con suerte, como dijo uno de los médicos, porque no se observaban signos de metástasis. El cuerpo huesudo y pálido de la madre apenas abultaba entre las sábanas. Tenía cánulas en la nariz y en una mano la usual vía de alimentación endovenosa. Hacia la medianoche cesó la lluvia y el aire empezó a moverse con pereza entre el zumbido de los moscardones y la agonía de flores malolientes. Una película de humedad cubrió el pasillo y Emilia vio cómo se dibujaban, claras, las huellas que dejaban las enfermeras. El padre habló durante media hora con los médicos y luego se encerró en una cabina telefónica. Salió con una decisión ya tomada.

No la anunció a las hijas sino al día siguiente. Las llamó a su estudio, al que les permitía entrar sólo en ocasiones especiales. Cerró las cortinas y se aseguró de que la puerta estuviera con llave. Chela estaba tan desconcertada como Emilia y se sentó en el borde del sillón, como si quisiera escapar. El lugar había sido siempre sombrío, pero ahora lo era más. Las paredes despejadas de libros estaban cubiertas por los diplomas y las condecoraciones acumulados en años de servicio devoto a la patria. El doctor les habló con una voz tan apagada y sigilosa que parecía diluirse en el aire. Desde niñas, las hijas sabían que todo lo que dijera o hiciera el padre era secreto y ni siquiera lo comentaban entre ellas. Por lo tanto, no tenía sentido pedirles discreción, pero eso fue lo que hizo Dupuy. Hizo más: las obligó a jurar que jamás contarían lo que iban a oír ese día y en los difíciles días que se aproximaban, a nadie a nadie, repitió, ni vos a tu novio, Chelita, ni a tu marido cuando lo sea, ni tan siquiera al cura que las confiese. Emilia temió lo peor. Temió —aunque ni siquiera se atrevía a pensarlo— que el padre hubiera decidido matar a la madre, por compasión o lo que fuera, y que les pidiera ser cómplices del crimen. Con el hilo de voz que pudo sacar a flote, preguntó: ¿No vas a contarnos un pecado, papá? Porque si es un pecado, lo tenemos que confesar. ¿Cómo se te ocurre?, respondió el padre. Soy católico, obedezco las leyes de Dios y jamás las llevaría a perder la gracia santificante.

Acercó el sillón al escritorio y les siguió hablando, con la cabeza vuelta hacia la ventana, como si creyera que hasta allí, hasta el jardín, podía alcanzarlos el oído de los enemigos. Emilia nunca sabía de cuáles enemigos hablaba el padre, porque un día eran los Montoneros y el Ejército Revolucionario del Pueblo y al otro día, como ya los habían exterminado, eran las brigadas de un almirante que conspiraba contra la Anguila, o una emisaria del gobierno norteamericano, o Pinochet que amenazaba invadir las islas del canal Beagle, o los intermediarios corruptos que paralizaban las usinas nucleares.

Cuando se replegaban unos, avanzaban los otros, y a veces ninguno se replegaba.

Anoche evité que operaran a Ethel, les dijo. Hubiera sido una carnicería. Llamé al doctor Erich Schroeder y me dio una solución inmejorable. Voy a sacar a Ethel de la clínica para que haga el tratamiento de Schroeder.

Perdón, pero no entiendo por qué sería mejor para mamá. ¿Quién es Schroeder?, preguntó Emilia. Nunca lo he oído nombrar.

Es una eminencia mundial. No lo oíste nombrar porque atiende a poquísimos enfermos muy elegidos, con un ciento por ciento de efectividad. Vive aquí hace más de veinte años en absoluto secreto. Ha fabricado un aparato que capta los rayos gamma del espacio exterior y los concentra en el cuerpo de los pacientes. A la primera o segunda aplicación los deja curados.

En la clínica aconsejaron una cirugía y a mí me pareció bien. Es lo más seguro. Mamá tiene un corazón muy resistente. Toleraría bien la anestesia. Si confiás tanto en Schroeder, ¿por qué no le pedís que la opere él?

Si me hubiera ofrecido hacerlo, habría aceptado a ciegas. Pero se opone. Las ondas de Schroeder sólo pueden actuar cuando el paciente no ha sido operado. Me explicó que, en un cáncer tan maligno como el de tu madre, si la toca el bisturí existe el peligro de que las células anormales se expandan a toda velocidad por el sistema circulatorio.

Me gustaría saber algo más, dijo Emilia.

No entiendo de qué están hablando, dijo Chela. Lo que papá decida siempre va a ser lo mejor.

¿Para qué voy a oír más? ¿Me puedo ir? Marcelo va a pasar a buscarme en un rato.

Marcelo Echarri, el novio. El doctor Dupuy no había contado todo, y lo que faltaba era el nudo del secreto que las hermanas habían jurado guardar. Chela no lo sabría nunca, porque se marchó apenas el padre le abrió la puerta, y Emilia habría preferido no saberlo. Años después, cuando pensara en la historia, no sabría si era un sueño extravagante que había enredado a todos a la vez, o si también al padre le habían hecho daño los influjos de santa Dympna. El nombre de Erich Schroeder se volvería famoso, pero no por la máquina de rayos gamma. En 1984 se supo que había estado desarrollando en Auschwitz y Dwory un sistema para usar la energía espacial en la matanza de prisioneros y fue juzgado como criminal de guerra. Cuando el doctor Dupuy lo conoció vivía con su nombre real en las afueras de Buenos Aires y llevaba años sin que nadie lo molestara. Su máquina de rayos gamma llamó la atención de los servicios de inteligencia y se convirtió muy pronto en el centro de disputas sordas entre los comandantes de las tres fuerzas gobernantes. Cada uno quería que su arma tuviera el control de la máquina, pero Schroeder no respetaba a ninguno de los tres. Sólo respetaba a Dupuy.

Schroeder, contó el padre, es la única persona de este mundo que sabe cómo funciona la máquina. No ha transmitido a nadie ese conocimiento, no ha escrito fórmulas para la posteridad y cuando él muera sólo quedará el recuerdo de unos metales inútiles que nada dicen y nada significan. He visto lo que la máquina puede hacer, pero la estructura interna y el modo como suceden las operaciones son un misterio que quizá dependan de personas que no son como nosotros: seres de puro espíritu, que se mueven sin esfuerzo de una realidad a otra, del futuro al presente.

Emilia lo escuchaba aterrada e incrédula y se preguntaba si aquel orate que hablaba como un personaje de Lovecraft o de Poe era el mismo padre para quien todo, hasta Dios (sobre todo Dios), estaba regido por las leyes de la razón.

Lo que faltaba del relato era todavía más inesperado.

El poder de la máquina viene de Ganímedes, dijo el padre, imperturbable.

Emilia no lo entendió, o no quiso hacerlo. Sabía que Ganímedes, una de las lunas interiores de Júpiter, es el satélite más grande del sistema solar; en la superficie se han observado cadenas de cráteres y tiene un campo magnético propio, pero no despide vapores ni está protegido por santos como Dympna. El padre parecía creer que, además, hay inteligencias vivas bajo la corteza de hielo y sílice, y eso es algo de lo que no hay el menor indicio. Siguió hablando como un manantial, no hay otra manera de decirlo: Los rayos gamma curan enfermedades que no se ven, y también son capaces de producirlas. Así como las absorben, tienen poder para irradiarlas. He visto a Schroeder cuando los aplica. Introduce la cabeza de los enfermos dentro de un aparato parecido a los secadores de los peluqueros, y lo conecta a una antena que recoge las señales del cuerpo. La antena dibuja un gráfico que los rayos leen. Esa información les permite encapsular las células malignas y enviarlas a Ganímedes, donde las examinan y las archivan. Los rayos son como un rebaño, y un pastor inexperto los enfurecería. Hasta ahora, el único que sabe guiarlos es el doctor Schroeder.

El relato del padre siguió abriéndose en afluentes, esteros, cañadas, deltas. De una historia pasaba a otra, y de allí a una tercera, alejándose tanto que a veces tardaba en regresar al punto inicial. Cuando terminaba una frase se quedaba en silencio y le recordaba a Emilia la solemne promesa de discreción.

¿Estás seguro, papá? La hija no sabía qué pensar. Los seres de otro mundo siempre le habían parecido una locura para entretener a los incautos. Daba por sentado que, si Dios había creado al hombre a su imagen y semejanza, no podía haber seres en otros mundos. Ni, por supuesto, otro Dios. Dupuy estaba preparado para responder a eso. Un teólogo polaco al que admiraba desde hacía tiempo, el obispo de Cracovia, había escrito que la vida de la que hablan las Escrituras "es universal". Su mentor, el papa Juan XXIII, había enseñado en el Concilio Vaticano: "Qué pequeño sería Dios si después de crear este vasto universo permitiera que sólo nosotros lo pobláramos".

Era casi mediodía. Cuando el padre abrió la puerta del escritorio, Chela hablaba muy animada por teléfono.

Andá a la clínica, Emilia, y recogé todo lo que hay en el cuarto de tu madre. En media hora más nos la llevamos.

Una ambulancia enviada por Schroeder transportó a la madre. Detrás iban Dupuy y Emilia. La marcha de la caravana era lenta. Al cruzar la avenida General Paz y aventurarse en los suburbios descoloridos de la provincia de Buenos Aires, la ambulancia se desvió por caminos laterales y se adentró en el campo.

El humor de los cielos, olvidando la tormenta impiadosa de la noche anterior, era apacible, indiferente. Algunas nubes orondas paseaban su redondez sobre las vacas, y el viento yacía suspendido sobre el verde inmenso, a la espera de nada. Al cabo de una hora la llanura empezó a hundirse y la ruta se alzó sobre ella como una várice. Unas pocas estaciones de nafta interrumpían la intemperie. A lo lejos divisaron una casa larga y chata, desperezándose en la hondonada. De los mástiles de la entrada colgaba un par de banderas enfrentadas, la argentina, con sus franjas horizontales subrayadas por una costura azul, y otra en la que dos lunas menguantes negras, unidas por un lazo, sobresalían del fondo blanco. Detrás, sobre un pedestal de cemento, se alzaba media esfera de acero. Era enorme y cóncava, con un largo pistilo transparente.

El laboratorio de Schroeder, anunció el padre. La enseña de la patria. El lábaro de Ganímedes.

La casa estaba protegida por una cerca de alambre. Eran evidentes los nogales, los paraísos, los perros agazapados, las perdices. Lo que más llamaba la atención de Emilia, sin embargo, era el pistilo de la media esfera, que derramaba fulgores espasmódicos sobre el campo.

Son los rayos, le dijo el padre. Si el día es favorable, los rayos bajan en manadas desde Ganímedes. A veces están inmóviles en el cielo durante semanas, a la espera de una oportunidad para caer. Schroeder los hace bajar para que podamos verlos. Un privilegio.

Ahora caen, observó Emilia.

Caen dentro de la antena, que los filtra. Hay muchos rayos inútiles para las curaciones. Los que chocan con el cinturón de asteroides llegan contaminados, ¿los ves?, traen un polvo que no se les despega. Schroeder los ha probado en ratones y en cabras. Envuelve a los animales con esos rayos impuros y los deja hincharse, hincharse, hasta que explotan.

Dios mío, es una crueldad.

Así se salva la especie humana. Las crueldades nos salvan.

La ambulancia se adelantó. Desde la tranquera, Emilia vio a Schroeder (estaba segura de que era Schroeder) caminar hacia ellos con los brazos extendidos. Era difícil mirarlo a los ojos porque las pupilas se le movían sin cesar de un lado a otro del iris, como las esferitas del pinball.

Bienvenidos. Tuvimos suerte, les dijo. Este aire limpio es propicio para que lleguen los rayos. Los podremos ver.

Tenía un acento endurecido por unas erres que agrietaban las palabras, pero la sintaxis de su castellano no merecía el menor reproche. Todos los objetos del laboratorio ocupaban el único lugar que podían ocupar en el universo, el mismo sitio ordenado e irreemplazable de los objetos en los cuadros de Vermeer. Y a propósito, si no era un Vermeer auténtico lo que se veía en el cuarto a la derecha de la entrada, sobre el escritorio de Schroeder, se parecía demasiado: una joven de Delft sentada ante una ventana iluminada por la inconfundible luz del maestro, leyendo una hoja de música.

¿Es lo que yo creo que es?, preguntó Emilia.

Un Vermeer, sí, pero no es mío, aclaró Schroeder. Me jugué la vida por él cuando salí de Alemania. Algún día vendrá su dueño a recuperarlo.

A la derecha del escritorio se abría un salón enorme, cubierto de arriba abajo por aparatos con agujas oscilantes y serpentinas de cristal que parecían tomados de una película de Hollywood. Acérquense a ver el tomógrafo, dijo Schroeder. Acabamos de ponerlo en marcha. Habían sentado a la madre en un sillón muy erguido. Un ayudante del médico le medía la presión sanguínea y la temperatura. El otro acercó el casco y lo puso a diez centímetros de la cabeza. El aparato despidió relámpagos azules que iluminaron todo el salón unos segundos. La cara de la madre no expresaba dolor ni asombro. Se había detenido en una sonrisa beatífica.

Vamos a empezar el procedimiento, que es tanto material como espiritual, dijo Schroeder. Permítanme concentrarme.

Se ocultó detrás de una cortina, en el vestidor que estaba junto al baño, y musitó algo que debía de ser una oración. La lengua en la que hablaba era incomprensible, una lengua pretérita que unía sin transición sonidos del sánscrito, el alemán gótico, el armenio y los dialectos de Anatolia, algo que se había posado sobre la garganta humana en el amanecer indoeuropeo. Schroeder salió eufórico. Las pupilas le revoloteaban como alevillas en torno de una luz que parecía moverse por todas partes. Ya está, dijo. Pónganle el casco.

El ayudante accionó un pedal y el aparato cubrió la cabeza de la madre hasta el puente de la nariz. Las agujas temblaron y en las serpentinas de cristal vibraron los colores del arco iris.

Ahora asómense a la ventana y vean el efecto de los rayos en la pileta, indicó Schroeder.

A la intemperie, junto a la casa, se abría un rectángulo de agua con trampolines en los extremos. De la superficie se elevaban picos líquidos que cobraban impulso y alcanzaban velozmente de quince a veinte metros de altura, sin perder jamás su forma de aguja rectilínea y erguida. Era como si el agua subiera y bajara sobre la superficie de un vidrio transparente. Una vez que llegaba a la altura límite, se teñía de colores. A veces era azul o púrpura o de un verde intenso. Todo se aquietó de pronto y sobre el salón se desplomó un silencio ciego y absoluto que parecía anterior a la vida. Schroeder alzó, triunfante, un largo tubo de vidrio lleno de una sustancia espesa y oscura.

Las células malignas han cedido, proclamó, en puntas de pie. Aquí están, encapsulados, los demonios de la enfermedad.

¿Ya le ha quitado el cáncer? ¿Así nomás, sin dolor?, preguntó Emilia. ¿Eso es posible?

Schroeder no le respondió. Tomó a Dupuy del brazo y lo condujo a la galería que rodeaba la casa.

Más que posible. Es real. En Ganímedes toda realidad tiene su reverso. Su esposa está acá y también está allá.

¿Cómo vamos a saber cuándo Ethel es Ethel?

Nunca, respondió Schroeder, imperturbable. Alguien, en Ganímedes, ha visto en ella ciencias que merecen ser aprendidas. No sé cómo será la señora Dupuy allá. La de acá va a ser siempre la persona que vino con usted: dulce, dócil, perdida y sin memoria. Pero sana.

¿Qué ciencias le pueden haber visto?, dijo Dupuy, sarcástico. Debe tratarse de un error. La pobre Ethel siempre fue muy ignorante. A duras penas sabe leer y rezar.

No se equivoque. Su esposa vale mucho, Dupuy. Cuídela. Ya puede regresar con ustedes en el auto. La enfermedad no le ha dejado huellas.

Cuídese usted, Schroeder. También su conexión con Ganímedes vale mucho, más de lo que usted cree.

Lo sé. Pero no tomo precauciones. Poderes más altos que los de este mundo se ocupan de mí.

La tarde está quieta y ni siquiera la corriente del río Delaware se mueve. La nube redonda y gris como una oveja sigue siendo la misma. Todo persiste en su ser, menos Emilia. El recuerdo de la madre ha pasado como una sombra por ella y la ha cambiado. Apenas ha probado el chianti, apenas ha tocado el plato de pasta. Sólo quisiera que Simón le hable más. Pero Simón mantiene la vista fija en la corriente inmóvil y no habla. Parecía animado por la mañana, cuando contó la historia del escritor con la pizarrita, pero enseguida ha vuelto a la expresión indiferente que tanto le recuerda a la madre enferma. Emilia se repite que es injusta, que ni siquiera sabe los tormentos por los que él ha pasado. Siete años en un geriátrico, piensa. Ella ha estado sólo unas pocas veces de visita, y al salir no ha podido sacudirse la angustia. ¿Dónde quedaba ese geriátrico, Simón?, pregunta. Como él no le contesta, decide contarle el sueño atroz que tuvo la noche antes de encontrarlo en Trudy Tuesday. Dice:

Me vi doblar la esquina de una calle vacía. Vos caminabas a grandes pasos por la vereda de enfrente con la cabeza baja. ¡Simón!, te llamé. Cruzaste la calle, te acercaste, yo te di la mano. Qué gusto volver a verlo, señor Cardoso, te dije, con una distancia que en el sueño era natural. No sé si recuerda que estuve casada con usted. ¿Ah, sí?, me contestaste. Qué bien. Estuve casado con usted. No sé qué más decir sobre eso, señora. Los muertos no tenemos recuerdos. Estoy apurado, tengo que irme. Acuérdese, por favor, te supliqué, acuérdese de mí, señor Cardoso. Me hiciste un gesto que no entendí. La calle sin nadie se llenó de voces y de seres que querían abrirse un lugar. Mis padres, Chela, los cartógrafos de Hammond, Nancy, la gente de los cerros de Caracas, el personaje de James Stewart en *Vértigo*, y detrás de ellos una multitud infinita, sin nombre. Todos trataban de llamar mi atención, mientras yo trataba de que no te fueras, pero ya te habías ido sin despedirte. Nunca estuve más rodeada de gente que en ese sueño, y no me gustó. Al despertar sentí que la más insoportable de las soledades es no poder estar sola.

Antes de que caiga la noche regresan en el Altima a Highland Park. Emilia conduce en silencio. No sabe qué decirle al marido taciturno. Ya le ha advertido que el lunes por la mañana irá con él a recuperar sus documentos, la tarjeta del seguro social, la licencia de conducir si la tiene. Debería preguntarle dónde los ha dejado, pero no ahora. Ahora está cruzando el puente sobre el Raritan y ve quioscos iluminados en la ribera: tómbolas, bingos, ventas de artesanía, una hilera de alegres lamparitas japonesas meciéndose al viento. ¿Y si nos diéramos una vuelta por esos quioscos, más tarde?, pregunta. La única kermés que se conoce en este pueblo es la de la calle principal, los 4 de

Julio, a cielo abierto. Nunca he sabido que hubiera una a orillas del río y menos en noviembre, cuando las lluvias caen sin anunciarse. Ésta ha de ser la primera. Si fracasa no habrá otra. ¿Bajamos a ver? Más tarde, responde Simón; más tarde.

Cuando llegan al departamento de la calle Cuarta Norte él no muestra, sin embargo, la menor intención de volver a salir. Se quita los zapatos, recalienta el café de la mañana y tuesta una rodaja de pan negro. Al sentarse a la mesa, parece dispuesto a hablar. Tiende una mano hacia Emilia y la acaricia. Dice:

También el escritor que iba y venía por los patios del geriátrico sin separarse de su pizarrita me contó un sueño. No era exactamente un sueño sino el recuerdo de un sueño que se le repetía. Un enorme perro negro se le echaba encima y lo lamía. El perro llevaba dentro todas las cosas que jamás existieron y aquellas que ni siquiera imaginan que podrían haber existido. Lo que no existe está siempre buscando un padre, dijo el perro, alguien que les dé conciencia. ¿Un Dios?, preguntó el escritor. No, busca cualquier padre, contestó el perro. Las cosas que no existen son muchas más que las que llegan a existir. Lo que nunca existirá es infinito. Las semillas que no encontraron su tierra ni su agua y no se convirtieron en planta, los seres que no nacieron, los personajes que no fueron escritos. ¿Las rocas que se volvieron polvo? No, esas rocas fueron alguna vez. Hablo sólo de lo que pudo ser y no fue, dijo el perro. El hermano que no existió porque vos exististe en su lugar. Si te hubieran concebido segundos antes o segundos después, no serías quien sos y no sabrías que tu existencia se perdió en el aire de ninguna parte sin que siquiera te enteraras. Lo que no llega a ser nunca sabe que pudo haber sido. Las novelas se escriben para eso: para reparar en el mundo la ausencia perpetua de lo que nunca existió. El perro se disolvió en el aire y el escritor volvió a despertar.

Sin que Emilia se lo pida le cuenta dónde ha estado durante todos esos años. Ella oye caer las frases como si las conociera, las frases construyen historias que parecen proyectadas sobre una pantalla. Es la misma impresión engañosa que tuvo cuando llovían imágenes dentro de su celda, en Tucumán.

No sé cómo llegué a ese geriátrico y tampoco creo que importe. La directora me esperaba. El edificio estaba rodeado por una cerca de hierro. A la entrada, sobre la puerta de madera, vi una marquesina de vidrios opacos. Las habitaciones tenían techos muy altos, una cama sin espaldar y varios crucifijos. Todas daban a un patio de palmeras y lapachos donde los pacientes tomaban aire y sol. El patio que yo debía cuidar tenía un piso de grandes mosaicos con guardas y dibujos de ornamento. Los varones estaban separados de las mujeres, y en los siete años que pasé allí nunca hubo la menor comunicación entre los sexos. Los varones hablábamos poco, jugábamos a las damas, veíamos televisión. Te vi una vez en los noticiarios, al lado de tu padre.

Emilia se sorprende: ¿En los noticiarios? No era yo.

Eras vos, insiste Simón. Se jugaba uno de los partidos del Mundial, el primero o el último. Tu padre estaba en el palco principal, detrás de los comandantes, que se volvían para hablar con él. Vos bostezabas en la tribuna de enfrente. Llevabas una bufanda celeste y blanca y un gorro blanco de lana. Bostezabas y te reías.

¿Era yo? Qué vergüenza.

Eras vos.

No, en aquellos meses ya había dejado de ser yo. Empecé a perderme cuando te fuiste. O lo que es peor, me convertí en alguien que no quería ser. Es tarde para todo, Simón. He cumplido sesenta años. Ya me has dado más de lo que merezco, ya me has hecho feliz. Ahora podés irte y salvarte. No valgo nada. Ni siquiera soy importante para mí.

Eso no es cierto. Si fuera cierto, yo no habría vuelto. Empezaste a perderte a vos misma, como bien decís: eso es otra cosa. Perdiste una parte. Con la que te queda podrías empezar otra vez. No te menosprecies. Te amo.

Yo también te amo tanto, tanto. No sé qué hacer conmigo.

¿Qué hacer? La vida que estás viviendo te rebaja. Vi la montaña de cupones inútiles para comprar lo que nunca vas a consumir: rebajas para pickles, sopas Campbell, budines de chocolate, cóctel de rosas frescas. Y las tarjetas para el bingo. Y las uñas esculpidas. Y las amigas que elegís. En vez de ser tu espejo son tu humillación. ¿Qué has hecho con tu vida, Emilia?

Nada, eso es lo malo. No he hecho nada. Es mi vida la que lo ha hecho todo conmigo.

A las pocas semanas de la visita al doctor Schroeder no quedaban en la madre rastros del tumor canceroso. Los médicos que aconsejaban operarla la sometieron a otras dos sigmoidoscopias y admitieron con incredulidad que los tejidos parecían sanos. En lo demás había empeorado. Seguía sin reconocer a la gente, confundía los tiempos, se le enredaban los recuerdos y no controlaba los esfínteres. Emilia tenía que volver a su trabajo en el Automóvil Club y no podía seguir cuidándola. En la clínica había conocido a un par de buenas enfermeras encariñadas con la madre que aceptaban turnarse para atenderla. Pero el doctor Dupuy estaba harto. Consideraba que había respetado más de lo necesario la voluntad inquebrantable de vivir que demostraba su esposa, y que ahora debía recluirla entre profesionales, en un geriátrico. Si Ethel había decidido ser eterna, allí disfrutaría de una perfecta eternidad, sin memoria y sin mundo. Se había dado cuenta de que ella aceptaba con indiferencia cualquier forma de afecto. Cuando Chela la besaba en la frente su expresión era la misma que cuando la esposa de la Anguila le acariciaba las manos. Respondía a todo con una sonrisa de beata que nada significaba. ¿Qué diferencia habría, entonces, entre las hijas y un par de enfermeras desconocidas? Al menos la limpiarían más rápido. Chela insistía en que un geriátrico era lo mejor. Sus amigas conocían algunos que trataban a los pacientes como en los hoteles de lujo. Emilia, por el contrario, sólo había oído versiones atroces: ancianos dejados a la buena de Dios, comidas insuficientes, sábanas y colchones que no se aireaban ni se lavaban, morideros donde se arrojaba a los seres humanos como a un muladar. Ustedes dos exageran, dictaminó Dupuy. Yo me encargo de que Ethel vaya a la mejor institución de Buenos Aires. Chelita se va a casar pronto y no sabremos qué hacer con ella ese día, cómo protegerla del ajetreo, el teléfono, los invitados. Yo siempre sé qué es lo mejor, dijo Dupuy. Era la frase que a Chela le encantaba repetir: para mí lo que papá decida va a ser lo mejor.

En un país que llevaba muchos años dividido, Dupuy preveía siempre cuál era el bando que iba a ganar y se apartaba a tiempo de los que perdían. Cuando internó a su mujer en una institución de Parque Chacabuco estaba orgulloso de no haberse equivocado jamás. Había logrado que Marcelito Echarri se pusiera de novio con Chela (no podía decir que se hubiera enamorado) y que estuviera dispuesto a casarse con ella. Ni siquiera el padre podía engañarse con Chela. Era caprichosa, frívola, gastaba dinero a espuertas, y al menor esfuerzo se declaraba exhausta. En cambio Marcelito, graduado con honores en Wharton, tenía el perfil de un yerno insuperable. Era asesor de finanzas en Miami pero quería volver a Buenos Aires. Dupuy lo supo y lo contrató de inmediato para que escribiera los análisis económicos de *La República*. En sus primeras columnas Echarri aconsejó a las empresas del Estado que aprovecharan los créditos fáciles del extranjero, donde ofrecían tasas de interés y plazos de pago accesibles. Es el momento de apostar fuerte, era su mensaje insistente. Y acertaba. Las empresas recibían préstamos sin arriesgarse porque el Banco Central las respaldaba. Ganaron fortunas y pusieron a disposición de Dupuy sus aviones privados y sus villas en Europa. El respeto de que estoy gozando es legítimo, le dijo a Echarri. Después de tantos años sin pasos en falso, al fin ahora me respetan y me temen.

Sólo un error se reprochaba, pero ése no se lo diría a nadie. Sucedió cuando, ignorando la guía de sus instintos, toleró el matrimonio de su hija mayor con un cartógrafo de poca monta, cuyos antecedentes parecían tan desdeñables que no empleó tiempo en averiguarlos. Fue un traspié muy serio. El joven había sido dirigente estudiantil de la carrera de Geografía, afiliado a la Juventud Universitaria de los Montoneros y un zurdo de ideas tan arrogantes que hasta se atrevía a exponerlas en la paz de los almuerzos familiares. Por la fuerza de la costumbre pidió que lo investigaran, pero las carpetas con los informes le llegaron demasiado tarde, después de la bendición en la misa de esponsales, cuando ya no era posible desatar en la tierra lo que Dios había anudado en el Cielo.

Dupuy se había mantenido fiel a los principios cristianos de toda la vida y estaba seguro de que por eso Dios lo colmaba de bendiciones. Esperaba sorpresas de Emilia, de la esposa demente, pero no de Chela. Fue ella, sin embargo, quien puso su fe a prueba.

Pocos meses antes de la fecha que había fijado para casarse, amanecía con ojeras de enferma, caminaba por la casa sin vestirse hasta muy avanzada la tarde, se encerraba horas en el baño y ni siquiera se molestaba en atender el teléfono, que sonaba a todas horas. El teléfono había sido su pasión, nada la exaltaba tanto como hablar con las amigas sobre los detalles de su ajuar de novia, sobre las polleras apropiadas para la playa, cuántas alpargatas convenía llevar, si era más romántico pasar la luna de miel en Bahía o en Ipanema. La fecha del casamiento se acercaba y Chela seguía clavada frente al televisor, conmoviéndose con las telenovelas de la tarde, como si hubiera decidido apartarse del mundo. Entre una carmelita y ella no había mucha diferencia. Sólo la ponían de pie las visitas de

Marcelo Echarri, que llegaba puntualmente después de trabajar en *La República*. Se encerraba con él en su cuarto, que ya olía a humedad y a ropa sucia, y hablaba, hablaba durante horas. A Emilia le intrigaba saber qué los entretenía tanto y se animó por fin a interrogar a la hermana, con la que llevaba meses sin cambiar palabra.

No sé qué estás esperando para reaccionar, le dijo. Lo que te pasa no puede ser tan grave como para que te estés dejando morir en la cama. Si no lo querés más a Marcelo, eso se arregla fácil. Postergás el casamiento, lo cancelás. Una equivocación como ésa se paga toda la vida. Él es fuerte, inteligente, no te la va a cobrar.

No entendés, la cortó Chela. Es grave, gravísimo. No me puedo casar. Sería un papelón. Estoy embarazada. Si te fijás, ya se me nota. Me pongo vestidos sueltos, que por suerte se están usando mucho, la línea paisana, los volados, las sobrepolleras, pero esta panza de mierda crece y crece. Lloraba sin consuelo, desencajada. ¿Quién es el padre?, se alarmó Emilia. Quién va a ser, exclamó Chela. Marcelo. No habrás pensado que soy una puta. ¿Cuál es el problema, entonces? ¿Ya no se quiere casar? ¿No quiere al bebe, no te quiere a vos? No, no, Dios mío, qué difícil es explicarte las cosas. Parece mentira que seamos hermanas. La que no quiere al bebe soy yo. Quiero abortarlo antes de que sea tarde. Tuve la primera falta hace tres meses. No me puedo casar así, no quiero que cuatrocientas personas me vean con la panza inflada. ¿Te imaginás los chismes, las murmuraciones? Se van a preguntar, como vos hace un rato, si Marcelo es el padre o si papá está obligándolo a casarse. ¿Me ves entrando en la iglesia de blanco y con panza? Qué papelón tan grande. Voy a salir en todas las revistas, el papelón del año. Nadie va a publicar una palabra, dijo Emilia. Papá haría pedazos al chismoso. Y vos tranquilizate. Los hijos no se ocultan ni se abortan. Hay que avisarle a papá antes de que tu ginecólogo se lo diga.

Esa misma noche habló con el padre. Primero le quitó importancia al problema. Le dijo que era obligación de la familia apoyar a Chela. ¿Marcelo?, se sorprendió Dupuy. No puedo creer que me haya traicionado. Lo que pasó es algo natural, papá, no una traición. Mamá se enfermó y dejamos a Chelita mucho tiempo sola. Una tentación fue llevando a la otra. ¿Qué van a hacer ahora? Chela quiere abortar para no pasar vergüenza, pero ya le saqué esa idea de la cabeza. ¿Cómo se le pudo haber ocurrido? El aborto es un pecado gravísimo, más pecado que el crimen, y a esta casa no va a entrar el infierno. ¿Y si adelantan el casamiento?, propuso Emilia. No sé, dijo el padre. El vicario en persona quiere celebrarlo. La fecha está fijada y quién sabe cuáles son sus planes de estas semanas. ¿El embarazo de esa inconsciente está muy avanzado? No tanto, dijo Emilia, pero tiene que casarse cuanto antes.

Voy a pedir una cita con el vicario. Sé que está muy ocupado en obras piadosas, desagradables para cualquiera que no sea un santo como él. Todos los días va a visitar las cárceles, oye las confesiones de los presos, los conforta, les lleva la extremaunción. Pero para nosotros va a tener tiempo. Ustedes dos vienen conmigo. Chela tiene que dar la cara y vos no la vas a dejar sola.

El vicario los recibió en el palacio que el gobierno le había cedido hacía poco. Los sillones del gran salón donde los hicieron esperar eran altos, de terciopelo granate. Curas jóvenes y seminaristas de sotana, cargados con carpetas pesadísimas, entraban y salían. El vicario vestía un traje de calle. Al entrar extendió la mano con el anillo episcopal. Emilia y Chela se inclinaron.

Qué placer tenerlos acá, qué privilegio, suspiró el vicario. Emilia, que no lo veía desde la cena con la Anguila, notó que estaba más gordo y más calvo. La cabeza pelada emitía destellos.

Uno de los seminaristas se le acercó y le dijo algo al oído.

Avísales que voy a estar ocupado. Si quieren, que me esperen. Que hagan fila, como todo el mundo. Dejá las carpetas sobre mi escritorio, debajo de las otras.

¿Podríamos hablar a solas, monseñor?, preguntó Dupuy. El asunto que nos trae es confidencial.

Acompáñenme a la biblioteca, entonces. Si es confidencial, los escucharé como si les administrara el sacramento.

Los condujo a un cuarto lleno de rollos y libros encuadernados con lujo. Una escalera de caracol tallada en una sola pieza de madera se alzaba hasta el entrepiso. Se puso sobre los hombros una estola bordada, la besó. *Reconciliatio et paenitentiae*, dijo. Confío en que han examinado profundamente sus conciencias. El doctor Dupuy lo detuvo: No le voy a quitar mucho tiempo, monseñor. Lo que pasa es simple y quiero que sea discreto. Necesitamos adelantar el casamiento de Chela. Usted se ofreció a celebrar la ceremonia. Espero que nos diga cuál es la mejor fecha.

¿Qué ha pasado, hija?

Chela se largó a llorar. ¿Por qué me viene a pasar esto a mí, monseñor? No imagina con cuánta ilusión esperaba el altar. A su manera contó lo que le pasaba. Los sollozos cortaban el relato y era difícil entenderla. Emilia le tomó las manos y terminó la explicación.

¿Qué piensa Marcelo?, preguntó el vicario.

Quiere casarse cuanto antes, dijo Dupuy.

Entonces no veo cuál es el problema.

Chela volvió a hablar de la vergüenza que iba a pasar delante de tanta gente, de los chismes que la perseguirían el resto de la vida a ella y al hijo que naciera.

¿Te has arrepentido de haber pecado?, quiso saber el vicario.

Claro que sí. Me confesé y recé diez rosarios de penitencia.

Ay, ay, hija, no conviertas tan poca cosa en un calvario. Conozco unas monjitas que te van a hacer un vestido de novia mejor que los de París. Los he visto. Disimulan muy bien la gravidez por avanzada que esté, y además son de última moda. Secate esas lágrimas y no te preocupés más. Entre tu papá y yo vamos a fijar la mejor fecha.

Ordenó a Chela que se arrodillara y le echó una bendición. *Ego te absolvo in nomine Patris et Filii et Spiritus Sancti.*

Amén, respondieron el padre y las hijas. Dupuy hizo el ademán de levantarse pero el vicario lo retuvo. Quería que le contara qué opinaban los comandantes sobre su trabajo en las prisiones militares.

Opinan que es invalorable, monseñor.

Sin embargo es sólo una puntita del iceberg, dijo el vicario. Necesito refuerzos. De la mañana a la noche

FlashScan System

City of San Diego Public Library
Logan Heights Branch

Title: La muerte lenta de L
Date Due: 4/14/2011,23:59

Title: Por si no te vuelvo
Date Due: 4/14/2011,23:59

Title: Purgatorio
Date Due: 4/14/2011,23:59

3 items

Renew at www.sandiegolibrary.org
OR Call 619 236-5800 or 858 484-4440
and press 1 then 3 to RENEW.
Your library card is needed
to renew borrowed items.

escucho a extremistas arrepentidos, a los familiares, les aconsejo que limpien su corazón y confiesen todo lo que saben. Con eso no le hago mal a nadie, al contrario.

Llamaron a la puerta y uno de los seminaristas asomó la cabeza. El vicario se volvió molesto y lo apartó con una señal de la mano. Fue suficiente. El emisario huyó espantado. ¿No entienden las órdenes? ¿No pueden dejarme en paz? Señaló una pila de carpetas arrumbadas junto a la escalera de caracol. Estos curas son novatos y no saben cómo dar consuelo a tanta desgracia humana. Ahora discúlpeme, doctor. Cuente conmigo para casar a esta Chelita boba donde ustedes quieran, en el Santísimo, en el Pilar, en el Socorro, en la Catedral, lo que elijan. Dos a tres semanas más se puede esperar, ¿le parece? Permítame aconsejar que los novios se queden sólo un ratito en la fiesta para evitar miradas temerarias. Saludan a los comandantes y se retiran. ¿Van a ir los comandantes, verdad?

Los voy a invitar, por supuesto.

Ah, y cuando hable con ellos no se olvide de comentarles lo atareado que me ha visto.

Chela y Marcelo Echarri se casaron con la pompa que la novia había soñado. Los cordones de seguridad funcionaron sin problemas. Emilia no se movió del lado de la hermana; se ponía delante cada vez que alguien la observaba con insistencia. Y Dupuy impidió a las revistas tomar fotografías, se lo impidió a todas, aun a las adictas. Nadie se acordó de la señora Ethel; corría el rumor de que un cáncer incurable había obligado a internarla en una clínica de Suiza, donde la familia la visitaba todos los meses.

La luna de miel duró tres meses. Chela tuvo un parto feliz en una clínica uruguaya (un varón de cuatro kilos) y gastó una fortuna en llamadas telefónicas a las amigas. Al regresar se aburrió mortalmente cambiando pañales y mirando telenovelas mientras Marcelo salía para *La República* por la mañana temprano y regresaba cansadísimo ya bien entrada la noche. El matrimonio era tal como ella lo había imaginado: una rutina sin alivio y sin distracciones, que apagaba todas las llamas del amor antes de que nacieran. El marido escribía cada vez menos para el diario y se dejaba llevar por el vértigo de los negocios nuevos que florecían en la Argentina militar, impulsados por los créditos fáciles y por el dólar barato. Se dedicaba a importar objetos tan inútiles como desconocidos que la gente compraba sin ver en la calle Lavalle. El suegro era su guía. Le advirtió, mucho antes de que sucediera, que el gobierno iba a rebajar todos los derechos de importación para que la industria nacional aprendiera a competir. Marcelo se lanzó a la compra desenfrenada de relojes de Hong Kong, destornilladores malayos, camisas de Taiwán, tapados franceses que imitaban las pieles de nutria y de astracán. Por extravagante que fuera lo que vendía, los comerciantes se lo quitaban de las manos, pagándolo con billetes contantes, para saciar la avidez de sus febriles clientes. El yerno apenas dormía, pero aun así se daba tiempo para no abandonar a Dupuy. Todos los días pasaba una hora en la redacción de *La República* y dictaba a los amanuenses predicciones optimistas sobre una economía que ya estaba a salvo de los especuladores y de los agoreros. Las industrias se estaban cayendo a pedazos, a nadie le importaba que se derrumbaran. El secreto de la riqueza consistía en esperar que el dinero se multiplicara por sí solo en las compañías financieras, y era eso lo que

hacía Marcelito, aunque se guardaba bien de publi-
carlo: sus artículos recomendaban mesura, prudencia,
repetían la fábula de la cigarra gastadora y de la hormiga ahorrativa, pero él llevaba las fortunas que ganaba a los bancos que le indicaba el suegro: los que pagaban doce o trece por ciento de interés mensual y
navegaban a toda vela protegidos por el Estado.

A Chela le costaba aceptar la transformación
del marido. Ella misma también se había transforma-
do. Estaba gorda, tenía siempre a mano una caja de
chocolates y pasaba días sin bañarse, sin maquillarse y
sin tan siquiera mirarse al espejo. Seguía amamantan-
do y los pechos, enormes, escapaban desbordados del
camisón. Tenía tres años menos que Emilia pero ya
parecía mayor; hasta le despuntaban canas que se ol-
vidaba de teñir. En el colmo de la amargura, le contó
a Emilia que pasaba las noches esperando al marido
con el bebe en brazos, mientras él seguía uncido a la
máquina de calcular, bailando al compás de los teléfonos y de las teletipos.

Le dijo: lo llevo a misa los domingos y sale de
la iglesia corriendo para informarse sobre el valor del
dólar en los mercados japoneses, me paseo delante de
él con el *baby doll* transparente que el embarazo no
me permitió estrenar, ¿y podés creer que se queda
dormido? Ni siquiera oye los berridos del bebe, no
coge y no creo que tenga un fato porque ni siquiera
para eso le queda tiempo.

El pequeño banco que había comprado Marcelo
Echarri creció en pocos meses apoderándose de coo-
perativas agrícolas, fábricas vacías y acciones de empresas que sobrevivían sólo en sus membretes: eran
un cementerio fastuoso poblado por cadáveres que

nadie quería. El imperio Echarri —así lo llamaban las revistas— se alzaba como las escenografías felices que el príncipe Potiomkin iba levantando al paso de la zarina y que desaparecían apenas pasaba su carroza.

Todo sucedió demasiado rápido. Su riqueza era enorme sólo en los papeles. Para escapar del incendio, necesitaba un golpe de audacia. Buscó inversores de corto plazo dispuestos a dejar sus modestas fortunas en los bancos que prometían mayores intereses, y los suyos eran los más altos. Llegó el inevitable momento en que no los pudo pagar. Cuantos más depósitos recibía, más se enfangaba. Lo acechaba la quiebra, pero no estaba dispuesto a rendirse. Jamás había fracasado y no tenía por qué fracasar ahora. Después de una noche de vigilia urdió una salida que le pareció providencial. En vez de entregar los intereses monstruosos que le reclamaban, sus testaferros invirtieron las reservas en bancos que pagaban dividendos más cautelosos. Tenía dos o tres millones guardados a plazo fijo en una empresa de Filadelfia, la ciudad en la que había vivido durante sus dichosos años de estudiante, pero no pensaba tocarlos por nada del mundo. Esos ahorros eran el ángel guardián que lo protegería en el futuro. El futuro se retiraba a toda velocidad y, en vez de avanzar hacia el presente, como suponía el metafísico Bradley, estaba desapareciendo. En cualquiera de los horizontes a los que Marcelo se asomaba no quedaba futuro. Se había secado, como el dinero.

La angustia no lo dejaba dormir. En cualquier momento te puede dar un infarto, por qué no hablás con papá, le dijo Chela.

No, tu padre me despachó con un consejo. Me dijo: Tenés que actuar como en el ajedrez,

Marcelo. Antes de atacar, pensá en cómo te vas a defender. Nadie va a sentarse en tu silla para jugar por vos. Lo había hecho y se hundía cada vez más. Compró un segundo banco que estaba naufragando y abrió sucursales en las provincias para atraer depósitos frescos. Hizo grabar en cada vestíbulo un lema en latín que los empleados traducían a los visitantes: *Fac rectum nec time*, actúa con rectitud y nada temas. En las primeras semanas le fue bien. Los clientes le confiaban sus ahorros porque la palabra *banco* les inspiraba confianza. Pero cuando regresaban a retirar los fondos encontraban cerradas las puertas o eran despedidos por los vigilantes con promesas inverosímiles: estamos esperando que el efectivo baje de otra sucursal, mañana a las nueve todo va a estar en orden, vayan a sus casas tranquilos, no hagan caso de los rumores, los depósitos están acá más seguros que con el Papa de Roma. Parecía un sarcasmo, porque el Papa de Roma agonizaba en esos días y hasta los depósitos del banco vaticano naufragaban en el caos.

A Marcelo le sobraba imaginación pero ya no tenía recursos para emplearla. Le cruzó por la cabeza la idea de lavar dinero para los narcotraficantes que empezaban a afluir desde Colombia y México, pero sabía que si se endeudaba y no les pagaba a tiempo se condenaría a muerte. No puedo jugarme tanto, no tengo huevos para dejarte viuda y sola con el bebe, le dijo a Chela. Tenés que ver a papá, insistió ella, ¿cuántas veces tengo que repetirlo? Marcelo dudó unos días. Se decidió cuando miles de ahorristas furibundos manifestaron ante su banco, rompieron los vidrios y los muebles, y se llevaron teléfonos, pinturas falsas y máquinas de escribir. Sus deudas sumaban más de doscientos millones.

Invitó al doctor Dupuy al Jockey Club, donde podían almorzar al reparo de testigos indiscretos. Le habló sin vueltas de su asfixia sin esperanzas, usó todas las figuras retóricas de la compasión que conocía sin que al suegro se le moviera un músculo.

Dupuy escuchaba impávido. Le clavó una mirada de páramo y se quedó un rato en silencio, atento sólo al cóctel de langostinos que acababan de servirle.

Marcelo estaba a punto de mostrarle una foto de su hijo, nieto único de Dupuy, y se disponía a soltar una lágrima si hacía falta, pero no necesitó degradarse tanto.

¿Cómo vamos a contar esta historia en *La República*, Marcelo? ¿Qué explicación podemos dar cuando no hay ninguna? ¿Cómo los lectores y los hombres de bien que han creído en mí durante veinte años van a seguir creyéndome?

En ningún momento Dupuy levantó la voz, pero la voz sonaba como si ocupara todo el cielo: No van a entender por qué te abrí un lugar de tanta responsabilidad en el diario si sos un sorete que ni siquiera pudo defenderse de lo que le iba a pasar. Me van a preguntar por qué no te previne. ¿Cómo les voy a decir que sí te previne, te di más tiempo del que nadie tuvo, y que fuiste tan boludo como para no escucharme?

Marcelo temblaba. No era el momento de pedir disculpas, para qué, había recorrido el largo camino creyendo que en nada se equivocaba, y ahora descubría que su único error, el único del que no le alcanzaría la vida para arrepentirse, era haber pasado por alto la voz infalible del suegro.

No sólo un tendal de bancos está cayendo, dijo Dupuy. El sistema entero se desbarranca, los préstamos externos se han agotado y también al país le exigen que pague sus deudas. Aunque quisiera (y no quiero hacerlo, no puedo), ¿con qué cara voy a pedir que te arrojen un salvavidas a vos, pobre infeliz, cuando el *Titanic* completo se va a pique?

A Marcelo le flaqueaba la voz, se sentía al borde del llanto.

¿Qué me aconseja, entonces?

Que te vayas. Antes de irte, pensá en cómo poner a salvo tu nombre. Mal que me pese, es también el nombre de mi nieto.

Ya lo pensé. Iba a pedir una auditoría, una inspección fiscal, pero no tengo tiempo para cambiar los números en rojo ni para borrar los truchos. Como se dará cuenta, la única salida que me queda es que el Estado se haga cargo de mis deudas. Se podría hablar con los comandantes, pero si el barco está tan averiado como usted dice, entonces tengo las manos atadas.

Más que atadas. Te las van a cortar. Los comandantes no se juegan por nadie. Se están sacando los ojos entre ellos. ¿No aguantás una auditoría tuerta? ¿Nada de nada?

No. Donde miren van a encontrar papeles que me comprometen.

Papeles, repitió Dupuy. Se quedó un rato callado. Marcelo les temía más a sus silencios que a su lengua envenenada. Los papeles son material perecedero. ¿Los tenés muy dispersos?

Más de lo que quisiera.

¿Cuánto tiempo te llevaría concentrarlos en un solo almacén? Tenés que juntarlos como si fueran los huesos con los que te vas a presentar al juicio final. Sin dejar fuera una brizna, una estampilla, una carpeta vacía.

Veinticuatro horas, treinta y seis, no sé. Un poco más si las sucursales se demoran.

Es mucho. Tu oficina de prensa debería anunciar hoy mismo que vas a poner orden en tus archivos para que el gobierno compruebe la rectitud con que has actuado. Debe reclamar por el daño que los rumores te están causando. Y decir que cuando la inspección termine, vas a pagar hasta el último centavo. Tu mensaje tiene que parecer sincero. Repetí ese latinazo hipócrita de tu banco, *Fac rectum...* ¿cómo sigue?

No entiendo, doctor Dupuy.

Marcelito Echarri, que había resuelto en Wharton hasta las más intrincadas ecuaciones teóricas, estaba ahora desorientado. Si pido una inspección, en la primera media hora van a encontrar pruebas para llevarme preso. Será mejor que me vaya del país, como usted dijo. Chela y el bebe van a estar bien, no se preocupe.

Ellos no me preocupan. Me preocupo yo. Vos nos metiste a *La República* y a mí en este quilombo y vos tenés que sacarnos. No lo vas a hacer solo, porque en el estado en que estás no valés nada. Te voy a guiar yo. Vas a desaparecer con Chela y con mi nieto, pero no todavía.

¿Qué hago, doctor? Lo que usted diga.

Que tus gerentes junten los papeles mañana mismo, después de que se entregue a los diarios la noticia de tu blanqueo. Y vos anunciás que mientras dure la inspección te vas a descansar con tu mujer y tu hijo. Elegí un buen destino. Quizá no vuelvas.

Los papeles tendrían que ser manejados por personal de mucha confianza. Quédese tranquilo, no voy a descuidar nada.

Con vos ya no se puede estar tranquilo. Vigilá de cerca los papeles. Yo voy a mandar camiones oficiales a que los recojan y los dejen en el vestíbulo de tu banco. Que nada se mueva de lugar, ni los muebles ni los cuadros. Cuando cierren las puertas, va a estallar un incendio inolvidable.

¿Un incendio casual? Nadie lo va a creer.

Nada es casual. Va a ser un acto de sabotaje. Contra vos, contra mí, contra los comandantes. Otra hazaña de los subversivos. No va a quedar ni una brasa en los escombros.

Marcelo Echarri declaró a las radios dos días después desde Miami que el horrendo siniestro (dijo *siniestro*, todos lo recuerdan) lo dejaba en la ruina. Se ha quemado el efectivo de los cofres blindados, dijo. Se han quemado millones en bonos al portador, un arlequín pintado por Picasso, uno de los cardenales de Francis Bacon, tesoros que la humanidad no puede reemplazar. No le quedaban dudas de que la subversión era responsable. Se ha cometido, dijo, un crimen más contra el país, contra la paz y la vocación de ahorro de sus habitantes.

Después de esa fugaz aparición se perdió de vista. Los comandantes prometieron investigar el siniestro hasta las últimas consecuencias y perseguir a los culpables dondequiera se ocultasen. A las pocas horas, seis sospechosos que se habían refugiado en un galpón del puerto fueron sorprendidos por una patrulla naval y murieron en el enfrentamiento. Marcelito se traladó con la familia a las Bahamas y cuando se apagó la última ceniza del incendio se mudó a San Antonio, Texas, donde compró una concesionaria de autos de lujo y una casa en The Dominion, el country más exclusivo de la ciudad. Desde Nassau, Chela llamó a Emilia por teléfono y le contó que otra vez estaba embarazada.

Como todos los sábados por la noche, Emilia no tiene ganas de cocinar y se dispone a ordenar la cena japonesa que Sultan Wok y Megumi llevan a domicilio. Los platos japoneses eran exóticos cuando Simón y ella vivían en Buenos Aires y no sabe si los ha probado en otra parte, si le gustan.

¿Por qué me lo preguntás?, dice el marido. Quiero lo que vos quieras.

Cuando Emilia va hacia el teléfono para hacer el pedido, una llamada se le adelanta. Es Nancy, inquieta porque no ha oído nada de ella en los últimos días. Está decidida a devolverle la carpeta con recortes que la amiga le ha dado para clasificar. Eso fue hace ya una semana. Te la llevo, la tengo lista, insiste Nancy.

No se te ocurra, le dice Emilia. Voy a estar fuera varios días.

¿Y la carpeta? Nancy no se da por vencida.

Te la quedas. Y deja ya de molestar. No le importa que Nancy se declare resentida. Volverá, siempre vuelve, es una perra fiel y pegajosa.

Simón se ha sentado a la mesa de dibujo y traza el esbozo de un mapa, una isla. Desde hace tiempo busco esta isla, dice. La encuentro y cuando trato de ubicarla en el espacio se me va de las manos. Quizá mi error sea ése, quizás en el espacio no hay lugar para ella. Comienzo a dibujarla de otra manera. La dejo sobre el papel y me aparto sólo un momento. Cuando vuelvo a mirarla la isla no está. Se ha perdido.

Está en el tiempo entonces, le dice Emilia. Y si está ahí, tarde o temprano va a volver. Temprano o tarde son rincones del tiempo.

Nos hemos pasado la vida haciendo mapas, apunta Simón, y todavía no sé para qué sirven. A veces me pregunto si son tan sólo metáforas del mundo. ¿A vos qué te parece?

No son metáforas sino metamorfosis, como las palabras y como las sombras que proyectamos. Basta que un mapa dibuje la realidad para que la realidad ya no sea igual. En el primer curso de geografía que tomé, el profesor nos dijo que la función principal de los mapas es impedir que la gente se pierda.

Lo contrario de lo que tu padre quería, dice Simón. Que los mapas sirvieran para perderse, para no saber en qué día se vive, cuál es la hora, dónde están los que todavía están. Le habría gustado que vos y yo hiciéramos mapas en los que las personas desaparecieran y se volvieran polvo de ninguna parte.

Tal vez es lo que hicimos, dice Emilia. Tal vez fuimos sólo figuras de un mapa que él y los comandantes dibujaban, y en ese mapa todos nos perdimos. No hay nada tan desconcertante como caer dentro de un mapa y no saber dónde estás.

El escritor que iba por los patios del geriátrico con la pizarrita nos dijo que él había desaparecido dos veces dentro de un mapa. La primera vez fue en

Japón, contó, poco después de la guerra. Debía regresar de Nagasaki a Buenos Aires, tenía el pasaje pero casi no tenía dinero. Estaba desesperado. Gastó los últimos yenes en el taxi que lo llevó al aeropuerto. Las desgracias suceden precisamente cuando son inoportunas, y a él le sucedió esa vez. Llovía a torrentes y los vuelos estaban cancelados. Si el escritor no llegaba a Tokio esa noche perdía la única conexión semanal a Buenos Aires. No hablaba japonés, no le quedaba un centavo, como te dije, no sabía cómo pedir asilo ni comida. Era peor que un mendigo: era un hombre sin lengua. Un empleado de la línea aérea se compadeció. Le dio un billete de ferrocarril para que viajara a la estación de Hákata. En Fukuoka, que estaba cerca, podría tomar el vuelo a Tokio y se acabarían sus problemas. Preguntó por señas cuánto demoraría hasta Hákata. Seis paradas, le indicó el empleado. Y le repitió con los dedos: seis. El escritor subió al tren, vio un asiento libre y se apresuró a ocuparlo. A su alrededor los otros pasajeros descansaban en amplias literas. El guarda le ofreció una bata blanca pero no la aceptó. Temía que se la cobraran. Todos llevaban una bata y no poder ponerse una lo avergonzó. Antes de que el tren se detuviera por primera vez, algunos de sus vecinos comieron bocados de arroz que mojaban en una salsa oscura. El escritor tenía hambre y para calmarla se puso a pensar en otra cosa. Cuando estaba quedándose dormido se animó a pronunciar la única palabra que le importaba: Hákata. ¿Hákata-ga, Hákata-wa? Uno de los pasajeros, desdeñoso, alzó cinco dedos. El gesto lo tranquilizó, porque le confirmaba que después de la primera parada faltaban cinco estaciones. Recostó la cabeza en el vidrio de la ventana y se durmió profundamente. Despertó en plena noche. Llovía con furia, como si se rompieran los cielos. Las montañas lejanas estaban iluminadas por una luz lunar y junto a las vías los campesinos cosechaban arroz. No imaginaba en cuál punto del mapa se había metido. No se atrevía a pensar qué sería de él cuando los guardias lo obligaran a bajar. Se resignó a pasar el resto de la vida en los campos de arroz, entre personas con las que no podría entenderse jamás. Por fin el tren se detuvo. No pudo descifrar el nombre de la parada, porque los letreros estaban escritos en ideogramas japoneses. ¿Hákata?, le preguntó al vecino que antes le había mostrado los cinco dedos. Hákata-ga, Hákata-ka, le respondió el hombre. Desplegó con parsimonia un mapa y le señaló una letra enorme que para el escritor nada significaba. La letra era una especie de caja que se apoyaba sobre dos patas abiertas. Hákata, repitió el pasajero. Abrió una puerta oculta dentro de la letra, le hizo un guiño de complicidad y lo invitó a entrar. El escritor le dio las gracias y pasó. Al otro lado era de día. Un sol de acero brillaba en el cielo. Frente a él se abría una garita parecida a la letra que acababa de cruzar. Dos soldados lo detuvieron. Hablaban entre sí una lengua que no era japonés. Sonaba más bien a hebreo o árabe. El escritor se dirigió a ellos en inglés y, para su sorpresa, le entendieron. ¿Dónde estoy?, preguntó. Está en la puerta de Mandelbaum, en la frontera, le respondieron. Si quiere cruzar, muestre su pasaporte. El escritor lo llevaba consigo; también tenía la valija, el paraguas y los libros con los que viajaba. Preguntó temeroso ¿Hákata?, y exhibió el pasaporte. Los soldados se lo sellaron y le indicaron un largo camino.

No man's land, dijo uno de ellos. *Hákata no man's land*, repitió el escritor, satisfecho. Avanzó por el sendero, entre guijarros, hierros retorcidos, alambres oxidados y esqueletos de tanques inútiles. A lo lejos vio los minaretes de una mezquita y oyó el canto del muecín. No sabía hacia qué lado de la frontera caminaba, y cualquiera le daba lo mismo. ¿Hákata?, dijo en voz alta para darse ánimo. A la derecha de aquel camino sin nadie vio, sobre las ruinas de un muro, un gran mapa que representaba la ciudad de Jerusalén: la Jerusalén de Ptolomeo, el centro del mundo. Arriba del mapa vio el ideograma japonés cuyo significado nunca pudo saber. Se sorprendió e involuntariamente exclamó ¡Hákata! Una puerta se abrió en el mapa y, sin poder resistir la curiosidad, el escritor se asomó a ver si al otro lado había vuelto la noche. Tenía la esperanza de que al cruzar la puerta volvería al tren, llegaría a Hákata y alcanzaría el vuelo a Buenos Aires. En cierto modo tuve razón, dijo el escritor, porque caí en este geriátrico y ya de aquí no puedo moverme. A veces trato de reproducir el mapa japonés en la pizarrita. Siempre fracaso, dibujo sólo islas, países que ni yo conozco. Le pedí que me mostrara sus dibujos, dice Simón, y me puso delante la pizarrita en blanco. Le hice notar que no se veía una sola línea y me dijo que ése era su mejor dibujo: una isla que desaparecía apenas encontraba un lugar en el espacio. Estoy tratando de hacerlo yo también, sigue Simón. Copio la isla, reproduzco con cuidado los mismos contornos y nada pasa. A veces la rodeo con un mar, la corono con una brújula para que se oriente en el espacio y cuando la vuelvo a ver la isla sigue donde siempre estuvo.

Tu isla es sólo una metáfora, observa Emilia. El hombre de la pizarrita, en cambio, consiguió que sus mapas fueran una metamorfosis. Él mismo, ahora que lo pienso, debía de ser una metamorfosis en movimiento. Se escapaba por la tangente, se dejaba envolver por su mediodía eterno. El que salió de Nagasaki no fue el que subió al tren de Hákata ni tampoco el que cruzó la puerta de Mandelbaum (que ya no existe, como sabés, se acabó después de la guerra de los Seis Días en 1967) ni el mismo que conociste en el geriátrico. Tuviste suerte de cruzártelo ahí. Podía haber estado en otra parte o en ninguna. Al menos encontraste a una persona con la que podías hablar de mapas. Yo estoy rodeada de cartógrafos y jamás he tenido con ninguno una conversación como la de esta noche.

El timbre de la calle suena con insistencia. Emilia baja las escaleras con pereza y paga la comida japonesa. Pone la mesa y calienta el sake. Se repite a sí misma que debe probarlo apenas, porque los vapores del arroz la encienden y no quiere que Simón la vea como un animal sediento. Te sucedió en el geriátrico lo mismo que me sucede a mí en los sueños, dice. Veo lugares que no están más y personas que cuando tratan de entrar en ellos desaparecen. Viajo a ciudades que se desplazan por mapas que todavía no fueron dibujados. En mis sueños las estaciones pasan rápido, el invierno de la noche es primavera por la mañana y el verano es otoño, o el oeste es el sur. ¿Por qué no comemos, amor?

Comamos después, mañana, dice Simón. Ahora vayamos a la cama.

Emilia vuelve a sentirse la enamorada que oía "Muchacha ojos de papel" y caminaba por las calles

de Buenos Aires tomándolo de la mano, siente que
una ternura espesa se desata dentro de ella, una puerta que se abre dentro de un ideograma japonés y, sin
saber lo que dice, dice una frase de la que ya no se
creía capaz, con una voz que le viene de otro cuerpo,
de otra memoria: Cogeme, Simón. ¿Qué estás esperando para cogerme?

4. Crees y no crees, y lo que es no es

Purgatorio, VII, 12

Todas las mañanas echo una mirada a la edición digital de los diarios argentinos. Un día de otoño, antes de dictar una de mis clases, me sorprendió leer que el doctor Orestes Dupuy había muerto de una infección pulmonar. Tenía ochenta y seis años y llevaba algún tiempo internado en terapia intensiva. Yo estaba todavía convaleciente de una enfermedad grave pero de todos modos quise ver a Emilia y darle un pésame hipócrita. Ni ella ni yo lamentábamos el fin de Dupuy.

La había perdido de vista después de nuestra conversación en el restaurante Toscana. No he hablado todavía de mis males, que me alejaron de Highland Park un tiempo del que no quiero acordarme. Enfermé de gravedad y aún no sé cómo hicieron los médicos para mantenerme vivo. Los desastres de mi cuerpo fueron muchos y la lista de los médicos que me ayudaron es larga: el urólogo Jerome Richie, los oncólogos Anthony D'Amico y Jan Drappatz, el neurocirujano Peter Black y, el más importante para mí, José Halperín, antiguo amigo con el que compartí el exilio y gracias a quien conocí a los demás. Estoy seguro de que me recuerdan, aunque sólo sea porque los abrumé enviándoles mis libros.

Emilia me hizo llegar al hospital una tarjeta de buena suerte y un CD de Keith Jarrett que me gustó mucho, *The Melody at Night With You*. Han pasado varios meses desde entonces y no la he llamado todavía para darle las gracias. Sé que vive en el mismo departamento de la calle Cuarta Norte y que, como antes, trabaja en Hammond. Cuando calculé que ya había regresado de la oficina, a eso de las siete de la tarde, llamé a su puerta. La encontré pálida y ajada, como si estuviera marchitándose más rápido que sus años. Me pareció que se alegraba sinceramente de verme y que, aparte de Nancy Frears, no tenía con quién hablar. Yo no quería extender la visita y estuve a punto de rechazar el té con bizcochos dulces que sirvió apenas nos sentamos, pero me contuve para no ofenderla. Una de las comunidades judías del pueblo le había pedido que volviera a trazar el mapa con los límites del *eruv* destruido por el vendaval de 1999. Estaba por mostrarme los bocetos cuando de pronto se puso a llorar. Era una situación incómoda y yo no sabía qué hacer. En Buenos Aires le habría dado un abrazo, pero estábamos en New Jersey, solos en su departamento, y no tenía idea de cómo lo iba a tomar. Se enjugó con un pañuelo de papel, fue a su cuarto un momento y cuando volvió estaba tranquila. Disculpá, dijo. Soy una idiota. Estoy extrañándolo mucho, es por eso. Lo extraño cada día más. Descontó que yo sabía de qué estaba hablando, pero igual lo aclaró. Extraño a Simón, dijo. Ahora que he quedado huérfana de padre y madre, me tranquiliza no estar huérfana de Simón.

Después de nuestro encuentro en el Toscana pensé que la búsqueda del marido perdido era ya historia pasada. Emilia había llegado a Highland Park cansada de seguir un rastro falso tras otro y creyendo que él la esperaba escondido dentro de un mapa. Se había reído de la ocurrencia, dijo que era un desatino, una especie de juego consigo misma, uno de esos consuelos que se guardan con los guantes del invierno y se olvidan, pero ahora me di cuenta de que hablaba en serio, que seguía esperando a Simón. Casi no duermo, dijo. Me despierto a cada rato en medio de la noche. A veces lo veo recostado en el marco de la puerta y cuando prendo la luz y no lo veo huelo la madera del marco y huelo el piso como un perro para sentir la huella que dejó. Algunos autos estacionan cerca de aquí, alguien baja, se aleja, y corro a la ventana para mirar si es él. Nunca es él. La noche en que papá murió llamó Chela desde San Antonio y me dio la noticia. Me preguntó si quería viajar con ella a Buenos Aires porque el funeral iba a retrasarse dos días. Le contesté que no podía alejarme, que Simón iba a volver en cualquier momento. Chela preguntó si me sentía bien y no insistió. Dejé un mensaje en Hammond avisando que estaba de duelo y que al día siguiente no iría a trabajar. En verdad pensaba que, al enterarse de la muerte de mi padre, Simón regresaría. Me quedé despierta hasta el amanecer, aferrada a dos películas argentinas viejas, *Tiempo de revancha* y *La fiesta de todos*. En la primera Buenos Aires es una ciudad sórdida y decrépita, cruzada por columnas de cemento y por avenidas a medio construir. Me hizo acordar de la mañana en que vi esas mismas ruinas y las familias a la intemperie que las demoliciones dejaban a su paso. En la segunda aparece papá fugazmente en el palco oficial de River Plate la tarde en que la Argentina ganó el campeonato mundial de fútbol. Yo estaba cerca y aparezco de perfil en otra escena. Con la ilusión de reconocer a Simón en las gradas, retrocedí el video varias veces. Perdí el tiempo.

Lamenté no poder hablarle a Emilia con franqueza, porque yo también creía, como los testigos del juicio a los comandantes, que su marido había sido asesinado en Tucumán la noche misma en que lo detuvieron. Uno de los suboficiales de la guardia confesó que había presenciado cómo el jefe militar en persona remataba a Simón Cardoso con un tiro en la frente. Otros dos lo vieron antes de que lo llevaran al patio de su muerte arrastrando a duras penas el cuerpo destrozado por los tormentos. Las organizaciones de derechos humanos que investigaron la historia estaban seguras de que la mano de Dupuy había guiado el crimen pero no tenían documentos que lo probaran. El cadáver jamás apareció. Los detalles se publicaron en el *Diario del Juicio* y Emilia seguramente los leyó sin creerlos. El menor destello de duda la habría destruido, porque, si el marido estaba muerto, el padre era culpable, la madre su cómplice y ella la hija de un par de asesinos. Preferiría entonces no haber nacido, ser una expósita, un feto de las inclusas, una basura sin identidad. Lo que yo sabía y no le podía decir creaba entre nosotros un vacío, una tierra de nadie sorda y estéril como la franja que se abría en la puerta de Mandelbaum. Lo lamenté, porque empezaba a encontrarla parecida a mí. Ambos habíamos peleado contra la muerte a nuestra manera y no aceptábamos que nos venciera. Para mí, la mejor manera de salir adelante fue seguir viviendo como si la muerte nunca fuera a suceder, abrazado a la felicidad de cada nueva mañana. Emilia, más valiente, no permitía que la fatalidad del pasado le destrozara el presente y perseveraba en sus rutinas de esperanza, creyendo que así se acercaba al día pleno y definitivo en que él vendría a buscarla. Cuando me dijo "Estoy extrañándolo tanto", su voz sonó como una rama que se quiebra. No era la misma persona que había almorzado conmigo en el Toscana.

Negaba todo. No podía desconocer las atrocidades que le atribuyeron a su padre cuando la dictadura de los comandantes empezó a resquebrajarse después de la derrota de las Malvinas. Los horrores del pasado rompieron entonces los diques y salieron a la luz: los prisioneros atormentados, enceguecidos, arrojados al río y a las fosas comunes; el robo de recién nacidos, las violaciones, los combates a muerte contra enemigos que no existían. Dupuy estuvo en cada uno de esos infiernos: ayudó a crearlos, les dio su bendición y les dijo a los emisarios del presidente Jimmy Carter que eran imaginaciones de los extremistas. Cuando la dictadura se hundió fue el primero en ponerse a salvo. En el editorial de despedida que escribió para *La República* anunció que la revista dejaba de salir porque en los nuevos tiempos la gente prefería la radio y la televisión a cualquier forma de lectura. Él era un hombre de las palabras, dijo, y le daba lo mismo exponerlas por escrito o de viva voz mientras fueran palabras libres. Admitió que en el pasado había cometido graves pecados de omisión (todavía hablaba de pecados), y dijo que millones de argentinos compartían con él esa falta. Pidió disculpas por haber prestado más atención a la flotación del dólar que a los cadáveres en el Río de la Plata. Soy responsable de esos errores, como lo son tantos de mis compatriotas. El editorial terminaba con una frase que era un modelo de cinismo pérfido: "La dictadura que padecimos los argentinos fue criminal y corrupta como ninguna otra antes. Nos mantuvo en la ignorancia de los horrores que cometía y no se privó de cometer ninguno. Gracias al sabio designio de Dios, la pesadilla llega a su fin".

Aceptó entrevistas de televisión, en las que esquivaba las preguntas peligrosas y, ya sin la gracia de su fascismo sincero, exaltó las virtudes de la tolerancia democrática y se declaró cristiano, dispuesto a discutir hasta las ideas y los credos que le repugnaban, si bien no aclaró cuáles eran. Aunque se esmeró en no molestar a nadie, algunas de sus hazañas se ventilaron en el juicio. Se salvó del castigo, no de la repulsa. La directora de un orfanato de mujeres declaró que el doctor visitaba a las internas de vez en cuando, elegía a las más jóvenes y las llevaba a pasear en su auto. Ninguna de ellas regresó jamás. Eran chicas que apenas salían de la adolescencia y que habían aprendido a coser, cocinar y hacer cuentas. No tenían familias que las reclamaran y vivían aisladas en el orfanato sin el menor contacto con el mundo de fuera. Leí el testimonio de la directora en el *Diario del Juicio* y durante días el vértigo del horror me hizo sentir enfermo y me llenó de vergüenza por lo que habíamos consentido y habíamos callado, por las bajezas en las que puede caer la especie humana. Cuando le conté la historia a mi vecina Ziva Galili, me dijo que a Lavrenti Beria, uno de los verdugos de Stalin, se lo acusaba de espantos similares. Poco antes de la Segunda Guerra Beria dirigía la NKVD, policía de seguridad interna de la Unión

Soviética. Al caer la tarde, él y sus esbirros salían a cazar muchachas por las calles de Moscú, de Kokoschkino, de Noginsk o del arrabal al que lo condujeran sus deberes de espías. Cuando alguna de las muchachas le gustaba, ordenaba que la siguieran sin llamar la atención. De pronto, embestía. Uno de los esbirros frenaba el paso de la víctima abriendo por sorpresa la puerta del auto, mientras otro ayudaba a meterla dentro, donde Beria la revisaba. Si el examen lo dejaba satisfecho, llevaban a la muchacha a una casa clandestina, la amordazaban y la amarraban. Después de la violación, las menos sumisas eran hundidas en el río Moskva; a las otras las enviaban a los prostíbulos del ejército y a las granjas de Siberia. Encontré fragmentos del escalofriante relato en un libro de Donald Rayfield sobre los ayudantes de Stalin y sus abusos. Allí vi una foto turbadora de Beria a los cuarenta años, que lo mostraba muy parecido al doctor: la misma frente amplia con grandes entradas, la misma boca lasciva, la nariz de pájaro rapaz. La apertura democrática permitió que algunos diarios se hicieran eco de otras historias lóbregas de Dupuy, pero fueron silenciados por el alud de demandas civiles y criminales con que él se defendió. Muchos de los que podían acusarlo habían sido sus cómplices y ni siquiera las maestras del orfanato lo identificaron como el hombre que se llevaba a las internas.

A fines de 1977, Dupuy era el consejero al que más recurrían los comandantes, el único al que aceptaban como moderador en sus peleas por el poder. Una noche, a fines de noviembre, lo citaron a la Casa de Gobierno. Faltaban siete meses para que se jugara

el campeonato mundial de fútbol y ya se habían terminado a tiempo los estadios, los hoteles para los periodistas visitantes, las autopistas rápidas, la estación
que transmitiría los partidos a todo color. Dupuy supuso que lo llamaban para mediar en otra de las que-
rellas sin fin entre las armas. Sería franco, les diría que
se arreglaran entre ellos. O tal vez le pedirían que im-
pidiera, sin llamar la atención, la fastidiosa ronda de
las mujeres que todos los jueves daban la vuelta a la
Pirámide de Mayo, en las mismas barbas del poder,
para reclamar por hijos que estaban perdidos o muertos. Fuera cual fuese la misión que le encomendaran
los comandantes, sabría dar con la solución mejor, la
que pusiera contentos a los tres.

Llegó a la cita casi a medianoche. Los pasillos
de la Casa de Gobierno estaban desiertos: Dupuy
los había recorrido muchas veces y sabía que debía
avanzar con cautela. Cada veinte o treinta metros
alguien salía de las sombras y le exigía que mostrara
los documentos. El aire era cada vez más cálido. Se
apoyó en la baranda de la galería y contempló las
palmeras del patio. La noche crecía, la oscuridad
crecía (no hay otro modo de explicar la lenta infla-
mación de la realidad) y el polen teñía las baldosas
de un amarillo pegajoso. Un edecán se le acercó y lo
acompañó al salón donde los comandantes terminaban la cena. Se los veía nerviosos, contrariados. La
mesa estaba cubierta por recortes de la prensa ex-
tranjera, caricaturas, grandes títulos sobre los campos de concentración clandestinos, las torturas y las
cifras de personas desaparecidas. Una de las caricaturas representaba a la Anguila con el bigotito de
Hitler y el mismo mechón de pelo caído sobre la

frente. El dibujante se había esmerado para que el mechón se viera lustroso y endurecido por la gomina. Dupuy tuvo la impresión de que el comandante de la Armada se divertía con la exhibición de desgracias. Era un hombre macizo, musculoso, arrogante, el reverso de la Anguila. Le pidió disculpas a Dupuy por convocarlo a esa hora y le rogó que se sentara.

No queremos cansarlo, dijo. Ya usted habrá entendido para qué lo llamamos. Necesitamos su imaginación, su ayuda.

Hay una campaña desatada contra nosotros, siguió la Anguila. Queremos frenarla cuanto antes. Falta poco para que el país entero se convierta en una vitrina ante el mundo. Van a juzgar con lupa todo lo que hemos hecho.

Supongo que han leído la última columna que publiqué en *La República* para refutar esa campaña infame.

¿"Derechos y humanos"? Un modelo de inteligencia, doc, como todo lo suyo, dijo el marino. Sin embargo, lo que usted dice sólo influye, por desgracia, dentro del país. Y el país ya está convencido. Entiende que cuando se ataca al gobierno se ataca a la nación. Lo que no podemos controlar son las calumnias de afuera.

La campaña antiargentina, interrumpió la Anguila. Habrá visto los dibujos que tratan de ridiculizarme.

Su columna ha sido traducida y enviada por nuestras embajadas a los diarios del extranjero, dijo el marino. Hemos ofrecido fortunas para que la publiquen. La mayoría nos ha contestado que no la quieren, ni aun como espacio de publicidad.

A Dupuy lo incomodó el comentario.

No es su culpa, doctor, terció la Anguila. Algunos extremistas se han fugado y están dando declaraciones que nos perjudican. Viajan por todas partes y nos difaman. Son incansables. Hasta la BBC de Londres ha difundido un documental lleno de calumnias. Les vamos a montar un juicio, pero quién sabe si nos conviene darles soga para que nos sigan ahorcando.

Quedarse de brazos cruzados sería peor. ¿En qué puedo ayudarlos, señores?, preguntó Dupuy. Ustedes conocen mejor que yo las estrategias de contrainteligencia.

A los subversivos no podemos correrlos con los manuales, dijo el marino. Aquí hace falta imaginación, le repito. Por eso lo hemos llamado. ¿Qué se le ocurre?

En este momento nada. Voy a pensar con cuidado en una solución rápida y eficaz. Algo que les tape la boca a todos los que nos atacan.

Un relámpago que ilumine a los convencidos. Una segunda estrella de Belén, dijo la Anguila.

Una fulguración, sí, pero duradera, lo corrigió Dupuy. Algo que deje marcas en la historia. Dentro de un siglo, la memoria que haya de nosotros será borrosa. Para algunos de los argentinos futuros seremos héroes, para otros no. Pero cuando miren las obras que hemos dejado, nos recordarán con admiración, como se recuerda a los Borgia en Florencia, a Napoleón en Francia. De las campañas antiargentinas no quedarán en cambio ni las cenizas. Vamos a refutarlas desde ahora con algo que dure para siempre. Un monumento pero no de mármol. Un monumento indestructible. Discúlpenme, señores. Tengo que pensar.

Pasó la noche en vela. La imagen de la Anguila con el bigotito y el mechón de Hitler lo acechaba como un gato hambriento. Pasó revista a las arengas de Hitler cuando estaba llevándose el mundo por delante, antes de la guerra, y se preguntó cuáles habrían sido los legados de su inmortalidad si la historia no lo hubiera derrotado. Vio las maquetas del Berlín olímpico que el arquitecto Speer le había regalado en uno de sus cumpleaños. Vio las escenas imponentes con las que se abrían los dos documentales clásicos de Leni Riefenstahl y sintió que allí estaba la clave. Las autopistas y los estadios ya casi listos para el Mundial equivalían a las maquetas de Speer. Lo que faltaba para completar el cuadro era una película como las de Riefenstahl, una obra de arte imperecedera que diera la vuelta al mundo cantando las glorias argentinas y se llevara todos los premios de Cannes, de Venecia y de la academia de Hollywood. Necesitaba una gran obertura y un gran ejecutante. Se le cruzaron imágenes imborrables como las que iniciaban *Los dioses del estadio*, con las ruinas de la grandeza griega que aún se mantenían en pie, y los miles de globos y palomas alzándose al viento de la tarde, mientras un avión providencial atravesaba el cielo, tal como el avión del Führer descendía sobre Nuremberg en *El triunfo de la voluntad*. Lo malo era que la Anguila no tenía la majestad del Führer, era flaco, desabrido, y cuando abría la boca parecía un vulgar sargento cuartelero. Ya resolvería eso más tarde: con dobles, con tomas a distancia. Ahora debía elegir a un director capaz de la misma hazaña épica de Riefenstahl, alguien que ya gozara de fama y de respeto.

Había conocido a Orson Welles en la plaza de toros de Toledo. Tenía sólo una vaga idea de lo que

Welles había hecho, pero sabía que su primer film, *El ciudadano Kane*, era señalado por los especialistas como el mejor de la historia del cine. Eso le bastaba. No necesitaba ver *El ciudadano*, sólo necesitaba unos pocos datos más sobre el personaje. Había sido un joven prodigio, a los treinta años se había casado con Rita Hayworth. No era un arrogante, los fracasos le habían limpiado el orgullo. Si Welles obedecía sus órdenes, el documental sobre la Argentina pasaría a la historia como la Biblia del cine. Cuanto más pensaba en el proyecto, más seguro estaba de que no podía fallar. Le pondría en las manos todos los recursos que hicieran falta. Los personajes serían héroes como los guerreros griegos. Y el argumento ah, eso sí, había que cincelarlo bien, contaría batallas como las de *Guerra y paz*, las de *Moby Dick*, las de la *Ilíada*, pero en un campo de fútbol. Le habría encantado que la película se llamara *Los dioses del estadio*, pero la Riefenstahl le había ganado de mano.

El Welles que conoció en Toledo era un hombre educado, más un buey aburrido que un toro de lidia. Y después de Toledo, decían sus informantes, había sufrido mucho. Andaba siempre corto de dinero, peleándose con productores que le mutilaban sus obras de arte.

No le va a pasar eso conmigo, pensó Dupuy. Yo hablo su mismo lenguaje. Lo había visto por primera vez antes de la corrida con la que Antonio Bienvenida quería despedirse de los ruedos. Estaba en la antesala del camarín, tendido en un sillón de terciopelo rojo, dejándose envolver por el humo de un enorme cigarro. Dupuy no tenía idea de quién podría ser. No lo había visto actuar, no conocía su fama. De todo eso iba a enterarse más tarde. Creyó que se trataba de un crítico taurino y lo saludó con respeto: Ave María purísima. Welles lo recorrió de arriba abajo con la mirada, sin contestar. ¿No eres católico?, se sorprendió el doctor. Un buen católico responde Sin pecado concebida. Welles sonrió, sobrador: No hablo de mis intimidades, señor, dijo, en un español impecable. ¿Eres o no eres?, insistió Dupuy. No lo sé. Te lo diré de otra manera: el que fue católico una vez, lo es siempre. Es lo que yo pienso, aprobó el doctor. Ésa es la doctrina.

Bienvenida salió del vestidor con su traje de luces y los presentó. Era un señorón melancólico y estaba nervioso. Los toros de aquella tarde iban a ser los últimos de su vida. Espero que vean una buena faena, dijo. Con el favor de Dios, lo enmendó Dupuy. Y se volvió hacia Welles, que le llevaba una cabeza. Anímese usted también, hombre, ¿qué espera? Deséele buena suerte. Welles no respondió una palabra, le extendió la mano a Bienvenida y apagó su cigarro.

Dupuy sonrió al evocar el encuentro y no le quedaron dudas. Pondría a los pies de Welles todo lo que le pidiera, multitudes, ciudades falsas como las de Hollywood, le permitiría traer a sus técnicos y ayudantes de confianza y se aseguraría de que nada les faltara. Él, Dupuy, iba a elegir la música de fondo. Convencería a Welles de que necesitaban aires marciales, obras entusiastas y sobre todo tangos. Le llevaría a Piazzolla, que estaba escribiendo desde hacía meses una suite sobre el Mundial. Le diría que era el compositor de *Último tango en París*, un Richard Strauss, un Nino Rota. Orson le iba a dar las gracias de rodillas.

Al día siguiente les presentó la idea a los comandantes. Habló por separado con cada uno, porque cuando estaban juntos competían por tomar el control. Se dio cuenta de que la solución les parecía grandiosa, ¿pero eterna? A una película, cualquier película, le faltaba mucho para ser la Muralla China y no era tan simbólica como el Obelisco de Buenos Aires. Se lo hicieron notar: ¿no se podría construir otro obelisco dos veces más alto con una pelota arriba? Dupuy perdió horas hablándoles mientras ellos lo interrumpían con llamadas telefónicas, firmas de decretos, consultas de los altos mandos. El jefe marino, un almirante, dijo que aprobaba la idea si lo mostraban entrando en el estadio con la viuda de Perón. La viuda estaba presa, y la escena debía filmarse en secreto. El jefe aéreo quería que la película empezara con un desfile de aviones de combate. La Anguila exigió que, en vez de los globos y las palomas, Welles pronunciara una oración pidiendo la bendición de Dios para la Argentina. Dupuy les dijo que sí, y les recomendó que dejaran trabajar al director en paz hasta que terminara. Se iban a gastar millones y no quería peleas antes de tiempo. Llamó por teléfono a los agentes de Welles y poco después partió a Los Ángeles para concertar los detalles de lo que él ya llamaba *la película del siglo*.

Orson, le dijeron, viajaba con frecuencia y era rarísimo que se quedara quieto en su casa de Beverly Hills. A veces volaba por la noche a Boston y al día siguiente tenía que estar en un pueblo perdido de Arizona. Trabajaba sin descanso en la filmación de *Otelo*, en la adaptación de un cuento de Isak Dinesen, en otro guión sobre una novela de Graham Greene. Uno de los agentes le repitió el comentario con que Welles recibió el proyecto de Dupuy. ¿Una película sobre la Argentina? ¿Flamenco y toros? Me da curiosidad. Díganle a ese hombre que venga a verme. Tuve a Capone, a Lucky Luciano y a Costello persiguiéndome para que les hiciera películas. Me los saqué de encima y sigo vivo.

Welles lo esperaba en la galería trasera, junto a una enorme pileta en forma de riñón. Era diciembre, soplaba una brisa destemplada y se formaban remolinos de hojas amarillas. El director mordía un cigarro enorme como el de Toledo. Ya no soltaba humo. Lo masticaba y escupía en el piso las briznas marrones. Su cuerpo seguía siendo imponente pero estaba hinchado y la grasa del abdomen formaba pliegues sobre el pantalón. Un mozo de uniforme llevó dos vasos de whisky y sirvió medidas generosas a las que Welles parecía no prestar atención. Estaba enfrascado en la lectura de la tarjeta de Dupuy (su nombre, sus teléfonos, el logotipo de *La República*) y cada tanto revisaba los apuntes y fotos apilados sobre la mesa. Han de ser libretos, fichas de actores, supuso el doctor. No tiene que demostrar que es un hombre ocupado. Lo sé. Se daba cuenta de que no lo reconocía. Es lógico, nos vimos sólo un rato, una tarde, se conformó. Ya le volvería la memoria, cuando oyera una oferta más grande que Hollywood y que España, una oferta (se repitió Dupuy, dándose ánimos) grande como el mundo. Le habló en español, confiado. El director le respondió en inglés.

¿Puedo llamarte Orson?, dijo Dupuy. Nos conocimos hace diez años en el camarín de Antonio Bienvenida.

Llámame Orsten, dijo Welles, sin dar señales de recordar a Bienvenida. Así me llamaba Lucky Luciano, Orsten. Y yo a él lo llamaba Charlie. ¿Puedo llamarte Charlie?

Si te parece. Permíteme que te explique el proyecto.

Dupuy tuvo que empezar varias veces. Welles no conocía el fútbol, no había oído hablar de la copa mundial, su imagen de la Argentina era sólo un horizonte de pampas. Recordaba vagamente Buenos Aires, allí le habían dado un premio por *El ciudadano* en 1942. Hubo una manifestación fascista en mi contra, dijo. Tu país simpatizaba con el fascismo entonces, ¿no es cierto, Charlie? El doctor calló, no quería enredarse en explicaciones ideológicas. Era pisar un terreno cenagoso. Él, Dupuy, era un maestro de la política; Welles, menos que un aprendiz. Y, a la inversa, Dupuy llevaba años sin pisar una sala de cine. No te voy a entretener mucho tiempo, Orsten. Vengo a proponerte un documental con un presupuesto sin límites, ¿te das cuenta? La realidad viene servida, la mitad de la película se hace sobre la marcha. Sabía que no era así, la Riefenstahl había trabajado como una orfebre, pero no quería desalentarlo. Es sólo un documental, una fiesta de coser y cantar. Tienes que poner muy poca cosa, Orsten. Tu voz y tu mirada. Y tu nombre, Orson. Cuando termines, tendrás dinero para todos los proyectos que has dejado por la mitad. Podrás filmar de nuevo *Don Quijote*, *King Lear*, *La montaña mágica*. Nunca me interesó *La montaña mágica*, lo corrigió Welles. Y lo que dejé atrás, quedó atrás. Permíteme que te explique mejor nuestro documental. Necesito sólo dos minutos, insistió Dupuy. Lo que mi gobierno quiere es que nos hagas una gran película, algo que te devuelva a la historia, un *Citizen Kane* de los documentales. Piensa un momento en la obertura, Orson. El aire azul, nubes abigarradas, miles de pájaros, el coro enloquecido de muchedumbres que todavía no se ven. Y un micrófono que baja de lo alto, como en *The Magnificent Ambersons* (sus asesores le habían recomendado que no lo olvidara: el micrófono, la voz imponente, el ego imponente). Y entonces, ah, entonces llega tu voz y ensancha la pantalla: "Soy Orson Welles en la Argentina. Yo escribí y dirigí esta película", ¿qué te parece?

Welles lo observaba, incrédulo. Aquí, en estos papeles, he leído que en tu país hay magos, ilusionistas, Charlie. ¿Es verdad? Como sabrás, yo soy más un ilusionista que un director de cine. A Dupuy le habían comentado que Welles había estrenado hacía poco una película sobre las falsificaciones y la magia, *F for Fake*. Tenía una copia en la salita de proyecciones de *La República*, pero no había tenido tiempo de verla. ¿Querés filmar a los magos? Dupuy estaba sorprendido. Ningún problema, dijo. En la Argentina hay muchos. Puedes contar con todos los que necesites. Óyeme, Charlie, aquí leo (Welles volvió a posar su enorme mano sobre las carpetas) que los magos de tu gobierno hacen desaparecer a la gente en las calles. Dupuy se alarmó. ¿Eso te han dicho? Son calumnias. La Argentina es víctima de una campaña perversa, una red de mentiras tejida por terroristas subversivos. Nadie desaparece. No hará falta que toques el tema en tu película. Preferimos demostrar que nuestro país ama la paz y que nuestro pueblo es feliz. Pensamos en positivo, Orsten. No le gustaba ese desvío de la conversación. Iban por un mal rumbo y cuanto más avanzaran, más difícil les sería volver. Debía detenerse antes de que Welles o él perdieran la paciencia. Estuvo a punto de preguntarle cuál era su precio. Se contuvo. El director era astuto y más refinado de lo que pensaban los servicios de inteligencia.

A lo mejor podemos llegar a un acuerdo, Charlie, dijo Welles. Como quizá sepas, hace ya mucho tiempo yo hice temblar a mi país con un programa de radio. Convencí a dos millones de personas de que los marcianos estaban invadiendo New Jersey. La gente salió a las carreteras, enloquecida de miedo. El arte es ilusión, Charlie, la realidad es ilusión. Las cosas existen sólo cuando las ves, se podría decir que tus sentidos crean los objetos. Pero ¿qué pasa cuando ese algo inexistente se levanta y te devuelve la mirada? Deja de ser un algo, te revela que existe, se rebela, es un alguien con densidad, con intensidad. No puedes desaparecer a ese alguien porque también podrías desaparecer tú. Los seres humanos no son ilusiones, Charlie. Son historias, memorias, son imaginaciones de Dios, así como Dios es la imaginación de todos nosotros. Si borras un solo punto de esa línea infinita borras también la línea entera, y en ese agujero negro podemos caer todos. Ten cuidado, Charlie. Dupuy se sintió desorientado, no imaginaba hacia dónde lo quería llevar Welles. Si el plan no le gustaba, no era necesario que diera tantas vueltas.

Un viento helado cruzó la galería. El director tenía al alcance de su mano una gran capa negra y una bufanda pero ni por un momento las tomó en cuenta. Parecía inmune al viento, al peso de la penumbra, a las hojas herrumbradas de diciembre que seguían cayendo. Pidió que le trajeran otro whisky. Hace veinte años me ofrecieron dirigir un documental sobre Babe Ruth, dijo. ¿Sabes quién fue Babe Ruth? Un Dios del béisbol, nunca habrá otro. A mí no me gustaba el béisbol, yo no había visto a Babe en sus años de gloria, pero la gente lo adoraba y me interesaba registrar esa adoración en una película. Acepté y me puse a trabajar. Hicimos con él unas pocas tomas. Ya estaba muy enfermo, cáncer de garganta, y por supuesto no podía hablar. Convencí a los productores de que inventáramos a Babe, que le creáramos una vida. Yo lo quería mostrar dándole la mano a Roosevelt, tocándole las piernas a Marlene Dietrich, jugando a los dados con Gary Cooper. En el cine se pueden crear todas las realidades que quieras, imaginar lo que todavía no existe, detener el tiempo en el pasado, deslizarlo hacia el porvenir. Los partidos se pueden reflejar sobre la nada, Charlie, son humo en el aire, los estadios se pueden llenar con multitudes que son efectos especiales. A ver si llegamos a un acuerdo. Hacemos tu documental, pero no hay copa mundial, no hay jugadores, no hay partidos de fútbol. Hay sólo magia. Dejas de verlo, dejas de hablar y todo desaparece. Será una gran metáfora de tu país.

Charlie, quítate el reloj y préstamelo por unos segundos, dijo Welles. Era un Patek Philippe de veinte mil dólares. Lo puso ante sus ojos y le indicó a Dupuy que lo observara con mucho cuidado. Luego lo arrojó al piso de la galería y le clavó los zapatos. Las tripas del reloj se dispersaron. El doctor enmudeció. Tranquilo, Charlie, dijo Welles. Vas a tenerlo de nuevo. Será idéntico al de antes, pero no será el de antes, porque tenemos que traerlo de la irrealidad donde está ahora. El golpe de los zapatos no le ha hecho daño, pero en los segundos que han pasado desde que me lo diste, el reloj es otro. Tómalo, Charlie. El director abrió la mano y el Patek Philippe regresó tal como era antes de caer al suelo, o al menos eso parecía. Welles estaba recuperando el buen humor y Dupuy las esperanzas. No iba a volver a Buenos Aires con las manos vacías, pero ya no estaba tan seguro de que confiar a Welles el documental fuera una buena idea. Tenía la impresión de estar ante un loco.

Orsten, explícate mejor, le dijo, háblame del documental. ¿Te gustan la obertura, el aire azul, los pájaros, el micrófono?

Puede ser, dijo Welles, ¿cómo sigue?

Dupuy desplegó el papel con la oración que había escrito durante el largo vuelo, y leyó. En la película se oye tu voz, Orsten. Está en español pero voy a traducírtelo. "Soy Orson Welles, hablo desde la cancha de River Plate en Buenos Aires, Argentina. Compartamos la emoción de este país derecho y humano, una de cuyas mayores hazañas ha sido organizar el Campeonato Mundial de 1978 dando una respuesta a los escépticos que pensaron 'No van a llegar'. Aquí se han construido estadios, carreteras y aeropuertos en tiempo récord. Aquí se ama la vida y se vive en paz." ¿Qué te parece, Orsten?

No es para mí, Charlie, es demasiado elocuente. Que lo lea Robert Mitchum. Tiene una voz más sosegada.

Como quieras, Orsten, dijo Dupuy. Contrataremos a Mitchum, cueste lo que cueste.

¿Cuánto piensan gastar, Charlie?

Lo que haga falta. El presupuesto completo para el Mundial es de 400 millones de dólares. En la película podemos invertir cincuenta, sesenta, lo que sea necesario.

No vueles tan alto, Charlie. El documental que tengo en mente te va a costar dos millones como máximo. La mayor parte se invierte en trucas, efectos, juegos de montaje. No hacen falta estadios, jugadores, público. Lo que vamos a crear es ilusión. Como en el radioteatro de los marcianos. Sin discursos políticos, sin alabanzas patrióticas, yo no toco esas cuerdas.

Welles lo seguía desconcertando. ¿Cómo se le ocurría hacer un documental sobre el Mundial sin que se jugara el Mundial? El pase de magia con el Patek Philippe le demostraba que el director era un genio del engaño y que podía confundir a millones tanto como lo había confundido a él. Pero yo soy un hombre de razón, se dijo Dupuy. No voy a venderles burbujas a los comandantes. Necesito pisar tierra firme, saber adónde quiere llegar este nigromante con sus delirios. Quizá lo que tiene en mente sea más grandioso que *Los dioses del estadio* y la Berlín imperial de Albert Speer, quizá quiera una película inmortal como la *Gran Misa en Do menor* de Mozart, una gloria inasible, puro sonido, hay que aprender a pensar en esos términos. Orsten, le dijo. Como sabes, no hay campeonato mundial sin espectadores. Millones de personas en cien países ven los partidos por televisión. Tenemos que mostrar el césped, las tribunas, los fanáticos cantando los goles. Tenemos que llevar a los comandantes al estadio. No vamos a ponerlos a gritar goool cuando no hay goles. Son personas serias, Orsten. No son actores.

Welles no se inmutó. Cada vez entiendes menos, Charlie, dijo. Los partidos se van a transmitir por televisión, pero no tiene por qué haber partidos. La gente cree que sucede lo que se le dice que sucede. ¿Creíste que te rompí el reloj?

Por supuesto, Orsten. Lo vi con estos ojos.

No te lo rompí, Charlie. Fue una ilusión. Jamás salió de mi mano. El cine es esa misma ilusión elevada a los cielos. En ese país tuyo la magia puede funcionar, Charlie, los marcianos, el apocalipsis, los profetas caminando sobre las aguas. Ustedes lo creen todo, hasta lo que no existe.

No es así, Orsten, en la Argentina la gente querrá escuchar al gordo Muñoz transmitiendo las jugadas y cantando los goles. ¿Qué puede hacer un locutor si no hay jugadas ni goles?

Charlie, un gran locutor hace y deshace la realidad como se le da la gana. ¿O crees que ese gordo Muñoz no ha inventado jugadas, pelotas desviadas, golpes? Ha visto miles de partidos de fútbol en su vida. Copia los momentos más emocionantes, los mejores. Y si se deja llevar por la emoción, crea jugadas inolvidables, que nadie podrá repetir. Te hago un trato, Charlie. Yo pongo mi magia en ese documental, tú me pagas con tu magia.

Sigo sin entender, Orsten.

¿No entiendes, Charlie? Te hago la película gratis, con el mejor mundial de fútbol que se haya visto, y tú con tus comandantes hacen aparecer a los desaparecidos.

Dupuy salió de la casa indignado. A la distancia, las lucecitas de Los Ángeles saltaban como luciérnagas. Contempló con rencor las calles arboladas, los airosos rascacielos del centro, el centelleo de los bares. Se dijo que en alguna curva de la oscuridad debían anidar extremistas argentinos. Habrían dejado su ponzoña en las carpetas que Welles tenía sobre la mesa y a las que echaba una mirada de vez en cuando. Eran ellos, estaba seguro, cucarachas activas que corrían por todas partes. El Mundial les taparía la boca, los borraría para siempre de todos los mapas, los condenaría a la desaparición eterna.

A la noche siguiente tomó el avión de regreso a Buenos Aires. Ya Welles no le interesaba. Haría el documental con otro director y se encargaría de infundir el espíritu de la Riefenstahl en el nuevo elegido. También pondría a un Mitchum en el elenco, eso era sencillo. La visita le había servido, al menos, para confirmar que la realidad es una creación de los sentidos, algo que los hombres saben desde hace siglos pero siempre olvidan. No hay desaparecidos en el país, repetía la Anguila, nadie desaparece, y al conjuro de su voz insulsa todos negaban lo evidente, y cuantas más personas eran llevadas a los sótanos de ninguna parte, menos se veían las ausencias. Llenaré de nuevas ideas los escritorios de los comandantes, se dijo Dupuy. Les recomendaré que adiestren a los espectadores a ver en el mundial algo más que el mundial. Que no se entusiasmen sólo con los once jugadores enfrentados a otros once, se trata de combates a muerte de un país contra otro, la bandera idolatrada contra las banderas extrañas. Es necesario crear imágenes, metáforas, se dijo. Lo había dicho Welles y, aunque no le gustara, en eso él estaba de acuerdo.

En menos de un mes sería fin de año. Era una buena ocasión para poner a prueba la credulidad de la gente y averiguar hasta dónde podían ser eficaces los juegos de ilusión de Orson Welles. Citó en su despacho a un par de periodistas adictos y les preguntó si eran capaces de disfrazarse del carpintero José y su esposa la Virgen María. La investigación iba a llevarles dos días, la escritura de la crónica otros dos. No, *La República* no iba a publicar el texto: circulaba sólo entre las elites. Ya se encargaría él de conseguir una revista que vendiera cientos de miles de ejemplares y les pagara bien. La falsa María tendría que imaginar el vestuario y escribir el libreto de lo que dirían. Él aprobaría el texto, era un trabajo reservado. Esa misma noche, la mujer llamó a su puerta. Llevaba la cabeza cubierta por un manto azul, un vestido blanco y amplio y unas sandalias toscas. Se había rellenado el abdomen y su embarazo parecía de siete u ocho meses. Dupuy la hizo pasar a su escritorio y le ofreció agua, jugo de frutas. Prefiero un whisky, dijo. Se quitó el manto y lo dejó sobre un sillón. Le mostró fotos de José vestido para la prueba: un pantalón de lona barata, una camisa oscura, sandalias. Se dejaría crecer la barba. Diremos, dijo la mujer: "Soy María, ama de casa. Mi marido José es carpintero. Esperamos un hijo para el 24 de diciembre. José está sin trabajo. ¿Nos puede ayudar?". La barba está bien, dijo el doctor. Y me parece mejor que vos vayas sin el manto. Hay que ser menos obvios, desafiar la realidad, instalar los símbolos en la cabeza de los lectores, ¿no? El libreto es bueno. Y José puede llevar alguna herramienta de carpintero, un metro, una sierrita, como para que la gente no lo tome por un vago. No se preocupe, doctor, dijo la mujer, y antes de marcharse terminó el vaso de whisky.

José fue a verlo una semana más tarde. Estamos desalentados, dijo. Fuimos a Victoria, a Carapachay, a los talleres ferroviarios de Remedios de Escalada, y cuando fracasamos en esos lugares probamos suerte en Córdoba. Nos echaron de todas partes. Donde mejor nos trataron, un bar de mala muerte, nos dieron de comer queso rancio y pan duro. En el bar había dos borrachos que se burlaron de María. ¿Vas a parir el 24 vos, justo en Navidad? ¿Te creés la virgen, vos? Qué vas a ser virgen, gorda boluda. Rajá de aquí. Dios los perdone, les contestó María, que es muy católica. ¿Cómo me pueden confundir con Nuestra Señora? Y ahí se pudrió todo. No pude convencerla de que se quedara. Terminé yo la nota y se la traje, doctor, sólo para cumplir. ¿En la nota cuentan la experiencia tal como fue?, preguntó Dupuy. Palabra por palabra, respondió José. Ustedes no entendieron nada. Vayan y escríbanla de nuevo. Muestren a gente solidaria, que los sentó a su mesa, les ofreció trabajo, les regaló ropita para el bebe. Ya les reservé siete páginas en la revista. Si ustedes fracasaron con la realidad, yo no tengo por qué fracasar con la ilusión.

Uno de los esbirros del Almirante se había infiltrado entre las Madres de Plaza de Mayo. Fue a una reunión en la iglesia de la Santa Cruz y al salir secuestró a una madre y a dos monjas francesas. Al día siguiente, los grandes diarios dijeron que los Montoneros se declaraban autores de los secuestros y que exigían, para devolver a los rehenes, "la libertad de 21 delincuentes subversivos". Parecía un ardid de Dupuy, pero al doctor le indignó que sus imitadores fueran tan chapuceros. Llamó furioso al Almirante por teléfono: "¿A qué boludo se le ocurre pensar que los Montoneros van a llamar delincuentes a sus propios compañeros?".

¿Tenía que estar en todo? Cuando se descuidaba, hasta sus mejores planes parecían mamarrachos.

En un discurso que él no había revisado, la Anguila reconoció con imprudencia que eran cuatro mil los extremistas prisioneros. Se fue de boca, son demasiados, se dijo Dupuy. Hay que acabar de una vez con todos. Escribió el guión de un documental falso que mostraba acciones de guerra contra bandas de subversivos que atacaban la frontera norte con misiles y morteros de fabricación soviética. Las armas de la patria los rechazarían y en el campo de batalla caería el tendal. El cine nacional ya había inventado en *Pampa bárbara* y en *La guerra gaucha* batallas que la gente aún recordaba. Nada costaría resucitar esas epopeyas y justificar así los cuatro mil muertos. Le llevó el plan al Almirante, que se opuso. Más vale olvidarse de los Montoneros, doc. Ya no los necesitamos. A los argentinos hay que mostrarles enemigos con más poder de fuego, tiranos ambiciosos que quieren sacarnos pedazos del territorio. ¿Stroessner?, aventuró Dupuy. ¿Cómo se le ocurre? El paraguayo es un amigo, replicó el Almirante. Piense en alguien más taimado, en un bruto como Pinochet. Los argentinos no lo quieren, y para nosotros los chilenos son pan comido.

Welles, se dijo, no estaba tan equivocado después de todo. Los argentinos van a creer lo que se les diga, los diarios y las radios van a decir lo que se les ordene. Podemos empezar la historia desde cero, crear un país nuevo, iluminado por la cruz y por la espada. Hasta un analfabeto como Pol Pot está cerca de alcanzar en Camboya el ideal opuesto: un ideal rojo y campesino. ¿Qué nos impide avanzar a nosotros en nuestra cruzada (le encantaba esa palabra, *cruzada*), hacer lo mismo, pero protegidos por el verdadero Dios?

La huella que le había dejado Welles era más honda de lo que suponía. Sus columnas en *La República* dejaron de ser los razonamientos almidonados que los jefes militares y los hombres de negocios sabían descifrar entre líneas. Citaba menos a Descartes, a Leibniz y a San Agustín. Prefería recurrir a Eliphas Lévi y a madame Blavatsky. No mencionaba las predicciones de Horangel pero las leía. Hablaba de símbolos, de influencias estelares, de relaciones entre números y letras, y lo más curioso fue que hasta los comandantes se tomaron en serio sus predicciones económicas.

Sola en la casa, Emilia iba y venía por los cuartos donde estaban apagándose los objetos dejados por la madre: el bastón, la capa corta con que la cubrían cuando se levantaba, los orinales, el televisor que aún chisporroteaba imágenes grises. La visitaba en el geriátrico dos veces por semana y, cuando al marcharse la dejaba sola en el patio, entre los otros viejos, la atormentaba la culpa. Durante la adolescencia sentía una enorme curiosidad por lo que desconocía y dibujaba mapas como si escribiera poemas: mapas de ciudades imaginarias que sólo aparecían en los libros o de paisajes borrados por el polvo de la historia. Ya nada de eso le importaba: en la madurez iba de un desencanto a otro. Sus días avanzaban entre mapas nómades, que desaparecían antes de tener forma.

Cuando las celadoras bajaban con la madre al patio, Emilia le acariciaba la cabeza y le contaba historias. Le hablaba de su primer encuentro con Simón en el sótano donde el grupo Almendra tocaba canciones que ya estaban pasadas de moda, le cantaba en voz baja las letras que la enferma no entendía y le repetía el argumento de películas que habían visto juntas y de las que Emilia recordaba sólo imágenes fugaces. Le hablaba como a una muñeca, como a la hija que no había tenido. Y mientras lo hacía, le acariciaba las manos y la madre escrutaba el aire con su sonrisa eterna de Gioconda. A veces parecía despertar y repetía "Ah sí, Simón, tu Simón", pero eran sólo sonidos, como las primeras palabras de un niño. Estaba adelgazando, si acaso podía adelgazar una anciana que ya era sólo su propia sombra.

Uno de los médicos le aconsejó a Emilia que llevara a Ethel de vez en cuando a la casa familiar. Le dijo que dormir en la cama de siempre y caminar por los lugares que conocen, al amparo de las personas que las aman, puede hacer milagros en las personas que sufren enfermedades de la razón. No tenemos esperanzas de que vuelva a ser lo que fue, dijo el médico. El mal es irreparable pero si algo la va a ayudar es el amor.

Baruj atá Adonai, recitó Ethel.

Una alabanza de Dios, tradujo el médico. Su madre es una persona muy religiosa. Repite el mismo rezo varias veces por día.

No es lo que rezaba antes. ¿Se habrá convertido?

Cómo se le ocurre. No está en condiciones. Nombra a Dios como puede, como lo recuerda.

Llevarla a casa va a plantearnos problemas. Hemos regalado casi toda su ropa. Mi hermana está por casarse. Yo trabajo muchas horas, mi padre también.

Piénselo, háblenlo entre ustedes. Tres días o una semana cada tanto son suficientes. Y por la ropa no se preocupen. Necesita muy poca.

Emilia habló esa misma noche con el padre y con Chela, que puso el grito en el cielo. ¿Está loco ese médico? ¿Estamos todos locos? Ni siquiera le habrás contado que me caso y que ella aquí sólo causa desastres.

El padre cavilaba. Con el pretexto de que lo deprimía ver convertida en una ruina a la mujer a la que había dado su nombre, se dejaba caer por el geriátrico muy de vez en cuando. Preguntaba si la bañaban todos los días, si la alimentaban bien y se iba. Jamás se le oía una palabra de amor. Le disgustaban las efusiones, o quizá (pensaba Emilia) las usaba sólo cuando afirmaba algo de lo que no estaba convencido.

El médico sabe todo, dijo Emilia. Mamá va a regresar sólo después que te cases. Y no para quedarse. Necesita vivir en su casa sólo temporadas cortas, de vez en cuando. Vos ni te vas a enterar. La voy a cuidar yo y, cuando yo no esté, llamamos a una enfermera.

Seguía trabajando como cartógrafa en el Automóvil Club. Recibía un salario de miseria que le alcanzaba para vivir con modestia y no depender del padre. Si hubiera sabido entonces que Dupuy depositaba en su caja de ahorros una suma igual a ese salario le habría arrojado la limosna en la cara. Cuando le pedían que dibujara mapas fuera de hora aceptaba con gusto, aunque le pagaran monedas. Ya estaba elaborando planes para salir al mundo en busca de Simón. Cerraba los ojos y ponía el dedo índice en un punto cualquiera de los mapas, diciéndose que en ese lugar se ocultaba el marido y que desde allí volvería. Esperaba una revelación del azar, tal como los lectores de la Biblia esperan que resplandezca la sabiduría en el primer versículo sobre el que posan la mirada.

Contra lo que Emilia temía, Dupuy no rechazó de entrada la recomendación del médico. Dijo que iba a pensarlo y que a la noche siguiente decidiría. Nunca supo la hija con quién habló durante esas horas ni cómo llegó a la conclusión menos esperada. Su única conjetura fue que en una época de tantas reuniones sociales los hombres solos eran tema de murmuraciones. Más de una vez la Anguila había dicho que compadecía a Dupuy por la enfermedad de Ethel, pero que nadie entendía por qué no iba a las fiestas con la hija. Emilita es un encanto, la conocemos desde chica, y da gusto hablar con ella. No nos esconda esa joya, doc, aprobaba el Almirante. Le vamos a enseñar entre todos a disfrutar de la vida.

A Dupuy no le parecía que la hija mereciera tanto, a menos que la apreciaran como un reflejo de su luz. No era mala idea, sin embargo, ir a misa con ella, al teatro, a los tedéum. Los comandantes tenían razón. Los hombres solos despertaban sospechas y la Iglesia no aprobaría que se casara otra vez mientras Ethel siguiera viva. Emilia era un buen adorno, ¿por qué no usarla?

Reunió a las hijas y les dijo que no se opondría a los regresos espaciados de la madre siempre y cuando Emilia se instalara en la casa para atenderla, dejara las fantasías que estaban marchitándola en San Telmo y fuera su acompañante cuando se lo pidiera.

Chela se alarmó.

No te preocupés por nada. Primero te casás y después la traemos. Ya lo ha dicho tu hermana: no tienen por qué ser sino unos pocos días al mes. ¿Qué problema tenés si no vas a vivir aquí?

Se volvió hacia Emilia:

Tampoco yo quiero problemas. Mientras esté en la casa, Ethel tiene que permanecer en su cuarto como lo que es, una planta. Si la veo salir o la oigo, la mando de vuelta a la residencia.

¿Qué pasa con mi trabajo?, preguntó Emilia.

Vas a tener que dejarlo poco a poco. Decidite: o cuidás aquí a tu madre o volvemos a lo de antes.

Una enfermera, atinó a protestar.

Lo he pensado bien. No voy a tolerar extraños en mi casa, la interrumpió Dupuy.

Lo que menos esperaba Emilia era la trampa en que se había metido. El amor y las buenas intenciones la llevaban de celda en celda: ésta, la de su padre, era la más amarga.

Olvidaría la desgracia sumiéndose en el trabajo. Necesitaba todo el dinero que pudiera ganar, lo necesitaba desesperadamente para marcharse algún día. Era una mujer casada, adulta. Tenía que sacudirse el yugo. Ni siquiera sabía ya cómo orientarse en la ciudad por la que antes se movía a ciegas con Simón. Donde dos años atrás se abría una calle ahora se alzaban vallas y escombros; debajo de las casas aparecían túneles y en algunos lugares resucitaba la Buenos Aires del pasado, los aljibes, los coches de plaza y los palenques que se creían perdidos para siempre. Casi a diario el Automóvil Club rehacía los planos de barrios enteros, desfigurados por la red de autopistas que empezaba a construirse. Avisó que debía atender a su madre y que dentro de poco sólo podría trabajar medio tiempo. Faltaba relevar el trazado nuevo de algunas zonas y tuvo la suerte de que le asignaran Parque Chacabuco: allí estaba el geriátrico. Se daría tiempo para ir cada tanto y dar poco a poco la buena nueva. Mamá, vamos a dormir en el mismo cuarto, como antes, le diría. Voy a volver a cuidarte. Debía aprovechar esas últimas conversaciones para describirle el mundo de fuera, que estaba cambiando tanto.

Buenos Aires era otra: los diarios decían que la transformaba el progreso, pero el único progreso que advertía Emilia era el de la desgracia. El intendente expulsaba con topadoras a los miserables refugiados en los barrios de emergencia. Si se resistían, les cortaba la electricidad y el agua. Los tanques irrumpían en las villas y pasaban implacables sobre los colchones, los braseros de lata, las comidas a medio hacer. No le contaría eso, le diría sólo que ya casi nada estaba donde había estado.

La zona que le asignaron a Emilia era un tejido de calles cortas y pasajes arbolados: un rincón de la ciudad condenado a muerte. En pocos meses más los cartógrafos deberían rehacer los planos y dibujar esquinas nuevas —las actuales estaban a punto de ser borradas—, llenar los vacíos disimulados ahora por líneas de puntos. Era lunes. Las lluvias de la semana anterior atemperaban el calor furioso de enero. Emilia bajó del colectivo y cruzó el parque. Caminaba incómoda sabiendo que la vigilaban pero no podía ver desde dónde. Quizá desde los zaguanes de las casas, los balcones, las azoteas de los edificios. El padre solía decir que los mejores guardianes son los que no se ven, y ella a nadie veía pero estaba segura del acecho, lo sentía en la nuca. Se fijó en el pequeño plano que llevaba en el bolsillo. Los pasajes se abrían en abanico en un confín del parque: De las Ciencias, Del Buen Orden, Del Progreso, Del Comercio, nombres que eran rescoldos del positivismo. Sacó el cuaderno de dibujo y se dispuso a tomar nota. La sobresaltó un estruendo. A sus espaldas, una gigantesca bola de cemento derribaba las paredes de una casa. El polvo de los escombros se arremolinaba y caía sobre una familia que almorzaba al descampado, en un baldío sembrado de cascotes. La mesa del comedor estaba tendida: un mantel a cuadros, milanesas arruinadas por los guijarros y el polvo de ladrillo. El hombre sentado a la cabecera se incorporó y observó a Emilia con desconfianza. Oiga señora, señorita, le dijo sin dejar de masticar. Un solo diente amarillo le alegraba la boca. ¿A usted la mandan del censo municipal? No sé qué es eso, respondió Emilia. Hago un mapa de la zona. Ah, viene del catastro, es lo mismo. ¿Nos puede averiguar cuándo nos pagan la expropiación? Dijeron que nos mandaban la plata hoy, que venían los camiones para llevarnos a la casa nueva y acá no pasa nada, desde temprano estamos esperando. Los vecinos que teníamos ya se fueron la semana pasada (abarcó el baldío con los brazos). Y a los de atrás ya les pagaron. Vea cómo vivimos. Es un infierno. Algunos han tenido suerte, les dieron un mes para irse. Pudo haber sido peor, me dicen. En el Pasaje de las Garantías una viejita se murió cuando vio que llegaban los camiones. Había vivido cincuenta años en el mismo cuarto, cocinando en la misma cocina, y se quedó hasta lo último para despedirse de los techos que caían, del gallinero, las plantas del jardín.

Emilia tenía que dibujar también el Pasaje de las Garantías y fue a verlo. Estaba desierto, vacío, gris como la luna y lleno de cráteres. Quizá la autopista había ahuyentado a los vecinos. Ése era uno de los pocos tramos donde las obras estaban terminadas. En los extremos se alzaban dos casas de paneles prefabricados cercadas por jardines moribundos. Una de ellas era sólo una cueva que sobrevivía al peso de los pilares amenazantes. Detrás, bajo las curvas del cemento, en el fantasma de un antiguo vivero, pocas plantas voluntariosas defendían su ración de oxígeno y de humedad bajo unas chapas que ya empezaban a herrumbrarse. Creyó ver los centelleos de una fresia que se erguía sobre las malezas. Compró un ramo de flores en uno de los puestos de la avenida cercana. Sentía ganas desesperadas de ver sonreír a su madre, de que alguna llamita de felicidad se le encendiera en la vida, ganas de que Simón bajara por sorpresa de algún cielo desconocido, de que la gente bailara en las veredas, de lo que fuera con tal de que se le pasara la tristeza.

Después del casamiento de Chela, la señora Ethel pasó una temporada fugaz en la casona de la calle Arenales. Emilia se recluyó con ella en el dormitorio, la arropó con los cuartetos de Schubert y con los valsecitos de su noviazgo lejano, le cambiaba el camisón, la perfumaba, y al atardecer caminaba con ella por los pasillos sombríos. Era la misma de siempre o acaso no, pero los cambios no se notaban. Contemplaba a la hija con invariable desconcierto, la trataba de usted, la llamaba con los nombres de sus amigas muertas y repetía palabras ininteligibles. Cuando la hija la abrazaba, se endurecía debajo de su piel frágil, como si fuera una tortuga asustada. Parecía que todo seguía dándole lo mismo cuando salió a la luz de la calle para que la devolvieran al geriátrico.

Emilia pagó todos los precios que Dupuy había exigido. Vivía en la casa familiar como en otra tumba, a la espera de la próxima visita de la madre: esa breve felicidad era su recompensa y su consuelo. Mantener vacío el departamento de San Telmo era un dispendio, y lo alquiló a turistas por temporadas breves. Dejó los muebles donde estaban, para tener la libertad de regresar cuando le hiciera falta o para encerrarse a llorar.

Faltaban pocas semanas para los partidos del Mundial. Un domingo el padre le ordenó que lo acompañara a ver los ensayos de la fiesta inaugural. Vamos a mostrarle al mundo nuestro espíritu de disciplina, dijo; que nos vean como somos: acero eterno, ejemplos de piedad y orden. Hace cuarenta años, en Berlín, los atletas alemanes armaron con sus cuerpos el nombre de su patria y la cruz de la bandera nacional. Ahora se verá que los jóvenes argentinos nada tienen que envidiarles a esos dioses del estadio. Aquí va a pasar lo mismo, cientos de chicos se preparan para formar la palabra sagrada, letra por letra, A-r-g-e-n-t-i-n-a. Una proeza, porque algunas de esas letras son difíciles. La g y la n requieren más de dos vueltas. A veces, Emilia sentía que le hablaba como si fuera una niña idiota, igual que lo había hecho con la madre. Argentina, las letras sobre el pasto y la orquesta de los granaderos marcando el ritmo. Grandioso, ¿no? Tenemos que ir. En las demostraciones de gimnasia van a estar los comandantes con sus esposas, yo no me puedo presentar solo y vos les caés bien, Emilia. Saben lo que le pasa a tu madre. Es una fiesta de todos y las mujeres no deben estar ausentes.

A Dupuy no lo interesaba el fútbol pero el Mundial era, como repetía sin cansarse, una cruzada patriótica. Ya estaba sentado en la nube de la hazaña inminente y no tenía intenciones de bajar. Llegaba tarde a la casa con revistas y diarios de otros países marcados con el color rojo de su furia. No se quedaba a comer, la hija apenas lo veía. En todas partes hay un odio injusto contra nosotros, se quejaba, una campaña antiargentina. Lo que no pudieron hacer los subversivos con las bombas tratan de hacerlo con la ponzoña de las palabras.

Las revistas europeas publicaban dibujos de la pelota del Mundial en un pasillo de cercas electrizadas como las de Auschwitz, ridiculizaban a la Anguila vistiéndola con las ropas de la muerte y con una guadaña en las manos. Tanta falta de respeto es intolerable, se indignaba el doctor. Soñaba con apresar a los autores del maltrato y verlos morir sobre los flejes de la tortura. Lo amargaba que estuvieran lejos de su justicia. Les pagó a "las mejores plumas del país" para que escribieran alabanzas en los diarios sobre la paz y la felicidad en el país del Mundial, piezas que debían sepultar las calumnias de Julio Cortázar, Manuel Puig y otros marxistas en pasquines como *Le Monde, La Repubblica, Paris Match, L'Express, Il Manifesto*. Llamó otra vez a la periodista que la Navidad anterior había representado sin éxito a la Virgen María y le ordenó que visitara las redacciones de las publicaciones enemigas y que al pasar por cada escritorio averiguara a qué se debía tanto ensañamiento contra la Argentina, qué treinta dineros recibían los plumíferos enemigos (en todas partes se cocían plumas) y qué sabían ellos sobre lo que estaba pasando. A ver, le dijo, preguntá si les han llegado confesiones de subversivos, deciles que todo eso es falso, que antes de escribir idioteces vengan a ver cómo vivimos felices y tranquilos, les abriremos todas las puertas.

Hizo imprimir miles de tarjetas postales con los sellos de correo incorporados para que los chicos de las escuelas públicas escribieran con su letra mensajes a los futbolistas visitantes. Las maestras debían dictarles frases doloridas, de reproche: "Ustedes, aunque están lejos de nosotros, se atreven a juzgarnos. Les creen a los delincuentes subversivos que nos destruyen y no a los patriotas que se juegan la vida para legarnos esto que ahora tenemos, paz". Era obligación de las maestras velar para que las postales fueran enviadas y denunciar a los niños que no lo hicieran. "En la nueva Argentina ya no hay lugar para los que mancillan nuestra historia", escribió Dupuy en su editorial de *La República*. Cuanto más se acercaba el Mundial, más alto se elevaba su patriotismo, su fe en el régimen, su confianza en que las tres palabras sagradas que soñaba inscribir en la bandera —Dios, Patria, Hogar— estaban ya tatuadas en lo que llamaba ser nacional o alma argentina, daba lo mismo.

A Emilia la aburría el Mundial, y se le notaba. Un par de años después, cuando Chela y Marcelito Echarri la vieron en una escena fugaz de la película *La fiesta de todos*, se burlaron de que las cámaras sorprendieran uno de sus bostezos. Tenía gripe y fiebre incipiente, habría preferido llevar a la madre a la casa y acostarse con ella, pero Dupuy quería que lo acompañara al juego final en la cancha de River y no se pudo negar.

El partido empezaba a las tres de la tarde, la ciudad entera se movía en cámara lenta y el chofer de

La República pasó a buscarlos a la una y media. Las muchedumbres obstruían los accesos al estadio, largos hormigueros humanos envueltos en la bandera argentina desfilaban con vinchas, con los gorros frigios del escudo nacional, envueltos en bufandas celestes y blancas, la completa parafernalia del ardor patriótico. Buenos Aires vivía una demencia feliz. Dos policías en motocicleta les abrieron paso. Había otros cientos apostados en las vecindades para custodiar a los personajes importantes. Algunos espectadores saltaron los cordones de protección y aplaudieron a Dupuy cuando lo reconocieron. Qué lujo, qué privilegio tenerlo en esta fiesta, doctor, gritaron. El padre se dejó tentar y sacó la cabeza por la ventanilla para estrechar las manos que se le tendían. Era difícil saber quién era quién, el frenesí y el fanatismo los unían como la membrana de los siameses. Una mujer forcejeó, se apartó de la muralla férrea y llegó hasta él. Doctor, doctor, usted es mi última esperanza, dijo, más bien gritó. A mi hija se la llevaron de casa cuando estaba embarazada de seis meses. Mi nietito ya habrá nacido, quién sabe dónde. Haga que me la devuelvan, doctor, no me puedo morir sin volver a verla. Se llama Irene, Irene Cruz. Usted puede, doctor, usted puede. Trataba de acariciarle las manos, el llanto le enredaba las palabras, Dupuy ni siquiera la miró. Su atención estaba clavada en el público que saltaba y aplaudía. La mujer le extendió una tarjeta mientras los policías la levantaban en vilo y la sacaban a rastras del remolino. Emilia tomó el cartón y leyó un teléfono, dos nombres, una dirección en Villa Adelina. ¿Qué vas a hacer, papá?, le preguntó. ¿Qué querés que haga?, contestó Dupuy, y le ordenó al chofer que no se detuviera más. En el estadio tomó asiento detrás de los comandantes; Emilia compartió con las esposas uno de los palcos cercanos. Vio al padre soplar una frase inaudible al oído de la Anguila. La tarjeta de la mujer suplicante le tembló en las manos como un ser vivo y Emilia se apresuró a esconderla bajo el cierre de la falda.

Estallaban bengalas a su alrededor, el estadio entero saltaba y cantaba Argentina, Argentina. Sintió que ese fervor la apestaba, la tornaba indigna de salir corriendo para buscar a la madre de Irene Cruz y abrazarla. Quién sabe en cuáles sótanos del infierno estaban enterrados la hija y el nieto no nacido mientras las gradas cantaban Argentina, Argentina, quién sabe si cuando se acercara a esa mujer la condenaría a muerte. Allí, a pocos metros, Dupuy sonreía y entretenía los oídos de la Anguila con las intrigas de los altos mandos, mientras dictaba a los otros comandantes el libreto de lo que debían hacer y declarar a las radios en esa jornada de victoria. Alrededor de Emilia todos los espectadores, hasta los más envarados, se tomaban de la cintura y saltaban, repetían estribillos contra los holandeses, se envolvían en banderas y en sábanas pintadas. ¡Argentina campeón del mundo! vociferaba el Gordo Muñoz en las radios portátiles, ¡Grande, grande, Argentina gloriosa! ¡Oíd mortales el grito sagrado! Emilia se zafó de los abrazos, tomó la tarjeta de la señora Cruz, la rompió en pedacitos y la echó a volar con los miles de papeles que apagaban el aire de las cinco de la tarde.

Seguía tratando de entender qué era exactamente el *eruv* cuando Emilia me pidió que fuera a verla. Avanzaba el otoño, terminaba noviembre, y apenas hacía frío. El agua se congelaba en los lagos de Vietnam y en los oasis de Libia, pero en Highland Park, donde en otros tiempos las primeras nieves caían en esta época del año, el calor desobediente del verano se negaba a partir y los vecinos trotaban desde temprano por el parque, ligeros de ropa. El mapa del *eruv* que había dibujado Emilia estaba ya entre las informaciones de Internet: el parque Donaldson y el río Raritan quedaban fuera de sus límites. Mi amiga Ziva lo llamaba *eiruv* o *ieruv*, a la manera rusa. Uno de los rabinos del pueblo se tomó el trabajo de explicarme que se trata de una cerca simbólica para separar los espacios públicos y los privados. El día del Señor no está permitido mover ciertos objetos de un lado a otro. Algunas comunidades prohíben que las mujeres lleven joyas y anteojos de sol si no los necesitan. Me dio un ejemplo simple: cuando es sábado, *shabat*, no se permite construir. Abrir un paraguas, me dijo, es semejante a levantar una carpa. Por lo tanto, en sábado no se puede pasar con paraguas al otro lado del *eruv*. La superficie de Highland Park es inferior a cinco kilómetros cuadrados y buena parte del barrio negro está dentro de la cerca porque el Altísimo pertenece a todos, me dijo el rabino, aun a los que tienen la desgracia de no creer en él.

Cuando llamé a su puerta Emilia salía de un ataque de nervios y parecía estar a punto de entrar en otro. No sé cómo pudo bajar las escaleras y llegar al porche. La tomé del brazo y la llevé al vestíbulo. Las derrotas de la razón me desconciertan y nunca sé ayudar en esos casos. Temo tocar la cuerda equivocada y derribar el edificio entero de la frágil alma. Emilia había encendido todas las luces de la casa. Su cuerpo temblaba como si el mundo se desplomara dentro de él. Quería decirme algo pero yo no conseguía entender sus balbuceos. Supongo que, miradas desde fuera, la torpeza y la angustia con que me empeñaba en sacarla del pozo resultaban ridículas. Le traje agua, le pregunté si debía llamar una ambulancia. Bebió el agua y se negó a la ambulancia con terror. Siguió un rato sin hablar y, ya en el sillón, se abrazó a las rodillas. Siempre me había parecido que tres mujeres convivían en ella: la anciana que regaba de cupones los mostradores de Stop & Shop, la mujer enamorada de Simón y la niñita a la que el doctor Dupuy había destrozado. Las tres estaban allí y yo no sabía a cuál dirigirme. Esperé a que la respiración se le sosegara y le pregunté si tenía en la casa algún remedio que le permitiera descansar. Iba a dárselo, a esperar que se durmiera y a ver cómo seguía al día siguiente. Me dijo que en el botiquín del baño guardaba pastillas para las emergencias y fui a echar una ojeada. Eran unos diez, doce frascos con toda la flora y la fauna de la farmacología: Estradiol para compensar las hormonas aventadas por la menopausia, Benadryl y Lexotanil argentino para dormir, Clonazepam y Vicodin para apagar la angustia y atontarse. Casi todas eran drogas peligrosas con las que Emilia podía suicidarse si quería. Pero no iba a suicidarse mientras esperase a Simón.

Era Simón, una vez más, la causa de su llamada. Te pido por favor que vayas a mi cuarto, dijo, y que veas si está escondido ahí en alguna parte. Me miro al espejo y no me veo a mí sino a él, de pie donde está mi cuerpo. Trabajo desde hace días en un mapa (sucede siempre en esta casa, nunca en Hammond), me levanto para ir al baño o para servirme un café y, cuando regreso, el mapa está lleno de errores o lo han borrado, y yo no puedo volver al principio.

A lo mejor borrás las cosas por distracción, le dije. Nos sucede a todos. O a lo mejor no te acordás de los errores que cometiste. ¿No estás tomando cocaína, LSD, esas cosas? En tu botiquín hay música para que vuele un elefante.

No se me ha dado por ahí, dijo. Tal vez después, cuando envejezca del todo. Y además me equivoco muy pocas veces en los mapas. No me sucede en el trabajo, ¿por qué aquí? Apenas entro en la casa tengo la sensación de que hay alguien. Todo sigue en su sitio y sin embargo nada está igual. No sé si los sentidos me engañan y quiero comparar lo que veo y oigo con tus sentidos, que todavía están sanos.

Voy a fijarme en el espejo, le dije, pero no confíes en mí. Yo también oigo lo que no quiero, creo que pierdo el tacto, me fallan los oídos y la vista. En una novela que escribí hace veinte años, los gatos le robaban los sentidos a mi personaje; cuando moría no le quedaba ni uno. Ahora me parece que vuelve para vengarse de mí.

He leído eso, dijo ella. El personaje se llama Carmona.

Me alegró que tuviera en la memoria un libro que poca gente conoce. De todos modos, nadie era menos indicado que yo para devolverla a la realidad. Le pregunté si veía a Simón o si creía que lo veía.

No entiendo la diferencia, me contestó. No hablo con él, no lo puedo tocar, pero sé que está aquí.

Desde que lo descubrí apoyándose en el marco de la puerta, esta puerta (señaló la que daba a su dormitorio), no se ha ido, no se quiere ir. Me dice algo y no lo sé oír.

Yo tampoco te entiendo, Emilia, le dije. Tendrías que aclarar tus recuerdos. En lo que me contás hay tiempos ciegos, contradicciones, episodios que no pueden haber sucedido cuando creés que los viviste. Más de una vez me extravío con las idas y vueltas de tu madre a la casa de Arenales, con tus regresos a San Telmo, con las demoras en el casamiento de Chela, con las intrigas de tu padre. Mis sentidos están acaso tan dañados como los tuyos. Tendrías que ver a un médico. Yo no te sirvo. Veo, como vos, imágenes que no están y no por eso desconfío de mi cordura. Hay figuras y sensaciones en órdenes lejanos de la realidad o en realidades que no son las nuestras. ¿Has estado alguna vez en el museo judío de Berlín?

No, dijo, nunca estuve en Alemania.

Yo visité el museo en 2005 y no me animé a volver.

¿Fue una experiencia dolorosa?, me preguntó.

De algún modo fue dolorosa, pero no tiene que ver con eso. Tuve las mismas sensaciones equivocadas de las que me estás hablando. Oía voces, me sentaba en un patio con mi padre muerto, eran pasados que estaban dentro de mí y que volvían. En algún lugar yo había leído que el museo es una obra maestra de la arquitectura, y lo es. No te sabría explicar por qué, hay varios libros sobre eso. No quiero abrumarte hablando de los ángulos, de los extraños planos verticales, de los techos que se te vienen encima, de los silencios que se abren y se cierran mientras avanzás, sino de esa otra realidad en la que entrás de pronto, sintiendo que podrías perderte para siempre. Has vivido años en la migración y en el exilio, Emilia; creés saber lo que es pero no podrías contarlo, no hay relatos ni palabras en ese territorio de nada porque lo que había en vos quedó fuera no bien cruzaste el umbral. Podrías decir que en ese momento entraste en el purgatorio si lo de antes hubiera sido el infierno (y no lo fue, para mí al menos no lo fue) y si después estuviera el paraíso, que nunca llega. Y cuando la migración termina, cuando volvés al hogar del que te fuiste, pensás que cerraste el círculo, pero al ver el museo te das cuenta de que tu viaje fue de ida, sólo de ida. Del exilio nadie regresa. Lo que abandonás te abandona. Al sur del museo, en un espacio aparte, se alza (nada se alza, cualquier verbo se queda corto: ¿se alza, se abre, se extiende?) lo que se conoce como el Jardín de la Migración y del Exilio, cuarenta y nueve columnas huecas de concreto, cuyas alturas van declinando: una visión oblicua de la vida. Dentro de cada columna se yergue un árbol: no ves de dónde sale el árbol, sólo ves la desesperación de las ramas altas por llegar a la luz, por encontrarse con el cielo y regresar al cielo que alguna vez perdieron. La compasión te mueve a caminar entre las columnas para que los árboles se sientan menos solos. Caminás. El piso es de piedras redondas, también inclinado, un lindero del mundo por el que las cosas se deslizan hacia su derrumbe. Has dado apenas dos pasos cuando ya no estás en parte alguna, no hay columnas, no hay árboles, no hay cielo, ha desaparecido la brújula que te guiaba, se ha borrado tu razón de ser, sos nada y te has detenido en un lugar de donde nadie puede volver. El exilio.

Me acerqué al espejo y miré. La foto de Simón joven le sonreía al espejo desde la mesa de luz. El cuarto estaba en desorden y era raro que Emilia, siempre tan pulcra, me hubiera dejado entrar. Había algunas revistas abiertas sobre la cama, de esas que la gente se queda leyendo en las filas de los supermercados, con grandes fotos de Jennifer López embarazada de mellizos y de Britney Spears en la clínica de su desesperación. No imaginaba que Emilia tuviera esas curiosidades malsanas por las vidas ajenas, aunque es lógico: la Emilia de los cupones y del bingo pertenece a ese rincón del mundo. Nunca es posible conocer por completo a un ser humano, y a Emilia yo la había visto en un solo lado del *eruv*, y nunca sabría quién era cuando pasaba al otro. Le hablé desde donde estaba, para tranquilizarla. Sigo frente al espejo, Emilia. Aquí no hay nadie. Lo único que veo es la imagen de un idiota que está de pie y te habla, veo una sombra a mi lado pero es la sombra del idiota. Por mucho que me esfuerce nunca veré a Simón porque la única razón de ser de tu Simón es que tan sólo vos lo veas.

¿Cuándo sucedió eso? ¿Cuándo fue que Emilia me llamó en busca de ayuda, entré a su casa, me contemplé en su espejo y me marché de allí sin reconocer mi cuerpo, sintiendo que en mi cuerpo habían entrado recuerdos que no eran míos y de los que no lograba desprenderme, recuerdos que insistían en quedarse dentro de mí aunque saliera corriendo y los perdiera de vista? ¿El sábado de hace dos semanas? ¿Al día siguiente, el domingo? No lo anoté en la agenda y las fechas se han enredado en el desorden de los últimos días. Desde entonces no he vuelto a verla. La he llamado a las oficinas de Hammond para comentarle la novela que estoy escribiendo, pero me informan que ha dejado de ir. Pasé por su casa un par de veces y me extrañó no ver el viejo Altima plateado frente a la puerta de la calle Cuarta ni en el estacionamiento de Rite Aid, donde también lo deja.

Más de una vez estuve a punto de referirle detalles de mi novela. Me contuve por timidez, por pudor, por la razón sin nombre que impulsa a los escritores a ocultar lo que hacen antes de terminarlo. Callé porque estaba hundido en el lodo de los borradores, del que aún no he salido. Ella es la figura en torno a la cual se mueve toda la historia, lo fue desde antes de que la conociera y ahora prefiero no ir más allá en la escritura sin que tengamos una conversación muy seria. No espero que me dé permiso para avanzar, los personajes no son censores, no se entrometen en lo que se hace con ellos. La mayoría de las veces ni siquiera se enteran de su destino. Pero Emilia no es sólo mi personaje, es también un ser vivo, alguien que conozco, a la que encuentro en las filas de Stop & Shop, una amiga que me ha contado sus desdichas. ¿O es alguien que está solamente en mí como Simón en ella? Antes de salir a buscarla recordé unas líneas de Felisberto Hernández: *Hay traición sólo cuando se vive con otra persona. Pero con el cuerpo donde vivo no hay traición posible.* Ésa, decía Felisberto, es una situación sin esperanza. Tengo que aclarar el punto con Emilia, saber dónde empieza ella y dónde termino yo. El malentendido me desasosiega.

Escribir siempre fue para mí un acto de libertad, el único por el que mi yo se pasea sin rendir cuentas. Mientras escribo me dejo ir. Sólo después de dar algunos pasos pienso en los límites de lo que hago: si me encamino hacia una novela o un ensayo, si es una crónica o un guión de cine o un perfil de muertos. En ese viaje me he perdido más de una vez. Me pierdo sobre todo cuando trato de saltar fuera de los límites. Aunque los límites se nieguen, los cruzo. Quiero ver qué hay al otro lado de las palabras, en los paisajes que no se ven, en los relatos que desaparecen a medida que los despliego. Quizá si me internara en la poesía vislumbraría ese horizonte al que no llego. Pero no soy poeta y lo siento. Si lo fuera podría nombrar la real naturaleza de las cosas, encontrar de una vez el centro en vez de perderme en los márgenes. ¿Qué voy a decirle a Emilia cuando la vea?

Que los seres humanos somos responsables de todo menos de nuestros sueños. Hace ya muchos años, antes de conocerla, soñé con ella y transformé ese sueño en las primeras líneas de un relato que he llevado conmigo de un país a otro, creyendo que en algún momento el sueño se repetiría y yo encontraría el impulso para terminarlo. Soñé que entraba en una fonda de mala muerte donde una mujer mayor, sentada al extremo de una larga mesa, clavaba la mirada en uno de los comensales. En ese instante supe, con la claridad plena con que se saben las cosas en los sueños, que la mujer era viuda y el hombre su marido muerto hacía treinta años. Supe también que el marido era la misma persona del pasado, con la voz y los años que tenía al morir.

Al despertar me entusiasmé imaginando la felicidad que aquella mujer mayor podía sentir al recibir amor y sexo de un hombre mucho más joven. Me daba igual que fuera su marido o no lo fuera. Me parecía un acto de justicia literaria, porque en la mayoría de los relatos se invierte la ecuación. Empecé a escribir sin saber dónde me llevaría la búsqueda. No tenía idea de qué hacía el marido en aquella fonda ni por qué su edad estaba suspendida de la nada. Esos treinta años de separación —pensé— repiten de algún modo el vacío de los treinta años que pasé fuera de mi país y al que esperé encontrar, cuando volviera, tal como lo había dejado. Sé que se trata de una ilusión, ingenua como todas las ilusiones, y tal vez fue eso lo que me atrajo, porque los años perdidos nunca dejaron de atormentarme y si los cuento, si imagino la vida de cada día que no viví, quizá —me dije— pueda exorcizarlos. Quería recordar lo que no vi, contar la vida que hubiera tenido cada día, cuidando de mis hijos, amándolos, caminando por las ciudades argentinas, leyendo. Quería lo imposible, porque no habría podido vivir ajeno a los atormentados, a los chupados, a los esclavos que en los campos de la muerte trabajaban para la gloria del Almirante y de la Anguila. Quería ser Wakefield, un desaparecido del mundo que regresa un día a la casa de siempre, abre la puerta y ve que nada ha cambiado. Quería saber qué vida habría sido la no vida de un escritor al que le está vedado escribir. Las preguntas no me dejaban en paz y empecé a responderlas con desesperación. La frase es demasiado dramática para mi gusto, pero también es verdadera. Corrí de una página a otra, impaciente por enterarme de lo que seguía. Avancé a un ritmo desaforado que no es el mío. Suelo demorar horas en una sola frase y hasta en una palabra, pero esta vez, sin darme cuenta casi, me comí los vientos y jugué una carrera contra la muerte. Como era previsible, la muerte me fue a buscar. Llevaba escritas

FlashScan System

City of San Diego Public Library
Logan Heights Branch

Title: Recuperando la salud
Date Due: 4/15/2013,23:59

1 item

Renew at www.sandiegolibrary.org
OR Call 619 236-5800 or 858 484-4440
and press 1 then 3 to RENEW.
Your library card is needed
to renew borrowed items.

Logan Heights Branch

Title: Purgatorio
Date Due: 4/15/2013,23:59

1 item

Renew at www.sandiegolibrary.org
OR Call 619 236-5800 or 858 484-4440
and press 1 then 3 to RENEW.
Your library card is needed
to renew borrowed items.

unas ochenta páginas cuando la enfermedad me derribó. En el hospital vi las cosas de otra manera. Pensé en todo lo que desaparece sin que lo sepamos porque sólo conocemos lo que existe y nada sabemos de lo que no llega a existir; pensé en el no ser que yo habría sido si mis padres se hubieran acoplado para concebirme segundos antes o después, pensé en las bibliotecas de libros que jamás se escribieron (Borges quiso suplir esa ausencia en "La biblioteca de Babel", pero sólo quedó la idea, allí no hay carne ni sangre, una idea grandiosa y sin vida), pensé en las sinfonías de Mozart que apagó su muerte prematura, en la melodía que John Lennon llevaba en la cabeza la noche de diciembre en que lo asesinaron. Si recuperáramos los libros no escritos y la música perdida, si nos entregáramos a la busca de lo que no existió y lo encontráramos, entonces habríamos vencido a la muerte. Mientras yacía esperando la muerte me dije que ésa era quizá la manera de recuperar la vida. Descarté entonces la narración que ya había empezado y me puse a escribir esta novela, llena de lo que no existe. En el centro de mi magma estaba otra vez Emilia, ella me había tomado de la mano en el Toscana y me había guiado hacia las luces de su laberinto. Puede decirse que la encontré antes de buscarla. A ella la resucitó la esperanza de volver a ver a Simón, a mí me ha resucitado este libro.

Estaba describiéndola inclinada sobre su mesa de dibujo, con el mapa del *eruv* a medio hacer, cuando me llamó para preguntarme si era Simón quien se reflejaba en la luna de su espejo. Ya dije, creo, que sólo me vi a mí y detrás de mí la foto de Simón joven sobre la mesa de luz. He dejado de buscar a Emilia hace más de una semana. Estoy seguro de que me va a llamar tarde o temprano porque los recuerdos que llevo encima son también de ella y va a pedirme que los deje donde estaban. Antes de perderla creí ver luz en una de las ventanas de su departamento y llamé a la puerta. Debí haberme equivocado porque nadie contestó. Eché otra mirada, y las luces estaban apagadas.

El domingo por la noche Emilia pide otra vez una cena japonesa y come con Simón en silencio. Ha llevado a la mesa la botella de sake que ha comprado en Pino's y, entre los dos, sin darse cuenta, beben casi la mitad. El delicado vino de arroz los envuelve en un vapor como de marihuana. Emilia ha copiado ese placer de dos películas tardías de Ozu que ha visto en DVD. Así como las mujeres de Ozu apagan en el sake sus desdichas, ella se ha desprendido durante el día de las desdichas que aún le quedan y ha despejado la última en la computadora. Antes de la cena, ha escrito una carta lacónica al jefe de personal de Hammond. "Debo ausentarme por unos días", le ha dicho. Y al pie: "Razones personales". Ya no es capaz de soportar las rutinas obligatorias del trabajo. No quiere volver a los cubículos de los mapas, no quiere separarse nunca más de la persona que ha regresado para llevársela. Ha sufrido más de lo que puede tolerar. El mundo es hostil con los que aman, se ha dicho. Los distrae del amor, los aparta del verdadero centro de la vida. ¿Por qué perderse del amor e ir hacia otra cosa? ¿Dónde poner el amor desperdiciado que no se ha vivido? Ahora no le importa saber qué hay más allá. Sólo le importa no moverse del punto al que ha llegado. Soy feliz, se repite, puedo ir hacia arriba o hacia abajo de esta felicidad, pero no fuera.

Simón está más pálido. Ve que pasa por él una sonrisa perezosa, que a lo mejor es de otro. A Emilia le preocupa que la sonrisa se haya posado sobre su cara justo cuando la penumbra está apagando la forma de las cosas y la imagen se le va a escapar, acaso para siempre. Eso es lo malo del amor, se dice: los gestos amados que se van y en la memoria acaban por ser los gestos de cualquiera. Se levanta y pone uno de los conciertos de Jarrett. El volumen está muy bajo y le gustaría que Simón la acariciara. Ha sido tierno con ella, aunque ha notado una cierta distancia en su ternura. Han hecho el amor mejor que nunca, el buen amor ha sido siempre fácil entre los dos, lo difícil ha sido la ternura. Pensándolo bien, tal vez sea ése el precio que debe pagar por lo lejana que también ella fue en los primeros meses de matrimonio. Sólo en Tucumán había podido abandonarse, darse cuenta de que cuando el cuerpo del otro entraba en ella, también ella entraba en el otro cuerpo. Esa única noche había sido también la última: hasta ayer. El solitario éxtasis del pasado se ha repetido y ella quiere que nunca se detenga, quiere agotarse en el amor como si la vida fuera sólo eso, el orgasmo sin fin con el que ha soñado durante treinta años. Que la acaricie, entonces. Simón está sentado ahora en la cama y ella le pone la cabeza sobre el hombro. Acariciame, amor, acariciame, le dice.

Pero Simón habla de otra cosa: Cuando estaba lejos de vos pensé que iba a encontrarte dentro de un mapa. Emilia lo interrumpe: Por raro que te parezca yo pensé lo mismo. Simón: Te veía de pie en el mapa.

No sabía dónde estabas porque los vectores se habían borrado. Era un desierto sin líneas. Y Emilia: Entonces no era un mapa. Simón: Quizá no era, pero allí estabas. Y Emilia: Si era un mapa sin rumbos, podías dejar un rastro de nombres, dibujar árboles de referencia. Yo te habría encontrado. Una vez, en México, seguí una línea de guijarros blancos creyendo que al llegar al último te vería, como en el cuento de Hansel y Gretel. En Caracas bauticé las calles de un barrio entero para orientarte: Iván el Cobero, Coño Verde. En la cima había una plaza empinada. La llamé Simón Yemilia. Los vecinos creían que era un homenaje a Simón Bolívar; le agregué Yemilia porque así se llaman muchas chicas de por ahí, Yamila, Yajaira, Yamila, pero yo sabía que vos ibas a darte cuenta de mi intención, sabía que si pasabas por ahí o llegaba a tus manos un mapa nuevo de Caracas, te iba a ser fácil dar conmigo. ¿Por qué no me acariciás?

La música de Jarrett da vueltas en torno a los mismos sonidos, a veces se detiene en una sola nota, y afuera también la noche deja de moverse, sólo dentro de Emilia va y viene la vida, como en el centro de un volcán oscuro.

No recuerda que Simón la haya cogido nunca como la está cogiendo ahora. Su cuerpo arde, se arquea, se alza para que él pueda penetrarla hasta la garganta, lo lame, lo devora y es tan intenso, tan envolvente lo que siente, que por su lengua pasa también la espuma de la lengua con que él la besa. Vuela tan alto Emilia que los fuegos de Simón le llegan más hondo que su cuerpo, son fuegos de puro polvo, llamas que van y vienen sin dejar cenizas. Ya ha perdido la cuenta de cuántas veces ha terminado, se ha ido, han acabado, se ha corrido, como se diga eso en la lengua que sea, *ancora, more, encore, ainda mais*, no te vayas querido mío, no te vayas. Y así hasta que el primer soplo del día se filtra por la ventana, así hasta que ya no da más y se abraza a la almohada bañada en lágrimas.

El concierto de Jarrett la acompaña toda la noche. El CD se agota sin que lo advierta. Conoce de memoria las lentas cadencias finales y por eso mismo la melodía se desliza inadvertida hacia el silencio. Se abraza a Simón con miedo de que la realidad se apague como se apaga la música. El cuarto sigue oscuro, la ligera claridad que ha entrevisto al despertar se desvanece. Quizá no veamos el sol, se dice. Un día de sucio gris, como casi todos en este otoño. No sabe si levantarse o no. Se deja llevar por la felicidad de saber que él duerme ahí, en el cuarto, y que ya no lo dejará solo para perder la vida entre los mapas de Hammond. ¿Para qué despertarlo? Ese cuerpo que yace al lado es el único mapa que necesita para orientarse en el tiempo. Y pensándolo bien, ¿qué falta le hace el tiempo cuando el tiempo se ha plegado sobre sí mismo y cabe entero en el cuerpo que ama? Cuando salió a buscarlo no imaginaba que las terrazas de su purgatorio iban a ser tantas, ni que cuando llegara a una habría otra más alta, y otra más. Su mediodía eterno era el de un purgatorio sin tiempo.

Ahora soy yo el que se pregunta dónde ha ido Emilia. Nancy Frears ha llamado a la policía, que está encantada de enfrentar por fin un enigma en este pueblo sin enigmas. Dos oficiales y el jefe en persona han forzado la puerta del departamento de la calle Cuarta, sin encontrar un alma. La cama está en orden, los libros y los discos en su sitio, ni el aparato de música ni la computadora han sido desconectados. No hay señales de que alguien haya entrado o robado algo. Lo único que llama la atención es que Emilia no ha retirado la basura de la cocina y ya está oliendo mal. Han quedado restos de sushi, una ensalada de algas y bizcochitos chinos de la suerte desbaratados sobre la mesa. Nancy ha llamado a Chela por teléfono, pero los señores Echarri —dice el contestador— están fuera del país. Soy la última persona que ha visto a Emilia, y la policía me ha llamado a declarar. Un oficial gordo toma nota de lo que digo mientras se interrumpe a ratos para comer la media pizza que destila grasa sobre la caja de cartón. El oficial quiere saber si Emilia tenía impulsos suicidas, alguna enfermedad incurable, si se proponía salir de viaje. El interrogatorio tarda media hora y, antes de que me dé a firmar la declaración, pregunta si sé algo más que pueda ayudar. Me oye con extrañeza cuando le cuento que hace treinta años la gente desaparecía en mi país sin dejar rastros y que uno de los desaparecidos fue el marido de Emilia. Nunca perdió las esperanzas de encontrarlo, le digo, nunca se resignó a la idea de que puede estar muerto. ¿Y usted qué cree?, pregunta el oficial. Creo que está muerto. Emilia no es la única persona que espera el regreso con vida de la persona que quiere. Miles como ella mantienen esa ilusión. Imagine la angustia de no saber dónde está su hija, quién se ha llevado a su padre. Y si está muerto, imagine la desesperación por no saber en qué oscuridad del mundo están sus huesos. Aquí la policía está obligada a encontrar una razón, dice el oficial; el Estado nos paga para que la descubramos. Puede tratarse de un crimen, de un secuestro, de un suicidio en el mar o de un confinamiento voluntario al amparo de una secta. Descartemos el secuestro porque han pasado varios días y no han pedido rescate. Descartemos que se la hayan llevado los mafiosos para la red de prostíbulos o para que haga trabajos esclavos porque la señora, francamente, ya no tenía edad. Tampoco hay antecedentes ni sospechas de que fuera una mula o estuviera en el tráfico de drogas. Tiene una hoja de vida ejemplar, sin delitos, ni problemas en el trabajo, buenos informes de los vecinos. Esto no tiene sentido, sigue el oficial. Aquí las personas no se desvanecen en el aire. En una semana o dos sabemos qué les pasó. No siempre es así, le digo. En los cartones de leche veo cada dos por tres fotos de gente que se ha perdido, chicos, ancianos. La mayoría son enfermos mentales, porfía el policía. Me despido, dejo sobre su escritorio una tarjeta con mis datos y le pido que me llamen cuando descubran algo.

Al día siguiente Nancy Frears insiste en verme y me pide que pase por su departamento de la calle Montgomery. Apenas entro, me echa los brazos al cuello y se pone a llorar. ¿Dónde pudo haber ido Millie, pobre Millie? ¿Has sabido algo?

Nada, le digo.

Yo no sé mucho tampoco. Cada vez que puedo paso por la oficina del jefe de policía y pregunto. Las empleadas no quieren hablar pero aquí y allá aparecen detalles. Si fueras mujer, te enterarías. Oirías lo que se comenta en la peluquería, en la farmacia, en

Jerusalem Pizza. La han visto por la calle hablando sola, arreglada como para una fiesta. La han visto el sábado a la madrugada en el tren a Newark. ¿Por qué habrá salido a esas horas? El auto sigue sin aparecer. Han mandado la descripción del modelo y el número de la patente a las estaciones de peaje y los hoteles de doscientas millas a la redonda. Los patrulleros también los tienen, por supuesto. En cualquier momento vamos a recibir noticias. Necesita comer, dormir, un baño. ¿Me esperas, por favor? Vuelvo en un minuto. Es el estómago, los gases, ya sabes. Mi podrido estómago no perdona.

Regresa con una carpeta de recortes. Hace tiempo Emilia se los ha dado para que los guarde, y me los muestra para ver si reconozco algo. Vuelvo a ver el folleto, las muestras de Stabilene: el instrumento que los cartógrafos llevaban consigo hace treinta años. Dentro del folleto, veo, copiado en una antigua máquina de escribir, el "Reglamento para la Ejecución de las Publicaciones Cartográficas del Automóvil Club". No me detengo a leerlo porque las previsibles cláusulas están vencidas. Lo que me sorprende es la minuciosa hoja manuscrita del final, en la que hay trece cuadrados que se abren como las ramas de un árbol a partir de un cuadrado madre. Los espacios están rellenos con una bien dibujada letra de imprenta. En uno de ellos leo: "Lavado y selección de la nomenclatura del color azul", y en el más alto, "Croquis a escala de ruta 77 hasta río El Abra". Supongo que es la caligrafía de Simón, prolija, en letras grandes, muy separadas entre sí. Que sea Simón quien lo ha escrito explicaría que Emilia haya atesorado tantos años ese papel inútil veteado de amarillo. O tal vez lo conserva porque es la última huella de su tacto en el mundo: esa hoja, la marca de los dedos en el volante del jeep, el boceto del río El Abra que le arrebataron en Huacra, la firma temblorosa en el libro de guardia. Cuando toco el papel casi no lo siento, tengo la sensación de que el papel es aire, ya sé que los sentidos se me están yendo, sé que veo menos y que oigo sólo lo que quiero: Kiri te Kanawa en la *Misa en Do menor* de Mozart, las voces de Gabriela y de mis hijos, el piano de Keith Jarrett, el rumor de la nieve cuando cae.

No se lo digo a Nancy pero a veces pienso que también a Emilia se le esfumaron los sentidos y por eso no está. Los sentidos nos van alimentando la memoria, y fuera de esa memoria no hay realidad. El cuerpo entra en un presente continuo por el que pasan, una a una, todas las estaciones de las felicidades que no se pudieron vivir.

5. Este rumor del mundo es sólo un soplo

Purgatorio, XI, 100

Abro la carpeta con los recortes que me ha dado Nancy Frears y advierto que algunos se han perdido. Sé que cuando la recibí pasaron por mis manos fotografías de Emilia junto a su padre en el funeral del director Leopoldo Torre Nilsson y en la fiesta de gala que los comandantes dieron para los reyes de España, pero confundo lo que veo con lo que Emilia me ha contado. Hay muchos caminos de hormigas en mi memoria y todos se me cruzan a la vez. Llamo a uno de mis médicos y le pregunto qué significan estas distracciones. Cuando te examine vamos a saber si hay razón para que te preocupes. ¿Estás escribiendo?, pregunta. Sí, le digo, una novela. Cuídate, entonces. Lo que te está enfermando es la imaginación. Vuelvo a mi casa y me pongo a repasar los papeles y las notas que he recuperado.

Empiezo por el final: por la fotografía que le tomaron al doctor Dupuy en el estudio mayor de Canal 7 durante el programa de 24 horas en beneficio de los soldados que combatían en las islas Malvinas. En el vértice superior izquierdo hay una fecha, 20 de mayo 1982, y una hora, 23.12. Emilia observa desde lejos la llegada de su padre. Me parece que le va a dar la espalda en cualquier momento. Le cuesta ocultar la hostilidad, el desagrado. Desde hace más de tres años no viven en la misma casa, y sé que Emilia se habría marchado de Buenos Aires si un cordón umbilical cada vez más tenue no la siguiera uniendo a la madre, cuyo cuerpo es ya sólo un suspiro. No tengo las fechas claras, pero creo recordar que Ethel Dupuy murió poco después: se marchó del mundo tan inadvertida como había llegado. Emilia me ha contado que la cremaron en una ceremonia casi clandestina, y que ella misma, "sola y mi alma", arrojó las cenizas al Río de la Plata, cuyo caudal crecía con tantas muertes.

En la foto se ve a los conductores del programa de televisión en un plano lejano: están pensativos en precarias sillas de plástico. Supongo que los mantiene despiertos el patriotismo que la dictadura ha vuelto a desatar en la gente para disimular la miseria, la inflación, la sensación de ruina inminente. Al empezar ese año, los comandantes militares sienten que el país se les va de las manos y dan un manotón de náufrago: invaden las inclementes islas con soldados reclutados en los trópicos del nordeste, donde se desconoce el frío. Los que gobiernan son ahora otros, sucesores de la Anguila y el Almirante, pero el horizonte de lo que piensan es la misma línea en blanco de la nada. La flota británica navega al otro lado del océano y nadie espera que se moleste en defender esos peñascos de mierda en los que sólo hay cormoranes y viento, viento y dos mil doscientos súbditos de la Reina, pingüinos melancólicos y viento. Contra todos los vaticinios, los ingleses reaccionan y Dupuy calcula que la derrota es inevitable, una cuestión de ocho a diez semanas. Quiere de todos modos que estos comandantes se sujeten al palo mayor del Estado hasta que pase la tempestad. Que aguanten, ¿pero cómo?, si son tan torpes como los otros, tan ciegos a todo lo que no sea blanco y rojo y amarillo. Los muy idiotas siguen robando huérfanos de los hospitales, arrebatando recién nacidos del vientre mismo de las parturientas. Aún abundan los crédulos que sólo ven el país feliz, libre y campeón que dibujan los medios obedientes. Hablen de nuestras victorias aplastantes por mar y aire, los instruye Dupuy. Muestren fotos de soldados ingleses despiadados y perversos. Pónganle a la Thatcher colmillos de drácula. Titulen: ¡Estamos ganando! La gente festeja la victoria de los ejércitos de Dios y sale a la calle con vinchas y banderas, como en el Mundial de 1978. Nuestros ataques son mortíferos, repiten los diarios a coro. La Thatcher, dicen, está consternada. El profesor Addolorato entona endechas en las radios españolas que Dupuy se ve obligado a reproducir en *La República*: "Mi pobre país está luchando de manera desigual contra la tercera potencia del planeta, apoyada por el imperio norteamericano. La Argentina que lucha no es la que ustedes, confundidos y mal informados, llaman dictadura militar. No. Es la Argentina entera: sus mujeres, sus niños, sus ancianos". Qué oportunista elocuente, tiene que admitir Dupuy. Los ingleses filtran la noticia de que los soldados argentinos caen en el frente sin defenderse, no por heroísmo o por la metralla enemiga sino porque se mueren de frío. Les quedan pocas municiones, se les han terminado las latas de alimentos. Dupuy anuncia que va a lanzar una cruzada gigantesca de solidaridad. En las puertas de la televisora que ha transmitido el Mundial, los mayores artistas de la nación van a recibir donaciones: joyas, dinero, chocolates, lo que se pueda, hay que transformar el patriotismo en desprendimiento y, sobre todo, en coros de alabanza a los comandantes. Todavía lo inspiran las lecciones de ilusionismo de Orson Welles. Qué hijo de puta Welles, piensa con admiración e inquina. Lo ha hecho quedar muy mal con la Anguila y el Almirante. Poco después de rechazar su oferta para dirigir el documental que iba a llenarlo de gloria, se burla de la Argentina y filma *The Muppet Movie*, una ridiculez para niños retrasados. Dupuy entiende que se gane la vida retrocediendo a su pasado de payaso. Lo que no le perdona es que haya sido la voz cantante de *Genocidio*, un documental desabrido sobre los campos de concentración nazis en los que, de paso, se alude a las prisiones argentinas. Que no se atreva a pisar Buenos Aires.

Las 24 horas de solidaridad son un éxito superior a sus cálculos. A las seis en punto de la tarde todos los televisores del país se encienden y hasta los enfermos de los hospitales cantan el himno nacional. La gran Libertad Lamarque llora cuando recita el poema "La hermanita perdida". Las vedettes y los cómicos bajan de sus pedestales y venden flores en la calle. A las puertas del canal de televisión se acercan viejitas que llevan días sin dormir tejiendo bufandas, abrigos y medias para los pobres combatientes que se congelan. En pocas horas se arma una montaña de joyas familiares, medallas de la primera comunión, alianzas de casamiento. En los almacenes no quedan latas de albóndigas, de sardinas, de porotos, todo lo que alimenta se entrega. "Para que nuestros muchachos sigan luchando", canta Lolita Torres ante las cámaras desveladas.

Emilia va a las puertas del canal en procesión con las madres y las esposas de los desaparecidos. Como todas, se ha cubierto la cabeza con un pañuelo blanco. Espera que su padre la vea, que la mande expulsar. Nada aplacaría tanto su desprecio como un buen escándalo. Nada de eso va a suceder, porque lo único que Dupuy quiere es olvidarse de la hija, obligarla no sabe aún cómo a que se vaya lejos. En la calle, la multitud agita banderitas. En otra foto del estudio mayor diviso a Nora Balmaceda. Me cuesta identificarla. La he visto retratada en las revistas y en un par de documentales, siempre con la boca chiquita bien pintada y los ojos aplastados por el rímel. Pero lo que ha llevado esa noche a la televisión son sus escombros. Está de pie y no puede mantenerse erguida. No creo que, como tantos de los que veo en la foto, haya ido hasta allí para ocultar su historia. Al contrario, estaría encantada de contarla si las cámaras la enfocaran. Contaría todo: las novelas que no ha escrito, sus viajes, sus amores con deportistas célebres y con el Almirante. A su derecha, una señora mayor recoge la dentadura postiza que se le ha caído al piso, sin soltar la bandera. Cuánta unción patriótica, cuánto fervor religioso hay en la escena. En la última foto, un mensajero muy engominado y con los zapatos relucientes se acerca a Dupuy y le dice algo al oído. Está vestido de civil, con un traje que parece prestado, y sólo por ese rasgo es fácil ver que se trata de un militar cuartelero. La foto indica que es el 21 de mayo de 1982, a las 0.03. El mensajero ha de estar informándole a Dupuy que la vanguardia del ejército inglés ha tendido un cerco a los defensores argentinos en la capital de las islas y que el gobierno ha ordenado resistir hasta el último hombre.

La guerra dura pocos días más y se acaba. El presidente se encierra en su despacho a beber botella

tras botella de Old Parr y luego renuncia. A los triun-
fos imaginarios sucede la desolación. "Hemos perdido una batalla, no perdamos el país", dice Dupuy en
una entrevista de radio. Es el único personajón que se
atreve a dar la cara. Esa misma tarde se reúne con los
comandantes que sobreviven al desastre y les pregunta qué destino quieren que se les dé a las donaciones
del programa solidario. ¿Es mucho?, le preguntan.
Muchísimo, responde. Son casi 60 millones de dólares, 140 kilos de oro que aconseja fundir en lingotes.
Hay toneladas de alimentos en lata, de chocolates,
cuadritos con imágenes de santos, cartas para los soldados, dos hangares rebosantes de ropas de abrigo.
Los comandantes se miran perplejos. Dupuy los
orienta: Casi todo es porquería, dice. Las bufandas y
los chalecos de lana son de colores chillones y pueden
llamar la atención del enemigo. Lo mejor es tirar todo
a la basura. No el oro y el dinero, por supuesto. Para
lo demás habría que despachar dos aviones Hércules
cargados al mango, y correríamos el riesgo de que los
ingleses se queden con todo, incluyendo los aviones.
¿Usted qué sugiere, doctor?, pregunta uno de los comandantes. Cubrirnos las espaldas, salvar la cara. Si
alguien pregunta por las dádivas, digamos que se
mandó lo que se pudo y que, como las islas están en manos de los ingleses, no sabemos qué han hecho ellos
con los regalos. Digamos también que los sobrantes se
entregaron a cuentas reservadas de las fuerzas armadas
y a las misiones religiosas. En eso no mentiremos. Algún porcentaje hay que ceder, por las dudas. Reco-
mendaría también que toda esta operación sea un secreto de Estado. Si por mí fuera, ordenaría escribir
desde ya los libros de historia sobre esta gesta antes de

que se publiquen estupideces. Diría que Londres tenía planes de invadir Tierra del Fuego y que nosotros nos defendimos contra las fuerzas unidas de la primera y la tercera potencias del mundo. Eso ya lo ha dicho el profesor Addolorato, apunta otro de los comandantes. Entonces, encárguenle los libros a Addolorato, se ofende Dupuy. Yo, señores, sólo sé que cuando la realidad es adversa hay que hacerla desaparecer lo antes posible. Se retira y deja sobre el escritorio del nuevo presidente un ejemplar de *La República*. En la primera página ha escrito: "Han llegado los tiempos de la humildad. Abrámosle a los políticos la oportunidad de gobernar. Ofrezcámosles la sabia tutela de nuestros jefes militares. Este país debe seguir siendo el país de la libertad, de la cruz y de la espada".

Las otras fotos de la carpeta me entristecen. Veo a Emilia y al doctor Dupuy de pie ante el ataúd de Leopoldo Torre Nilsson. Leo la fecha: 8 de septiembre de 1978. Los personajes que desfilan por la capilla ardiente son casi los mismos que casi cuatro años después se quemarán en la fiebre del festival solidario por las Malvinas. Y los mismos que se han llagado las llamas de la garganta cantando los goles del Mundial. 1978 es el año más tenebroso de la dictadura tenebrosa. En diciembre, los comandantes celebran su triple campeonato planetario: en el fútbol, en el hockey y en la belleza, cuando una cordobesa de veintiún años es elegida Miss Mundo. No creo que Torre Nilsson hubiera aprobado la escenografía de la capilla ardiente que muestran las fotos: el ataúd de cedro oscuro y ocho manijas labradas con arabescos para transportarlo, el crucifijo que amenaza desplomarse sobre su cabeza muerta, las flores que lo amortajan con sus perfumes pesados, el afiche de *Martín Fierro* junto al crucifijo (él debió de haber pedido el afiche: creía que *Martín Fierro* era su mejor película, yo sigo pensando que es una de las peores). Le habría dado vergüenza que se exhibiera a la curiosidad de la gente lo más secreto de su intimidad: su muerte, su inexistencia, el cuerpo derrotado y apagado.

Lo conocí en un restaurante cercano a la sala donde lo velaron, una noche de octubre de 1958. Me sorprendió que fuera más tímido que yo, lo que ya es mucho, y que dejara caer las palabras con extremo cuidado, como si fueran alegrías que se están perdiendo para siempre. Hablé hasta por los codos, le hablé de los muertos que veía en el cine y con los que soñaba durante semanas. Algunos muertos son ridículos y me olvido de ellos apenas termina la película, los muertos vivos, los zombies, los fantasmas, le dije. Más me impresiona la imagen de la Muerte en persona tal como aparece en *El séptimo sello* de Ingmar Bergman, y el velatorio de una aldeana que vi hace poco en *Ordet* de Carl Dreyer. Le conté que la escena me hizo llorar y luego me decepcionó porque la aldeana resucitaba. Torre Nilsson sonrió con generosidad. Ah, *Ordet*, dijo. Creo que Dreyer niega ahí la idea de la muerte, la señala como un desvío de la vida, una especie de eclipse después del cual se puede reaparecer. Lo irreparable, dijo, es la obscenidad con que se exhibe a los muertos. De eso sí que no se regresa. Pienso en esa frase mientras veo en las fotos cómo Dupuy, el Almirante y Addolorato fingen tristeza ante su cuerpo indefenso.

En otra de las fotos, Emilia saluda a una mujer que actuó en las primeras películas de Torre Nilsson y que estuvo fuera del mapa durante años. La mujer parece asustada, como si la hubieran sorprendido en falta y quisiera esconderse. Hasta hace veinte años las revistas publicaban historias sobre su destino, todas falsas. Después su vida perdió interés y cayó en el olvido. A veces la expresión atónita de aquella ex actriz me sale al encuentro en los afiches de las cinematecas, siempre la misma cara, los ojos que miran a ningún lado, los labios desconcertados por una sonrisa idiota. Emilia me habló de ella como al pasar la mañana en que fuimos a visitar la tumba de Mary Ellis. Me dijo que Torre Nilsson la había cristalizado en un personaje único, temeroso del sexo, en peligro continuo de ser violada sin darse cuenta. Cuando el personaje se agotó, otros directores aprovecharon esa imagen indefensa y boba para transformarla en una víctima perfecta: la adolescente cuya virginidad es rematada en un burdel, la provinciana que le jura amor eterno a un villano ante el altar, confiada en que ese juramento sin testigos basta para estar legalmente casada. Ir de melodrama en melodrama la confundió. Un buen día dejó de saber cuál era su ser real y salió corriendo de la filmación de su última película. Tomó un colectivo que pasaba por ahí y se perdió sin rumbo. Nunca contó lo que hizo en los meses que siguieron. No tenía familia, sólo una vecina con la que de vez en cuando salía a comer pizza. Quizá vivió en un hotel de pueblo, quizá se refugió en una playa porque cuando volvió tenía la piel muy tostada. Los productores no la volvieron a llamar. Regresó a la misma casa, mantuvo la rutina de las pizzas con la vecina y se hizo modista. Desde la infancia le gustaba dibujar vestidos, recortar moldes, bordar, crear disfraces para las muñecas. Abrió un taller en su barrio, recogió dos gatos de la calle y no habló del pasado nunca más. Sólo salió de su eclipse para despedir al director que la había descubierto y le había cambiado la vida. Pensaba pasar sólo unos pocos minutos por la capilla ardiente, dejar una flor en el ataúd y rezar una oración. El muerto le importaba menos que decir adiós a la parte ya muerta de su vida. En el afiche gigante que habían colgado junto a la puerta de la capilla aparecía ella en primer plano, atormentada por las sombras de dos hombres. Al verse así, tan expuesta, le pareció que también a ella estaban velándola y estuvo a punto de huir. Emilia la vio salir, le pareció que estaba por desvanecerse y la sostuvo. Tardó en reconocerla. Ya no era la misteriosa adolescente del afiche. Estaba gordísima, desaliñada, parecía una doña de barrio. Tiempo atrás la había conocido en la casa de la calle Arenales, cuando la actriz acompañó a Torre Nilsson para pedirle a Dupuy que intercediera ante un censor cavernícola, cuyas tijeras estaban destruyendo el mejor cine de la época, desde Buñuel y Stanley Kubrick hasta Dreyer y Fellini. No se podían ver partos ni besos cerca de las iglesias, por piadosos que fueran. A Torre Nilsson le había prohibido ya dos películas y amenazaba con mutilar una tercera. No sé qué respondió mi padre, me dijo Emilia. Lo que sé es que la jovencita se retiró llorando. Parecía entonces una colegiala, con una blusa cerrada, un gran cuello de encajes y moñitos en los rulos. Tenía la misma cara de estupor que mostraba en el cine, como si su cuerpo pasara de la ficción a la realidad sin quedar herido. La mujer que vaciló ante la capilla ardiente era ya otra persona, hinchada, barrigona, con una papada de sapo. Emilia se compadeció y la llevó a tomar aire fresco en la vereda. Luego la invitó al café de la esquina y estuvo a su lado hasta que la vio más serena. Eso fue todo. Emilia no me dijo que fue en aquel momento cuando les tomaron la foto que miro ahora. Conozco el resto de la historia por el cuaderno de notas y por los recortes que dejó en la casa de la calle Cuarta Norte.

Cuanto más me adentro en la vida de Emilia, más advierto que de principio a fin es una cadena de pérdidas, desapariciones y búsquedas sin sentido. Pasó años yendo detrás de nadas, de personas que ya no existían, recordando hechos que nunca habían sucedido. ¿Y acaso todos no somos eso? ¿Acaso no vivimos atropellando la historia para dejar en ella una señal de lo que fuimos, un humo mísero, una lucecita, aun cuando sepamos que hasta la huella más honda es pájaro que se irá con el viento? Un ser humano da lo mismo que otro, es posible que todos estemos muertos sin darnos cuenta, o que aún no hayamos nacido y no lo sepamos, le dije a Emilia una de las últimas veces que la vi. Venimos al mundo sin saberlo, por una suma de casualidades, y nos vamos quién sabe dónde, lo más probable es que a ninguna parte. Si no hubieras amado a Simón habrías amado a otro. Lo habrías hecho con alegría y sin culpa, porque lo que no se conoce no se ama. No le gustó la idea, porque no concebía el mundo sin Simón, y amar tenía sentido sólo con él. Creo que no me expliqué del todo aquella tarde. Ahora podría decirle que soy un tipo optimista, que el solo hecho de existir y de amar basta para que todo se llene de sentido. No es así para Emilia, y tiene toda la razón. Lo sé cuando veo un mapa entre los papeles que ha dejado: el mapa de una ciudad que se extiende sobre el tiempo, no sobre el espacio, y tal vez por eso una ciudad imposible. Hay franjas transparentes con fechas, debajo de las cuales la ciudad es siempre otra. En el centro se alza un gran palacio junto a un lago o un estanque. Sobre el palacio ha escrito la palabra cifra de su vida, Simón, con letras mayúsculas. El mapa está desgarrado, mojado de babas y de lágrimas. Le faltan franjas, pedazos, brújulas, escalas, y no creo que sea necesario preguntar dónde están.

Llevo ya horas descifrando lo que se oculta entre los pliegues o en el reverso de las fotos y los recortes que me ha confiado Nancy Frears. Quizá nada de lo que hay aquí vale la pena, quizá la vida que no le conozco a Emilia sea tan sólo un desierto lunar o un peñasco inútil como Kaffeklubben. Empiezo a leer en una de las libretas. "Supe que D. es modista y le he pedido que me haga unos vestidos..." Suena el teléfono celular que llevo siempre conmigo y dejo la libreta a un lado. Es mediodía. Pocas personas saben que tengo un celular y no reconozco el número desde el cual llaman. Estoy seguro de que es un error y me dispongo a oír las disculpas.

Soy yo, Emilia, dice. Es ella.

Le respondo azorado. Me ha tomado tan de sorpresa que tardo en reaccionar. Ni siquiera recuerdo dónde creí que se había escondido.

Te están buscando por todas partes, le digo. Nancy se aterró e informó a la policía. Armaste un revuelo que no imaginás. ¿Dónde estás? ¿Puedo llamarte?

Un revuelo, responde. Su voz parece completamente serena. No hay razón para alarmarse. Estoy bien, estoy mejor que nunca.

Me alegro, digo. Pero si te encuentran van a detenerte.

No hice nada, soy libre de ir donde quiero.

Por supuesto. El problema es que te fuiste sin avisar. En la policía me han preguntado si tenés tendencias suicidas, si estabas deprimida. Uno de los oficiales supone que te pueden haber secuestrado, que a lo mejor estás muerta. Te has llevado tu Altima.

Qué pérdida de tiempo. En ese pueblo no saben cómo llenar la vida que no tienen.

Están buscando tu auto, le digo. Tarde o temprano van a dar con vos. ¿Puedo verte?

Para eso te llamo, para que nos encontremos, dice.

Por supuesto. Dame un lugar, una hora. Ahora mismo estoy libre.

Ahora no. Esta noche, a las ocho. En el Toscana, donde nos vimos la primera vez.

Ya no existe el Toscana, le recuerdo.

No importa. Los lugares que no existen son los mejores, como en los mapas. No voy a ir sola.

Dónde, entonces, insisto. No te quiero perder. Después que nos veamos voy a tener que avisar a la policía. Espero que entiendas eso.

Lo entiendo. A las ocho, entonces, en el Toscana.

En esa esquina, repito, para que no se confunda. ¿Con quién estás, Emilia?

Con Simón, dice. Vamos a ir juntos. Esta noche vas a conocerlo.

He retenido las fotos y los recortes en las manos un largo rato. No sé qué pensar. Voy a esperarla, por supuesto, en la esquina de George y Paterson a las ocho. El Toscana no existe, pero hay un punto de la realidad en el que ya no importa qué existe y qué no existe. ¿Quién es el Simón que está con ella? Sé que Simón Cardoso ha muerto, lo han declarado varios testigos. Torturas, un balazo en medio de la frente: todo eso está escrito en las actas del juicio a los comandantes. Quizás el que voy a conocer es un impostor, una ilusión creada por Orson Welles en la ultratumba. Si no le importa a Emilia, no veo por qué tendría que importarme a mí.

Voy a devolverle los recortes esta noche, voy a pedirle que me permita publicar las ráfagas que ya conozco de su historia. En lo que resta de la tarde, puedo ir tomando notas de lo que aún no he leído en las carpetas. La mayor parte son relatos frívolos, comentarios sobre las telenovelas de aquellos años, y también la crónica de un incidente avieso que provocó la ruptura entre Emilia y su padre. En uno de los recortes veo dibujado un pequeño círculo rojo y, debajo, un verso del "Purgatorio" de Dante escrito con la letra aniñada y sumisa que Emilia debía de tener entonces: *Quel color che l'inferno mi nascose.* Conozco el verso, es uno de los más repetidos de todo el poema: "Aquel color que me escondía el infierno". Nada en Emilia es un azar, de modo que al escribir esa línea estaba aludiendo a una historia escondida que la quemaba por dentro pero que no quería olvidar.

He contado que cuando llamó a mi celular yo estaba leyendo en una de sus libretas: "Supe que D. es modista y le he pedido que me haga unos vestidos...". Ése era sólo el principio. A fines de noviembre iban a llegar a la Argentina los reyes de España, y Dupuy quería que la hija lo acompañara a la fiesta de gala que iba a ofrecer la Anguila. El doctor ordenó a su sastre un smoking de verano y le dijo a Emilia que buscara la mejor diseñadora de moda de Buenos Aires, que les preguntara por teléfono a las chicas de *Para Ti*. No confío en lo que te vas a poner, le dijo, y a mi lado no podés ser menos que la reina. Quería que luciera un vestido como los de Audrey Hepburn en *Funny Face*, aunque Audrey Hepburn y Emilia sólo tenían en común las piernas largas y el cuello de bailarina. Quiero un vestido sencillo y también inolvidable, le dijo. Y te daré para esa noche los aros de diamantes que tu madre ya no puede llevar. Nada podía llevar la pobre Ethel, ni siquiera la piel cada vez más tenue de su cuerpo. Unas alergias tenaces la cubrían de llagas y se quejaba como un gatito hasta del roce del camisón; tuvo que estar casi desnuda los cinco días que pasó en el caserón de la calle Arenales, aliviándose en el agua tibia de la bañadera. Emilia no se apartaba de su lado: le tarareaba como a las muñecas de la infancia, la peinaba y le acariciaba la cabeza, hasta que se dio cuenta de que iban a curarla mejor en el geriátrico. La devolvió al sexto día y ella regresó a la soledad y al tormento de seguir pagando la deuda que Dupuy reclamaba, implacable.

En aquellos días finales de 1978 los diarios y las radios sólo publicaban lo que se les permitía. Venían haciéndolo desde antes, pero a esas alturas la sumisión y el miedo se habían tornado costumbre. Si desaparecían seres humanos, casas donde se refugiaban los miserables, ahorros de incautos y jubilados, ¿por qué no iban a desaparecer también las incomodidades de la realidad? Total, los lectores fingían ignorancia y repetían que el silencio es salud. Los comandantes delegaban en Dupuy el cuidado de la irrealidad y se ocupaban sólo de la represión armada. Madrid y Barcelona eran cuevas de extremistas fugitivos y los reyes de España debían llevarse la mejor impresión de la bonanza y la felicidad que imperaban en la Argentina. Dupuy no estaba dispuesto a permitir que se filtrara en los medios ni el aleteo de una avispa hostil. Prohíba hasta las bromas sobre la pareja real, doctor, le había dicho la Anguila. No quiero que se escape algún chisme, ni una intimidad, ni historias del pasado. La Argentina caminaba sobre vidrios y Europa era un flanco que no se podía descuidar. Los Estados Unidos habían cometido el desatino de elegir a un presidente que enviaba emisarios preguntones y entrometidos. Era un maniático de los derechos humanos, y los subversivos iban a usar el poco aliento que les quedaba para arruinar la visita de los reyes. El prestigio de la nación estaba en juego.

Dupuy descartó los servicios de la cronista que tan buen trabajo había hecho en las redacciones europeas antes de que se jugara el Mundial. Podía pasar como la esposa de un carpintero y hasta como una reencarnación de la Virgen a pesar de su gordura, pero le parecía impresentable en la fiesta de los reyes. Necesitaba a un periodista más ambicioso, con más roce. El Almirante le recomendó a Héctor Caccace, que trabajaba en su diario y tenía modales tan delicados como su pluma (los militares y los abogados seguían hablando de "buenas y malas plumas"). El doctor no lo conocía e hizo que lo investigaran. Le informaron que era taimado y algo cobarde pero reverente con el poder. Le avergonzaba su apellido y había iniciado los trámites para cambiarlo. Uno de sus primos, Estéfano Caccace, era un cantor de tangos cuya voz extraordinaria era la sensación de las milongas del club Sunderland. Él sí se amparaba en un nombre artístico, Julio Martel, que disimulaba el bochorno escatológico del original. Héctor había salido adelante proveyéndose de una armazón de citas literarias que llevaba a todas partes como un corsé con ballenitas. Usaba correctamente los cubiertos, besaba las manos de las señoras y las halagaba ponderándoles los vestidos con frasecitas en francés. Dupuy lo llamó a su despacho y lo aprobó en cinco minutos. Era un poco afectado, pero su cursilería podía pasar por elegancia; no habría quejas contra él en la fiesta de los reyes. A poco de marcharse, Caccace lo llamó por teléfono. No sabía cómo excusar el atrevimiento, dio un sinfín de vueltas que impacientaron al doctor y al final explicó su problema. Por lo que leo en la invitación, dijo, la etiqueta es obligatoria y yo no tengo smoking. No me haga perder el tiempo con pavadas, lo cortó Dupuy. Vaya y alquílese uno en Casa Martínez, como los demás periodistas. Caccace vaciló unos segundos y le habló de la pechera almidonada, de los botones de puño, de los zapatos. Es un gasto adicional de cien mil o ciento veinte mil pesos —calculó—, y no los tengo. Pase a buscarlos por mi casa, le dijo Dupuy, desdeñoso. Se los voy a dejar con un ordenanza. Cumpla con su trabajo y no me joda más.

Emilia, entre tanto, le confió el vestido a D. Era rápida, discreta y hablaba poco. Su lenguaje rebosaba de lugares comunes pero en su oficio demostraba más originalidad y talento que las casas de alta costura. Le pidió que buscara un buen corte de *crêpe georgette* y le mostró el modelo que estaba dibujando. Era un vestido entallado, de líneas simples, con breteles anchos y un adorno de seda en la cintura. ¿De qué color lo prefieres?, preguntó D. No sé si puedo vestirme así, dijo Emilia. Me sentiría desnuda, provocadora y, como tal vez sabés, mi marido no está, ha desaparecido. Soy casi una viuda. Yo tampoco sé dónde está el mío, dijo D. Se lo llevaron una noche de nuestra casa y no ha vuelto. Llevo más de año y medio buscándolo. Este país es un desierto, una tristeza. Todo se apaga, desaparece. ¿Te lo hago negro? Sí, aceptó Emilia. Voy a estar más cómoda de negro. Quiero el pecho cubierto, sin escote. Ah no, protestó D., ¿querés arruinar mi trabajo? Le vamos a poner un escote cuadrado, como se está llevando ahora. ¿Con qué me cubro? Tiene que ser algo liviano porque empieza el calor y cuando lleguen los reyes va a hacer más. Una capa de seda te quedaría mejor que un chal, dijo D. Más bien gasa de seda. Una prenda que caiga sobre los hombros con delicadeza y que sea fácil de quitar si te molesta. ¿Blanca, marfil?, sugirió Emilia. D. no estaba convencida. Con tu vestido negro, el marfil y el blanco harían que el conjunto pareciera de confección. ¿Qué te parece rosa? Este verano se va a usar mucho el rosa viejo. Si te gusta, hago también los detalles de la cintura en gasa de rosa viejo.

Emilia llegó a la fiesta como la Cenicienta en la calabaza de las hadas. Los aros de la madre le encendían en la cara una luz que le venía de otro cuerpo, ella sabía de dónde. Hasta la Anguila se adelantó a saludarla con una exclamación ¡M'hijita, qué linda estás! Llevaba el uniforme de general cubierto de condecoraciones. Dupuy le estrechó la mano y se inclinó ante la esposa, que por fin encontraba la ocasión de cubrir las piernas hinchadas con un largo vestido azul. Al salón principal se subía por una escalera de mármol. La realidad había quedado fuera, en las pocas familias de mendigos que saciaban el hambre escarbando en las bolsas de basura. El salón, donde Evita había recibido a los desesperanzados de un cuarto de siglo atrás, copiaba el vestíbulo de la Ópera de París, con techos y capiteles de dorado furioso. Dentro, se multiplicaban los espejos, en los que se reflejaban las arañas, las joyas, las grandes fuentes de caviar y langosta. Emilia tenía pesadillas con espejos. El cuarto de vestir de la madre tenía espejos de arriba abajo y en el techo. Cuando era niña la amenazaban con encerrarla ahí y desde entonces no había podido quitarse de la cabeza el horror de ser una Emilia que se repetía en cientos de personas falsamente iguales, porque el reflejo de una nunca era igual al de otra. Divisó a lo lejos a Caccace correteando detrás de una bandeja de huevos de codorniz y metiéndoselos de a dos o tres en la boca. De vez en cuando echaba mano a una libretita en la que tomaba notas. Los reyes no habían llegado, pero ya debían de estar cerca porque la multitud, olvidándose de la etiqueta, se abría paso a codazos en lo alto de la escalera, detrás de la Anguila. Prefirió quedarse al fondo, cerca de la ventana donde Juan Manuel Fangio, el viejo campeón de carreras de autos, se refugiaba del calor. Ella también empezó a sentirse sofocada y dejó sobre una silla, entre dos cortinas, la capa de seda rosa que la estorbaba. Oyó aplausos y se acercó a ver a los reyes, que eran jóvenes y se mostraban felices. El rey vestía un smoking como el de cualquiera. La reina parecía pequeña a su lado. Emilia se detuvo, incrédula, cuando le vio el vestido. Había leído que la reina sólo lucía modelos españoles, creados especialmente para ella por Balenciaga y sus discípulos. El que llevaba esa noche era, sin embargo, casi una réplica del que tenía ella. D. insistía en su falta de talento. Lo que hago es muy sencillo, decía, muy poquita cosa. Y allí estaba la reina, con un modelo igual al de su modista pero que debió de costarle cien veces más. Era el mismo diseño, ligeramente entallado, adornos rosa viejo en la cintura, breteles anchos y el escote cuadrado que había intimidado a Emilia. Sólo se distinguían por el color: el de la reina era blanco. El diseñador de Balenciaga o quien fuera también le había puesto sobre los hombros una capa melliza: gasa de seda rosa y un lazo rojo casi invisible. Emilia no sabía dónde esconderse, temía que la reina advirtiera la coincidencia. Por un lado sentía vergüenza y pudor, por el otro estaba orgullosa de su modista. Dejar la capa la hizo sentir mejor. Vio que la reina, rodeada por el gentío, se abanicaba con impaciencia, sin que se le desprendiera la sonrisa.

Los mozos se deslizaban de un corrillo a otro con bandejas de plata que eran vaciadas en segundos. Caccace se acercó a Emilia y parloteó sin parar. Explicaba quién era quién, en qué otras obras arquitectónicas del Segundo Imperio se habían inspirado para decorar el salón donde estaban ahora. Su cháchara era incesante. También la reina debía de estar sufriendo con los besamanos, el olor de los cigarros, la humedad despiadada, el calor que no cejaba. Caminó hacia una de las ventanas en busca de aire y se liberó de la capa entregándola a una de las doncellas que la asistían.

Hasta la esposa de la Anguila sudaba a mares. Se acercó a Emilia con un hilo de aliento, abrumada por el peso de las piernas. Emilia querida, qué maravilla, dijo. Un vestido precioso, el tuyo. Tenés que reprocharle a tu modisto que haya copiado el modelo de la reina. Es un francés, ¿no es cierto? Un argentino te habría hecho quedar mejor. Caccace se adelantó un paso, hizo el ademán de besarle la mano y cuando iba a presentarse retrocedió. La esposa de la Anguila se caía, disculpándose: Perdón, qué vergüenza, creo que estoy por desvanecerme. Emilia le hizo una seña casi imperceptible a uno de los mozos y entre los dos la llevaron a los sillones. Caccace los seguía al trote, hablando sin parar y escribiendo en la libretita. Emilia comentó al oído del padre lo que pasaba; Dupuy llamó presuroso al médico de la Anguila, que no tardó diez segundos en tomar con disimulo el pulso de la esposa y darle a beber agua. Se quedó junto a ella hasta que recuperó el aliento. Todo sucedió tan rápido que nadie parecía haberse dado cuenta y tal vez nadie lo habría sabido si Caccace no hubiera cometido la indiscreción de contarlo en el diario del Almirante. El doctor se indignó, llamó al director y le dijo que se deshiciera cuanto antes de aquel chismoso chimpancé. Eso dijo, relamiéndose con la aliteración.

Los reyes se quedaron en la fiesta dos horas más sin que sucediera algo digno de memoria. Sólo un episodio trivial, que pasó inadvertido, fue el principio de un escándalo secreto. Una de las doncellas de la reina regresó del baño y, de espaldas al salón, se alisó la falda y el corpiño de la blusa. Al moverse dejó al descubierto una cadera. La piel era muy blanca y sobre la cresta ilíaca se erguía un lunar seductor, demasiado visible. La doncella era linda y también coqueta. Uno de los custodios del Almirante se quedó admirándola con expresión lasciva. Ella se volvió y le sonrió. Fue suficiente para que el custodio, en uniforme de gala, se animara a insinuar una invitación. La doncella soltó una carcajada y al apartarse lo empujó con el brazo. Regresó a los tumultos del salón sin darse cuenta del estropicio que se gestaba a sus espaldas. El empujón hizo trastabillar al custodio, que bebía jugo de tomate. Para evitar que se le manchara el uniforme dio un salto con el vaso casi lleno, el jugo se derramó y cayó sobre la capa de Emilia. Parecía una escena de Los Tres Chiflados. El custodio debía de ser un oficial novato, un guardiamarina, tal vez sólo un cadete, y su torpeza lo aterró. El Almirante era implacable y su falta podía costarle una semana de calabozo. Comprobó con alivio que nadie se había dado cuenta; no lo pensó dos veces, tomó la capa manchada y la guardó dentro de su maletín. Pensaba mandarla a la tintorería y devolverla a la dueña, fuera quien fuese.

Emilia se asfixiaba. No soportaba más las cortesías hipócritas, el hastío de sentir que era nadie y que su lugar estaba en la ninguna parte donde había quedado Simón. Extrañaba a Simón. Pensaba en lo distinta que habría sido su vida si él no se hubiera ido. Habrían huido juntos de las ruinas sanguinarias en las que se convertía el pobre país. Apenas la madre dejara de necesitarla usaría los pocos dólares que había ahorrado para marcharse. Aún no sabía dónde, pero confiaba en que Simón la iría guiando. Se acercó a su padre y le avisó que no podía quedarse un minuto más. Ya he cumplido, le dijo. Me voy.

Ni se te ocurra salir así a la calle, medio desnuda, la detuvo Dupuy.

La entrada está llena de taxis, replicó. Antes de que el padre la tomara del brazo regresó a buscar su capa. No la vio donde la había dejado sino entre otras cortinas, casi al fondo del salón. Se la puso y salió a la calle aliviada.

Los reyes iban de un corrillo a otro estrechando manos, aceptando las inclinaciones de la gente. El aire se volvía cada vez más denso y húmedo. Los vestidos de las señoras eran compasivos, pero los hombres, que vestían camisas almidonadas y smokings de media estación, eran vencidos por el sudor. Hasta el rey parecía exhausto. Se le humedeció la frente y tuvo que secársela. La reina le hizo una seña casi imperceptible. El rey se adelantó hacia la Anguila y dijo: Muchísimas gracias, presidente. Muchísimas gracias, señores. Argentina es un país maravilloso. La Anguila aplaudió y todos lo imitaron. La reina buscó su capa y no la encontró. Llamó a una de las doncellas y le ordenó que se la trajera. La doncella fue al guardarropas y volvió con las manos vacías. Es raro, la entregué a una de ustedes, se quejó la reina. Yo la dejé aquí, dijo la doncella. El salón entero se agitó y la capa desaparecida fue transfigurándose de un relato a otro. Se la robaron. Yo no vi que trajera ninguna capa. ¿Era rosa, dicen? ¿Cómo? La capa con la que entró era negra. Vaya a saber dónde la puso. Si no la encuentra va a ser una vergüenza para la Argentina, una historia que puede dar la vuelta al mundo. Estoy segura de que la ha robado una subversiva. En cinco minutos la sala entera entró en ebullición. Se revisaron los baños, la cocina, los armarios de los servidores, detrás de las cortinas, bajo los manteles. Nadie osaba marcharse. Uno de los edecanes consultó si se les permitía a los custodios inspeccionar las carteras de las señoras; Dupuy lo impidió con un gesto severo. Éste es un país serio, dijo. Todos los que estamos aquí somos personas dignas. Entre nosotros no hay ladrones. ¡La capa rosa de Su Majestad, la capa rosa! Las voces reverberaban, las doncellas y los mozos corrían como gallinas asustadas, sin que nada sucediera. Tantas realidades se desvanecían en la Argentina de un instante a otro, tanta gente dejaba súbitamente de estar y de ser sin explicaciones, que no había por qué sorprenderse si también la capa de la reina se volvía de pronto irreal, en otro pase de la magia perversa que en el país era ya un juego de todos los días.

Al fin se hizo tarde, demasiado tarde, la reina se cubrió los hombros con el chal que llevó una de las doncellas, y los invitados no tuvieron más remedio que partir detrás de los reyes. A las dos de la mañana sólo quedaban en el salón algunos de los custodios, un edecán y los porteros. Competían en husmear, en interrogar a los cocineros que retiraban las tortas y los canapés sobrantes. En algún momento de la madrugada se presentó el jefe de policía con un juez federal que insistía en instruir un sumario por robo. Ése habría sido el fin del incidente si uno de los porteros, poco antes de las tres, no se hubiera acercado al juez llevándose las manos a la frente. ¿Una capa rosa, dicen? Me parece que la vi. Una de las señoras se retiró temprano con una capa así. Quizás era la de ella, no lo sé. El hombre estaba perturbado, pálido, temía perder la paz y, sobre todo, el trabajo. Describió a la señora, le mostraron fotografías de las invitadas a la fiesta y en la última serie identificó a Emilia. ¡Es ella!, exclamó. Estoy seguro de que fue ella. A las tres y media de la mañana, el jefe de policía llamó por teléfono a Dupuy. Se deshizo en disculpas por la hora y le dijo que en diez minutos iría a verlo a la calle Arenales. ¿Pasa algo grave?, preguntó el doctor. Espero que no. Confío en que se trata de una confusión.

Cuando Dupuy lo atendió, Emilia aún dormía. El jefe explicó lo que pasaba y el doctor se inquietó. Mi hija salió de la recepción antes que yo, dijo. No la he visto. Cuando entramos, tenía una capa rosa, sí. Quizá se parecía a la capa de la reina. Nunca presto atención a esos detalles de mujeres. Salgamos de dudas: voy a despertarla. Irrumpió en el cuarto de Emilia y encendió las luces. La habría sacudido, le habría gritado, pero no quería que los policías oyeran. Emilia se incorporó a medias en la cama, sin entender. Acababa de dormirse. La dureza con que le hablaba el padre la despejó por completo. No la inquietaba su cólera. Estaba segura de no haber cometido un error, y le parecía exagerado que el jefe de policía llamara a su casa a las tres de la mañana para resolver lo que quizá sólo era un azar, una confusión. Vio la capa que D. había imaginado para ella sobre el sillón donde leía, junto a la cama de la madre. Vio el vestido negro tendido sobre el piso. No había tenido fuerzas ni ganas para colgarlos en las perchas cuando volvió de la fiesta. Estaba rendida y no pensaba volver a usarlos. Ahí está mi capa, fijate, le dijo al padre. Es la mía. Mirala bien, ordenó Dupuy. No puede haber dos prendas iguales. Sería demasiada casualidad. Dejame sola un segundo, papá. Estoy en camisón. Voy a levantarme y a mirarla. No voy a irme, dijo el padre. La policía está esperando. Levantate de una vez. Tu intimidad no me interesa. Emilia puso la capa delante de la luz y no vio nada que la sorprendiera. Es la mía, estoy segura, iba a decir, cuando descubrió en uno de los dobleces un lazo rojo casi imperceptible. El detalle la sobresaltó, pero no perdió la calma. Si la capa no era la de ella, la devolvería y eso sería todo. La observó con más cuidado. Debajo del cuello tenía un escudo diminuto, muy bien bordado: era el de la Corona española, con el león rampante y el castillo almenado en los cuarteles superiores y las columnas de Hércules rodeadas por la leyenda *Non Plus Ultra*. La pasamanería era tan minuciosa que las letras se podrían ver con claridad al acercarles una lupa. No era su capa. Se había equivocado. El calor, la ansiedad por escapar. Ahora recordaba que su capa no estaba donde la había dejado y que había tomado sin dudar la primera que vio. La confusión la hizo reír. Le encantaría visitar a la reina y pedirle disculpas. Le mostraría que las dos capas eran gotas de agua y ella comprendería de inmediato el error. Estaba segura de que le diría: Yo también pude haberme confundido. Querría saber quién era su modista, y Emilia le hablaría de D. A propósito, ¿dónde estaba la capa de D.? En algún lugar del salón, con los objetos perdidos. Pondría a su padre al tanto de la historia y él ordenaría que la encontraran. Había pasado la vida viéndolo resolver los problemas ajenos más intrincados. Se arregló un poco el pelo y se alisó el camisón. Papá, llamó. Dupuy seguía en el dormitorio, de espaldas a la cama, con las manos en la cintura. Parece que tienen razón. Traje la capa que no es mía. Es fácil de explicar, las prendas son casi iguales.

¿Y lo decís así, como si nada pasara? Ya nada detenía la ira de Dupuy. La policía ve aquí la mano de la subversión. Falta poco para que se arme un incidente diplomático. Dame también tu capa. Si son iguales, vamos a salir del enredo mostrando las dos.

Emilia balbuceó una disculpa. No puedo encontrar la mía. No sé dónde la dejé. Creo que me equivoqué al salir y me puse la otra.

Dame de una vez la que tenés, dijo Dupuy, arrebatándosela. He dejado esperando a gente de bien que está en vela por tu culpa. Te prohíbo que duermas. Tenemos que hablar ahora muy en serio. Una ladrona no puede ser hija mía. Sacó a relucir la sonrisa de beato que usaba en los momentos incómodos y salió al encuentro de los policías. Mientras avanzaba tramó la versión que los diarios debían publicar sobre el incidente. Emilia no merecía que la protegiera; era su apellido lo que debía poner a salvo.

Lo esperó sentada a un costado de la cama, con las manos trémulas. Cuando la cólera del padre se desataba nadie podía apagarla. Emilia sabía que lo único sensato entonces era callar, quedarse quieta y cerrada como una tortuga hasta que la tormenta pasara. Chela y ella habían aprendido que los enojos de la madre se disipaban con un abrazo. El padre, en cambio, no entendía ese lenguaje. Sus sentimientos, si acaso tenía alguno, eran de hielo y jamás le asomaban a la cara. Las pocas veces que la había tocado, los instintos de Emilia se erizaban y la impulsaban a retroceder. Era una señal de alerta casi animal que su razón desoía. Las reacciones de Dupuy eran imprevisibles y las de ahora le daban terror. Subió las piernas a la cama y se llevó las rodillas al pecho. Simón, musitó, Simón.

Oyó sus pasos en el pasillo. Lo oyó abrir y cerrar los cajones de los aparadores y los armarios, dar portazos, mover las mesas del vestíbulo. Si la madre hubiera estado en la casa, habría corrido a su lado para protegerla. Pero la había devuelto el domingo al geriátrico. Estaba sola. De un momento a otro Dupuy irrumpiría en el cuarto y volvería a exigirle explicaciones. Iba a dárselas. Apenas se calmara le hablaría. Miró la línea de luz que se filtraba por la ventana. Faltaba poco para el amanecer. Si este nuevo día iba a ser igual a todos, el padre empezaría pronto su rutina de acero: el baño, el desayuno frugal de café solo, la ronda de entrevistas. Era posible que ya no tuviera tiempo para hablar y que ella pudiera tenderse en la cama. Estaba cayéndose de sueño.

La puerta del dormitorio se abrió de par en par. Dupuy, entre las dos hojas, la llenaba por completo. Le ordenó: ¡Ponete algo decente ya mismo! No le dio tiempo a sacar la bata del perchero. La tomó del brazo y la arrastró al vestidor que Ethel usaba cuando aún se le permitía decidir algo. Los espejos tapizaban el techo y las paredes, dejando libre sólo el parquet del piso. Había sido una extravagancia costosa de Ethel, que acostumbraba quedarse allí largo rato observando el reflejo fugaz de su cuerpo en el mundo. En la infancia, Emilia temía que los espejos se apoderaran de la madre y que del cuarto saliera no la misma persona sino otra que se le parecía. Una tarde la puerta del vestidor quedó abierta y ella se atrevió a echar una mirada furtiva. Nada de lo que vio era temible: de un travesaño cromado colgaban perchas con ropas de las cuatro estaciones; a los costados y en lo alto se alzaban estantes repletos de sombreros, chales, bufandas, guantes, corpiños, medias de seda, bombachas de encaje. Y zapatos por todas partes: cientos. Al escapar de allí en puntas de pie vio, con espanto, que se encendía una poderosa luz de noche, como si los espejos fueran un canto de sirenas que la llamaba.

Cuando enfermó la madre, el cuarto se tornó inútil como muchos otros de la casa. Dupuy ordenó que las ropas se donaran a las hermanas de la caridad, hizo desmontar los percheros y los estantes, y dejó para más adelante la delicada operación de retirar los espejos, revocar y pintar las paredes. Ordenaría que lo hicieran durante alguno de sus viajes, cuando no lo incomodaran los obreros yendo y viniendo, los martillazos, la pintura, el polvo.

Esa mañana se le ocurrió que el cuarto podía servir también para castigar. Son muy pocas las personas que sienten repulsión por los espejos, pero en esas pocas el efecto es mágico y rápido: una forma sutil y desconocida de tormento. Emilia se resistía como fiera cuando Ethel la invitaba a entrar. Había sido una especie de juego divertido para él y quizá para Ethel. Pero el terror de la hija era genuino. Los espejos le provocaban pesadillas y le aflojaban los esfínteres. Se alegró de no haberlos desmontado. Ahora serían el instrumento perfecto para que la hija pagara por su delito. La conocía muy bien. Era una resentida que pensaba quedarse con la capa de la reina como trofeo. La que había llevado a la recepción se le parecía, eso era cierto. Por eso mismo se le habría ocurrido cambiar una por otra aprovechándose del gentío. Ni siquiera debió de imaginar que la iban a descubrir tan rápido. No le importó en lo más mínimo el daño irreparable que causaba a la vida sin mancha de su padre. Si no fuera una Dupuy la habría denunciado para que la policía hiciera con ella lo que quisiera, pero mientras llevara su nombre no podía permitirlo. Los espejos la domarían para siempre y, si tenía suerte, la convertirían en una planta como la madre.

Derrumbada ante el vestidor, Emilia ya no luchaba. Dupuy la empujó dentro, le arrojó una cobija y le dijo mientras cerraba la puerta: No vas a salir de ahí hasta que aparezca la otra bata. Y si esa bata no existe, no vas a salir nunca. Para mí estás muerta. Olvídate de tu madre.

Aunque los sonidos de fuera le llegaban muy apagados, a Emilia le pareció que se alejaba. No se dejaría vencer por el horror. Ya había estado encerrada toda una noche y había sobrevivido. Simón estaba con ella, Simón era su fuerza. Para no perderse a sí misma mantendría la mente en blanco. No pensamientos, ninguna imagen, como los zen. Sólo el cero de Dios. Se dejaría morir de extenuación, de fiebre, de locura, lo que fuera con tal de que el padre no la oyera gritar ni suplicar ni arrastrarse. Sintió la garganta seca. Aguantaría. La luz de noche era más tenue que en su recuerdo de infancia. Si algo de ella estaba en los espejos, no lo veía. Distinguía unas pocas imágenes borrosas, reflejos de algún otro ser. En la escuela primaria le habían dado a leer la historia de Alicia aventurándose al otro lado de los espejos, donde la realidad estaba al revés. Alicia no estaba oculta pero era inalcanzable. Nadie podía atraparla. Desde entonces tenía sueños constantes con aquel mundo ajeno. En la última página del libro del espejo se decía que las figuras soñadas pueden estar soñándonos a su vez y que si se distrajeran, nosotros, los soñados, nos apagaríamos como una vela. A ella no le importaba apagarse con tal de que el sueño le permitiera recuperar a Simón. Hasta se le ocurrió que Simón podía estar dibujando los mapas del infinito donde las palabras y las cosas se repetían, invertidas. Estaba exhausta, quemada por la sed. Se tendió sobre el piso de parquet, apoyó la cabeza sobre un espejo y lentamente se durmió, con la secreta esperanza de que el azogue y el vidrio se disolvieran en una neblina plateada, como en *Alicia*, y ella pudiera saltar a ese horizonte desconocido en el que todo empieza de nuevo.

Al despertar vio que mientras dormía alguien había dejado dentro del cuarto un botellón de agua, una tetera llena, tostadas, queso. Llevar hasta allí los alimentos e inclinarse para ponerlos en el piso no era propio de Dupuy. Si otra persona sabía que ella estaba encerrada era una señal de que no la dejarían morir. Tampoco iban a dejar que se fuera. Los espejos se continuaban lisos, sin junturas, y ocultaban las líneas de la puerta. Se sintió dentro de una tumba, sellada para siempre. Los ojos estaban acostumbrándose a distinguir mejor el vacío pálidamente iluminado por la lámpara oxímoron que se llamaba luz de noche. Emilia comió y bebió lo imprescindible y puso a un lado el agua que aún quedaba en la botella. Estaba más despejada. Su imagen repetida incontables veces en los espejos ejercía un efecto hipnótico. Acercó la cara a la superficie plana, indiferente. Veo mi cuerpo entero, de pie, se dijo. Mi cara ve todo el cuerpo, se hunde en el espejo, encuentra caminos allí, pero ¿y el resto del cuerpo? ¿Por qué no hay un sentido de la vista en la frente que piensa, en la nariz que huele, en la vagina que palpita? ¿Era un solo ser, era muchos? Y si sus cuerpos eran muchos, ¿cómo se las arreglaría Simón para encontrarla? Quizá la podía ver desde el lado donde la realidad se invertía y buscaba cómo acercarse a ella sin reconocerla entre tantas Emilias reflejadas. Recordó una película que sucedía en el laberinto de espejos de un parque de diversiones. Un hombre trataba de matar a otro, una mujer quería matar a uno de ellos o a los dos, ya no estaba segura, pero en los espejos, la mujer y los dos hombres eran muchos, ciudades de seres, luces que se multiplicaban y se rompían entre sí. Se dijo que con paciencia podría soltar una de las maderas del parquet y alzarla para golpear los espejos. Tanteó en el piso, buscó una ranura, las maderas parecían soldadas. En uno de los bordes, un objeto libre le sobresaltó el tacto. Al ponerlo sobre la palma de la mano, vio que era una horquilla de la madre, salvada de los cepillos y las embestidas de la aspiradora. La madre era la única que había usado horquillas en la casa pero hacía ya muchos meses que no entraba a ese cuarto. Que algo de ella se negara a partir era una especie de mensaje secreto, una indicación de que si algo persiste y perdura es porque ha sido creado para quedarse. Se acercó al espejo y vio que la madre tomaba a Simón de la mano. La vio caminar con él hacia el blanco de la nada, vio que los dos se repetían en el techo y la llamaban. Quería seguirlos y no sabía cómo pasar al otro lado, por dónde entrar.

Golpeó los espejos desesperada, les rogó que no se fueran. Ya voy, gritó. Ya voy, díganme cómo puedo alcanzarlos. Ellos siguieron avanzando hacia la nada sin oírla, hasta que el blanco del otro lado abrió sus labios voraces y se los llevó. Emilia se vio de pronto convertida en miles de personas odiosas, su ser batallaba contra su ser, el ser que nunca había sido se esforzaba por entrar en la realidad. Espérenme, ya voy, ya voy.

Sé que, al salir, Emilia dejó la casa de su padre y regresó al departamento frente al Parque Lezama donde había vivido sus pocos, felices primeros meses de mujer casada. Siguió trabajando en el Automóvil Club y visitaba a la madre dos o tres veces por semana. Perdida en las neblinas del geriátrico, la señora Ethel se levantaba menos persona cada día y se acostaba menos cuerpo. Era como el señor Ga, un personaje de Macedonio Fernández al que le extirparon sucesivamente un pulmón, un riñón, el bazo, el colon, hasta que llamó al médico para que le calmara los dolores de un pie; el médico lo examinó, meneó la cabeza y dijo que también el pie debía ser extirpado. La madre se parecía a lo que era el país por entonces, a lo que temí ser yo veinte años más tarde. Sé que fue allí, en San Telmo, donde Emilia recibió la carta de la tía paterna que se había cruzado con Simón en un teatro de Río de Janeiro, la carta que la decidió a salir en su busca y subir las siete terrazas de su purgatorio amoroso.

La historia estaba inquieta y no dejaba de moverse, indiferente a las derrotas, a las muertes y a las alegrías cada vez más fugaces. Por esa época yo vivía en

Caracas, aprendía en Parménides que el no ser nunca es no ser a medias, lo que no es no lo es por completo, leía menos a Heráclito porque ya Borges lo había agotado, leía otra vez a Canetti y a Nabokov y a Kafka, trabajaba como esclavo, escribía libros que firmaban otros, ésa era la vida que me habían dejado y, como no tenía elección, no me quejaba. Mientras tanto la Argentina se lanzó a la reconquista de las islas Malvinas, perdió la guerra, la dictadura militar se hundió en su podredumbre y Raúl Alfonsín ganó las primeras elecciones de la democracia, y Julio Cortázar regresó a Buenos Aires para estrechar las manos del nuevo presidente, volvió a París sin conseguir que lo recibiera y murió en soledad dos meses más tarde; Borges partió a Ginebra enfermo y no quiso regresar, lo enterraron en el cementerio de Plainpalais sin que le dieran el premio Nobel, y también Manuel Puig murió en un hospital de Cuernavaca pero eso fue mucho después, todos los grandes escritores argentinos se iban a morir fuera porque en el país ya no cabían más muertos. El último censo nacional registró 27.949.480 habitantes, y las amas de casa lloraban a mares con las desventuras de Leonor Benedetto en la telenovela *Rosa de lejos*, y Alfonsín llevó a juicio al Almirante, a la Anguila y a sus cómplices más visibles; la Anguila pasó los días del juicio leyendo o fingiendo leer la *Imitación de Cristo* del cura agustino Tomás de Kempis, y tres revueltas militares amenazaron con sepultar la democracia, y Alfonsín se tuvo que retirar del gobierno antes de tiempo acosado por la implacable inflación y porque los pobres niños que hundían las manos en la basura en busca de su pan eran ya tantos que llovían como polen sobre las calles, y luego lo reemplazó Carlos Menem, que perdonó los crímenes militares, vendió los pocos bienes que le quedaban a la Argentina, invocó el nombre de los pobres en vano, y dejó impunes los atentados contra la embajada de Israel y la mutual judía, y Charly García se arrojó a una pileta medio llena desde un noveno piso en Mendoza, salió entero y esa noche cantó en su recital "la persona que amas puede desaparecer, los que están en el aire pueden desaparecer", y yo regresé a Buenos Aires con ánimo de quedarme para siempre pero no me quedé. De la capa de Emilia nunca hubo noticias, yo volví a leer a Parménides y aprendí que también el ser se oculta en los pliegues de la nada.

Cuando estaciono cerca de Paterson y George empieza a llover. Tal como he previsto, el restaurante Toscana no está más. *La casa de la esquina ya no es un río ni llora*, me digo, citando un poema que viene a mí; sin embargo el río no se ha ido, estoy seguro de que cuando mire por la ventana veré pasar un río por la planicie donde he visto antes la pampa bonaerense con las vacas pastando y alzando a veces los grandes ojos a la inclemencia del cielo, otra vez siento que en los mapas se puede ser lo que se quiera, llanura, jungla amazónica, ciudad del pasado, pero también los mapas pueden ser dentro de nosotros lo que ellos quieren, asteroides sin rumbo, criaturas del futuro, o el bar lujoso que ocupa el viejo espacio del Toscana, un sitio llamado Glö, donde a esta hora, las ocho de la noche, dictan clases de salsa. Espero a Emilia bajo un alero diez o doce minutos sin que la lluvia amaine. Por fin la veo, sale con calma del estacionamiento de enfrente. Está sola. No quiero abrumarla preguntándole por su voluntario eclipse de los últimos días y por qué nadie viene con ella. Estoy preparado para lo inverosímil porque sé que Simón ha muerto y a estas alturas no tengo idea de lo que ha sucedido entre ellos, si acaso ha sucedido algo. Le hago señas de que en el Glö no podremos hablar, junto a la puerta de entrada un letrero amenazante informa que la clase de salsa va a durar hasta las nueve.

Vayamos al Starbucks entonces, me dice. El tiempo de los aztecas era circular, no veo qué le impide ser circular también para nosotros. Mirá a tu alrededor, sólo hay mexicanos.

Es verdad: ya no está el río y sobre la calle se alza un gran sol oscuro, el quinto sol de los aztecas. Fue en el Starbucks donde hablamos el primer sábado que nos vimos, antes de recalar en el Toscana; el tiempo retrocede poco a poco, es un largo canon como los de Bach, una *Ofrenda musical* que da saltos hacia atrás en el tiempo y en el tono, un uroboros que continuamente se traga la cola y rejuvenece; la realidad vuelve a sus lugares anteriores paso a paso, toca sus últimos acordes allí donde tocó los primeros, caminamos por la nada con la certeza de que es la nada y en el punto final de ese vacío siempre aparece la cara de Dios, el Algo.

Tiento al demonio:

Oye Emilia, le digo. ¿Cómo va a saber Simón que nos hemos ido del Toscana, del Glö—, y que ahora estamos esperándolo aquí?

Él siempre sabe dónde encontrarme. Y si me pierde, yo sé dónde encontrarlo a él. Nos perdimos una vez. No va a suceder de nuevo.

Mientras esperamos, trato de olvidar que estoy ansioso. Me envuelve un vértigo desconocido y aparto el miedo a caer en él con relatos como el que le repito ahora. Hace muchísimos años soñé, le digo, que llegaba a una fonda de mala muerte. En el sueño era mediodía. Junto a la ventana vi a mujeres de tu edad, sentadas al extremo de una larga mesa con la mirada fija en rincones por donde otros seres pasaban como ráfagas. Las ráfagas llamaban a las mujeres sin conseguir que las oyeran. Las mujeres abrazaban las ráfagas sin poder tocarlas. La fonda fue quedando desierta, la noche traía los resplandores de la mañana, el sol se desnudaba hasta volverse noche, y tanto las mujeres como las ráfagas seguían abrazándose y llamándose en vano hasta que me ocuparon la memoria entera.

Me arriesgo a tensar la cuerda. Le digo:

Como ya te conté, al fin escribí aquel sueño pero de un modo aún más irreal. En mi historia vos sos todas las mujeres de aquella fonda y las ráfagas son el ser amado que regresa: Simón. Pero ya no lo veo así. Ahora debo corregir esas páginas. He leído las notas que le dejaste a Nancy. He repasado con atención las actas del juicio a los comandantes. Voy a devolver los hechos a la realidad de la que salieron. Simón no vino esta noche. Según las actas, tres testigos lo vieron morir asesinado.

Simón no ha muerto, me interrumpe con disgusto, como si lo que he dicho pudiera matarlo otra vez.

Me dijiste que está con vos y que esta noche voy a conocerlo. ¿Cuánto más vamos a esperarlo?

Ya no depende de mí. Él va a hacer lo que quiera. Yo, por mi parte, sé lo que quiero hacer: voy a seguirlo donde vaya. Lo amo cada día más. Sin él no existo.

Me gustaría verlo. Alguien que ha despertado un amor tan hondo y tan largo es una persona de otro mundo.

Simón es lo que siempre fue. Uno, indivisible, inmóvil en el mismo espacio desde que el tiempo es tiempo.

O yo no oigo lo que oigo o bien Emilia está citando sin saberlo a Parménides. Subo al aire de sus recuerdos y elijo seguir con ellos hasta donde me quieran llevar. Le pregunto: ¿Cuánto tiempo hace que lo encontraste? La última vez que nos vimos estabas todavía buscándolo.

El viernes, hace una semana. Estuvimos solos en casa hasta el domingo a la noche y luego nos fuimos juntos. Yo tuve miedo de la rutina, de la realidad, de la repetición que todo lo destruye. A él le daba lo mismo que la vida siguiera su curso. Está, ¿cómo explicártelo?, en las orillas de la vida, viendo cómo las cosas se mueven, se marchitan, renacen.

Entonces la oigo contar lo que ha vivido. Cuenta lo que voy a escribir: el encuentro en Trudy Tuesday, el regreso a la calle Cuarta Norte en el Altima, el olvido del Altima en el patio de Hammond, la sorpresa de que Simón siga amándola con la belleza y la pasión de hace treinta años. Mejor que entonces, dice, porque ahora sabe cómo pienso, sabe anticiparse a lo que quiero. Cuenta el fracaso de su noche de bodas, la felicidad de la luna de miel, los servicios de Dupuy a la Anguila y a todo lo que le siguió. Su obediencia borrega a las órdenes del padre, la obediencia borrega del país a los chasquidos del látigo militar. Cuenta los delirios de la madre, las visitas al geriátrico, el paso de Simón por un geriátrico (otro quizás, o el mismo) donde aprendió las leyes del mediodía eterno. Tengo ya todo lo que quise en la vida, me dice. Soy feliz.

La estación de Amtrak está a pocas cuadras. Creo haber oído el silbato de los trenes muchas veces mientras Emilia hablaba pero sólo ahora el mugido de una locomotora que pasa nos devuelve a la noche donde no estábamos. Deja caer las llaves de su auto sobre la mesa y dice: Dáselas a quien quieras. A Nancy, a la policía. He dejado el Altima acá enfrente, estacionado en el segundo piso.

¿Y vos, qué vas a hacer?

Ya te lo dije. Soy feliz. Quiero tan sólo eso.

¿Adónde vas?

Simón me espera en un velero a la orilla del río. Vamos a remontar juntos la corriente. A lo mejor, quién sabe, nos cruzaremos en el camino con el teniente Clay, que navega en busca de Mary Ellis. Vamos a saludar a Mary Ellis con dos disparos de arcabuz. Siempre me han gustado los finales felices.

El río está muy bajo, le digo. Varios botes han encallado en la ribera. Si te asomás al puente podés verlos. Ahora no van a poder navegar, y menos en un velero. Es un río estrecho, un río de nada.

No importa, dice. Se va a volver ancho para nosotros.

Alfaguara es un sello editorial del Grupo Santillana

www.alfaguara.com.ar

Argentina
Av. Leandro N. Alem, 720
C 1001 AAP Buenos Aires
Tel. (54 114) 119 50 00
Fax (54 114) 912 74 40

Bolivia
Avda. Arce, 2333
La Paz
Tel. (591 2) 44 11 22
Fax (591 2) 44 22 08

Chile
Dr. Aníbal Ariztía, 1444
Providencia
Santiago de Chile
Tel. (56 2) 384 30 00
Fax (56 2) 384 30 60

Colombia
Calle 80, 10-23
Bogotá
Tel. (57 1) 635 12 00
Fax (57 1) 236 93 82

Costa Rica
La Uruca
Del Edificio de Aviación Civil 200 m al
Oeste
San José de Costa Rica
Tel. (506) 220 42 42 y 220 47 70
Fax (506) 220 13 20

Ecuador
Avda. Eloy Alfaro, 33-347
Quito
Tel. (593 2) 244 66 56 y 244 21 54
Fax (593 2) 244 87 91

España
Torrelaguna, 60
28043 Madrid
Tel. (34 91) 744 90 60
Fax (34 91) 744 92 24

Estados Unidos
2105 N.W. 86th Avenue
Doral, F.L. 33122
Tel. (1 305) 591 95 22 y 591 22 32
Fax (1 305) 591 91 45

Guatemala
7ª Avda. 11-11
Zona 9
Guatemala C.A.
Tel. (502) 24 29 43 00
Fax (502) 24 29 43 43

México
Avda. Universidad, 767
Colonia del Valle
03100 México D.F.
Tel. (52 5) 554 20 75 30
Fax (52 5) 556 01 10 67

Paraguay
Avda. Venezuela, 276,
entre Mariscal López y España
Asunción
Tel./fax (595 21) 213 294 y 214 983

Perú
Avda. San Felipe, 731
Jesús María
Lima
Tel. (51 1) 218 10 14
Fax. (51 1) 463 39 86

Puerto Rico
Avda. Roosevelt, 1506
Guaynabo 00968
Puerto Rico
Tel. (1 787) 781 98 00
Fax (1 787) 782 61 49

República Dominicana
Juan Sánchez Ramírez, 9
Gazcue
Santo Domingo R.D.
Tel. (1809) 682 13 82 y 221 08 70
Fax (1809) 689 10 22

Uruguay
Constitución, 1889
11800 Montevideo
Tel. (598 2) 402 73 42 y 402 72 71
Fax (598 2) 401 51 86

Venezuela
Avda. Rómulo Gallegos
Edificio Zulia, 1º – Sector Monte Cristo
Boleita Norte
Caracas
Tel. (58 212) 235 30 33
Fax (58 212) 239 79 52